哭泣的情书

孙建成 著

文汇出版社

序

张重光

多年前的一个清早，孙建成来到离家不远的上海动物园散步。

他家与动物园的直线距离不足两百米，到动物园大门也就多走三百多米。因为附近没有其他绿地，动物园给附近的一些居民办了卡，允许早晨免费进去锻炼。

那天去得早，园内还看不到一个游人，然而不远处一只花豹的举动却引起了建成的注意。像是受了什么惊吓或是刺激，只见花豹在笼子里上蹿下跳，忽而跃上笼顶，朝紧邻的虎舍张望，忽而又一跃而下，沿笼子打转，然后又再次跃上笼顶……

建成预感到有什么情况正在发生，但是这个时刻能有什么事情发生呢？他作着各种猜测，只是还没等他想清楚，却已经在不经意间看到了隔着玻璃墙的虎舍内恐怖的一幕：一个五十多岁的饲养员倒卧在地，正被一只孟加拉虎咬住后脖梗，使劲地拽着。

这一刻，建成惊呆了。传说中的老虎咬人竟然就出现在自己眼前，他顿时汗毛竖起，人虚脱一般，连发声吆喝也变得困难了。

他无法像花豹那样上蹿下跳，去吸引老虎的注意，只能一个劲地拍打玻璃墙，指望拍打声能威慑到老虎，逼它松口。但是厚实的玻璃墙纹丝不动，他的拍打至多只是让那只老虎知道外面还站着个人，并且奈何它不得。它懒得理睬，只顾一个劲地拽着饲养员在笼舍内转，大概想寻找一个相对隐蔽的地方下口。

饲养员显然神志还清醒，惨白的脸上一双眼睛绝望而又镇定。他看着玻璃墙外的建成，同时伸出一只手比划，大拇指与小拇指竖起，还有三根手指卷曲着——一个中文数字"六"，然后轻轻摇晃了两下。建成明白，那是让他赶紧打电话。

电话是第一时间就打出去了，110，报警。等待的过程却极其难熬，其间，他除了拍打玻璃墙，还又叫又吼，作恐吓状。但是，他龇牙咧嘴，扮的模样再可怕，也总没有老虎自己可怕吧？老虎显然不拿他当回事，继续拽着饲养员撕扯。

很快饲养员全身上下的衣服被扯烂了，最后变得一丝不挂、血肉模糊……

惨！仿佛心被凌迟。此时的建成经历了人生最惊悚也是最难熬的十多分钟。

警车来了，后来动物园管理人员也来了，游客围了一大群。老虎直到被麻醉后才松口，但饲养员却早已经没有了生命迹象。

当虎舍外重重叠叠围成一个个新闻发布的圈子，听几个游客绘声绘色地介绍老虎咬人的过程时，建成却是一言不发地走了，走得步履蹒跚，失魂落魄。他没这个勇气再复述事情的来龙去脉，哪怕后来警察根据当时他报警留下的电话，再次找到他，让他去做笔录时，他也只是有问才答，不想多说一个字。

显然，再详尽的描述也已经无法还原一条鲜活的人命，而这样的复述对建成来说则无疑是又一次心如刀割的经历。

这以后，建成再也没跨进上海动物园一步。

人与人的区别大概就在这里——同样的一件事，有的人唯恐天下不乱，恨不得所有的狮子老虎都跑到马路上才开心；有的人尽管谈虎色变，却还是乐在其中，硬是加油添醋、绘声绘色地将一出悲剧说成了娱乐听众的惊悚剧；有的人慈悲为怀，一声"阿弥陀佛"，为死者祈福，也为自己求得一份内心的宁静……

然而，这件事对建成却是怎么也挥之不去的梦魇，以致时隔这么多年，他在我的追问下提及当时的亲历，声音还微微颤抖。幸好我能理解，倘若换个人，也许会嘲笑他的迂腐——为一个素不相识并且死了多年的饲养员，至于吗？

平时，建成就是个善于为他人着想考虑的人，讲究"设身处地"。而被老虎撕咬这样的"设身处地"是可怕的，那一刻，生的希望就在近在咫尺的虎舍之外，却是求生不得，眼巴巴地等待着死神在一分一秒地慢慢逼近……不能细想，那是绝对会让人心惊肉跳，并且深陷悲楚之中的；还有，替死者的父母、妻子以及子女"设身处地"，又哪一个不是撕心裂肺、肝肠寸断的痛？

这就是孙建成，一个见不得也听不得别人遭遇苦难的人，一个常把他人的苦痛当作自己痛苦的人。这样的性格决定了他的悲情意识，这意识也很自然地融入到了他的作品中。

建成是个高产作家，尤以中短篇见长。俗话说文如其人，读他的作品也总能感觉他的厚实、敏锐和诙谐。

说他厚实，是指他的扎实，人物形象扎实、故事结构完整、逻辑推理缜密。好比围棋中的棋形，完整、结实、耐冲击、没毛病。厚实是因为底子厚，生活底子厚、文学底子厚。这还不够，还必须为人厚道。这里指的"为人"是指的创作态度，不猎奇，不走捷径，不哗众取宠，更不自以为是。如此，他的作品才显得沉稳、大气，人物不仅经得起推敲，而且有血有肉，情感丰沛。

建成的敏锐不仅来自他的目光，善于发现、善于抓细节；更来自他的内心，极其敏感、细腻。有时候，看到不等于看清，看到也不等于看懂、看透、看完整。没有一颗于幽微处触摸、感受的心，看到的事情再多，再千奇百怪，也只是在猎奇，编故事。他外表给人的印象是斯文、羞涩、不善言谈。然而，谁知道，他的神经末梢却要比常人发达得多，以至编辑部的人都说，读他的小说再看他的模样，简直判若两人，真不相信表面平心静气、波澜不惊的他，内心世界竟如此丰富，纤细感性，多愁善感。

建成的诙谐是不动声色的，需要细细品味。就像多年前读他的短篇《大哥》，写一个文革中精神错乱了的精神病患者（作品中的"我"的大哥）。其言行举止与正常人无异，几乎达到了以"真"乱真的程度，把多年没见的"我"常常憓得团团转。建成把这人物把握得游刃有余，栩栩如生，好玩处，常引得读的人忍俊不禁。只是笑多了，便品味到了其中的苦涩。也许可以这么说，他在很多作品中所带给人们的诙谐，往往打着他孙建成式的印记——苦恼人的笑。虽说也是一种笑，但更是一种无奈，有时比哭还更让人心疼。

苦难，几乎是他很多作品中所表现的主题。譬如，他近年写的《走在回家的路上》，近两万字的散文，写去台湾迎取失散六十多年的祖父的骨灰过程，把一个家庭在分离中的苦难表达得淋漓尽致。好几个朋友跟我说，难得一见的好文章，读着让人百感交集。记得他在结尾处这样写道："这是一个平民在乱世中注定的命运：坎坷、屈辱而多舛。"短短二十几个字，道尽了他对命运的无奈与愤懑。

如今，这"注定的命运"又一次在他的长篇新作《哭泣的情书》中得到了生动的展示。小说以书信体的追述与现实的叙述在时空上互为交叉，揭开了一段令人震撼的历史隐秘。如果说《走在回家的路上》这路之所以漫长而艰辛，是由于战乱带来的不幸，那么《哭泣的情书》之所以让有情人哭干眼泪，则分明是由于道貌岸然的权势者的卑劣与下作。作品的男主人公"方民"对其同学"席子娟"苦恋十多年，而"席子娟"则始终回避躲闪，行踪扑朔迷离。苦恋的过程犹如剥笋，"方民"从不得其门而入、被拒之千里之外，到最后修成正果，收获爱情，这马拉松式的奔走漫长而旷日持久。好在天无绝人之路，期间，每得到一个"真相"，就像笋剥去一层外壳，离真相又近了一步。就这么剥去一层又一层，而当所有的外壳都剥离干净，大家以为九九归一，到了"有情人终成眷属"的时候，"席子娟"却选择了自杀。

　　瘗玉埋香的结局，让人们觉得作者似乎有点残忍。好在相信读者最后会选择原谅，因为"席子娟"即便活着，也乏味得很，因为没了尊严，选择死亡倒反而是一种解脱。

　　书中穿插着"方民"写给"席子娟"的三十六封情书。每一封都写得如诉如泣，情真意切。

　　这不由得让人们想起茨威格的《一个陌生女人的来信》。

　　一个是孤男的单恋，一个是寡女的单相思。却都是情到深处人孤独，爱至穷时尽沧桑。他们的那份炽烈的爱，都是能将读者的心燃烧起来的。

　　建成就是这么一个人，悲天悯人，有时甚至还有点杞人忧天，然而在他悲悯的背后则是一颗滚烫的心。

2017 年 2 月 28 日

目 录

第一章　女人的心机

1

大学毕业后，方民一直漂在京城。七年了，他还是头一回开口，请女同学徐筝帮忙。

不久前，他进了一家时尚杂志的采编部当编辑。杂志定位于流行时尚，靠做隐性广告赢利，策划每个选题之前，先得考虑有没有广告客户。按规定，每个栏目的编辑都有广告指标，完不成指标，工资减半，若一年之内没一笔广告收入进账，就得走人。方民在企业界缺少人脉，拉广告有难度。几个月下来，指标没完成，每月工资减半。这对于还要往山西老家寄钱的他来说，实在是雪上加霜。夜晚，方民躺在坚硬的板床上，没有半点睡意。租借的简易平房很小，面积只有一个小型集装箱大小，卫生间是公用的。从不隔音的板壁另一边，传来自来水龙头的滴水声，伴着漫漫长夜。窗外马路上不时驶过重型卡车，大地在微微颤动。辗转难眠，他坐了起来，打开床头灯，斜靠床头，打开大学同学通讯录。他只有从同学里找关系。夹在床栏上的小射灯，光束打在绿色的小本子上。他一栏栏地看下去，评估着每个人帮他拉广告的潜在可能性。

他的目光在"席子娟"这一栏上停留片刻。胸口憋闷隐隐作痛，曾经让他魂牵梦绕的形象，至今还难以忘却。紧挨着她的，就是徐筝。她们两人是大学室友。席子娟几乎没有格外亲近的闺蜜，徐筝却是一个例外。他曾许多次从她们的宿舍窗下走过，窥见房间里面的景象。两个人有时在交头接耳，有时在相互整理衣衫。有一次，竟然还看到她们在为对方涂口红。两张床并排靠着一边墙，睡觉时头顶着头。可以想象，熄灯以后，窗帘低垂暗影浮动，两人说着悄悄话的亲密情形。

这些年里，方民强迫自己忘掉席子娟，可她的身影还是时不时地浮现在他的眼前和梦里。也许正是由于这个原因，他年近三十，还没有对其他女性产生过真正的恋情。事实上，他想给徐筝打电话，下意识里还是由于她当年和席子娟的关系。

大学毕业，徐筝被分配在中学当语文老师，工资少事务多，整日和一帮不大不小的孩子打交道。她嫌烦，不出三个月，自谋出路换到一家房地产公司做宣传策划。那时，方民在一家小报当编辑，她曾经来找过他，请他帮忙为公司做一些软广告。比如在公司开发某一地块时，披露相关信息之类。这样的事，他帮她做过几次。事后，她多次要请他吃饭，他都婉言推辞了。

之后，方民离开了那家小报，徐筝也去了一家投资开发公司。他们之间不再联络。

一想，投资开发公司是需要做广告的，不妨找她试一试？方民眼前一亮。第二天，他上班后的第一件事，就是打电话给徐筝，说了自己眼下的窘况，请她务必帮他一次。

徐筝听完他的话，在电话里很爽快地说："行，我去问一下公司，回头给你电话。"

整整一个下午过去了，还没有徐筝的回电。临近下班，正当方民以为此事没戏的时候，徐筝的电话来了："明天下午，我派车来接你，你直接和我们董事长谈吧。"

　　以往的经验，直接和董事长谈广告，十有八九会被婉拒。方民不无担忧地说："还是你先和你们董事长谈妥了，我再出面吧，不然当面谈崩了，你也不好圆场。"

　　徐筝在电话里笑了，说："这还用你教我吗？你放心吧，来了，总不会让你空手而归的。"

　　方民明白了，徐筝在董事长那里是个搞得定的人。

　　夕阳西坠，天边添了一抹玫瑰暗红，都市嘈杂声一片。一幢高耸入云的大楼，方民拾级而上，内心突然忐忑起来。自从两年前断了联络，他对徐筝目前的情况几乎一无所知，而要她帮忙解决的广告费，数目不小。可他已无退路，只有拿下这个广告，才能一劳永逸地解除后顾之忧。不管出现什么情况，他必须硬着头皮抓住这个机会。

　　在路上，他一直在揣测洽谈中可能出现的局面，设想相应的对策。他猜想，公司董事长多半是个半小老头，被徐筝身体散发的青春气息迷住了，对她言听计从，所以才答应做这个广告。

　　然而，出乎方民的意料，董事长刘佳湘是个中年女人，皮肤白净，体态丰腴，神情安详，周身散发着清幽的香气。她穿着真丝黑上衣，领口和袖口扎得紧紧的，似乎在封闭自己的身体，这样一来，显露在外的白皙肌肤，以及轻薄滑爽衣料下隆起的曲线，反而变得更性感了。可以想象，她年轻时一定是个美人坯子；有点年纪以后，更懂得欲盖弥彰的伎俩。

刘佳湘是在开会间隙被徐筝叫过来的，步履匆匆，一见面就熟人似地招呼方民："坐，坐，不必客气。"说话间，伸出手来，眼光直勾勾地上下打量着他。握着她那双柔若无骨的纤手，嗅到若有似无的香气，面对放肆的眼光，方民浑身像被电击似的，一阵微微酥麻。这种感觉，只有在许多年前初次见到席子娟时才出现过。

他们在公司的接待室里坐下。接待室的墙上，全无通常会挂着的各类证书、奖章、名人与老板会面的大幅照片，好像并不需要靠这类虚名来支撑公司门面，抑或是在刻意低调，尽量不引人注目。真皮的意大利进口沙发、墙上的名人字画，静静地围在四周。乍一看，好像踏进了豪华的私人客厅。刘佳湘坐在方民和徐筝的对面，十指相扣支在胸前，眉眼间流露出神秘温婉的气息，丝毫没有投资开发公司老板那种颐指气使的霸气。

刘佳湘没怎么介绍公司的情况，只是拍了拍茶几上的现成文稿，说："你看看资料吧，内容上面都有了。还有不明白的地方，问你的同学。"更多的时间，她在打量方民，眼神好像在品味琢磨。谈话间，她还不时地询问他的家庭情况。方民不明白哪里出了问题，转过目光看了看徐筝。徐筝抿紧嘴唇，似乎强忍着笑意。她们好像事先串通好了，要让他猜谜。为了能拿到这个广告，方民只得硬着头皮，一一回答董事长的询问。他很紧张，倒不是回答问题本身，而是害怕行为举止有不得体之处，引起对方反感。直到刘佳湘在广告合同和银行支票上签下了名字，他才长长地松了一口气。接着他想，该是她们提条件的时候了。通常情况下，广告客户总会提一些令人尴尬的附加条件。

可没想到，刘佳湘签完字就站起身来，准备离去。

"方记者，"刘佳湘指指徐筝。"晚饭公司请客，由她陪你。我还要开会，先走一步了，你们两个再谈谈……"

豪华的接待室里，剩下方民和徐筝两个人。这时候，他才静下心来，喝了一口茶。茶水还是温热的。窗外，夕阳贴在城市边际线上，温和明亮。一个系着安全带的清洁工在窗外滑过，蜘蛛似地展开四肢，用抹布擦拭着外层玻璃，在屋内投下了一片阴影。他的目光回到徐筝这边，想说点感谢的话。

还没等他张口，徐筝先开口说："走，我们去吃饭。"

方民连连摇手说："别破费了，你帮了我这个忙，我已经感谢不尽。要不这样，我请你吃饭。"

徐筝面露不悦地说："董事长吩咐的，要请你吃饭，你这个面子不给我也要给董事长吧？以前我几次请你吃饭，你都推脱了。你这个人啊，到底是清高呢，还是瞧不起我？你这样做，就不够朋友了……"

这顿饭，看来是非吃不可了。方民觉得，再推辞下去，对不起徐筝的热心帮助。他乖乖地跟着她，走出公司的大楼，来到大街上。

一路上，方民还是觉得蹊跷。一切太顺利了，二十几万的广告费说给就给，这么大的面子，好像很难用一般的同学关系来解释。

2

徐筝熟门熟路，引导方民进了一家四星级宾馆的餐厅。幽静的包厢内，吊灯和射灯交织的灯光玲珑剔透，四周墙上西洋壁画环绕，餐桌上餐具银光闪闪，构成了高雅、幽谧和暧昧的氛围。

徐筝脱掉外衣坐下，红色的薄绒衫勾勒出玲珑有致的身体曲线。隔着桌子，她微笑地看着他。等方民坐下，她朝服务员招招手，示意点菜。她没有询问方民，自作主张，一口气报了一串菜名。

敲定菜单后，她又要了一瓶法国产的拉菲红酒。做时尚杂志的方民自然知道那种酒的价值，连忙摇手说："不要，这酒太贵了。"她瞥了他一眼："这是公司招待的，费用打入成本，你不用替董事长省这点小钱。告诉你，今天是我陪你，如果换了别人，你这么说话会被人瞧不起的。"

整个下午，徐筝都在观察方民。想到他一切还蒙在鼓里，她忍不住会心一笑。昨天接到他的电话后，她首先想到的是那些保存完好的情书。她拿着并不属于她的情书去见刘佳湘——也就是她的姨妈。她知道，由于席子娟的缘故，姨妈会对它们感兴趣的。姨甥俩的老家在江南。刘佳湘二十年前上大学来了京城，毕业后分在部里，后来当了廖伯苇秘书，再后来辞去公职开办了投资开发公司；十年前，徐筝考上了京城的大学，毕业后也没有回去。母亲在她大学毕业后不久得病去世，父亲又续了妻室。她孤身一人，工作也不顺心，只得投靠在京城长袖善舞的姨妈，在她任董事长的投资公司当了一名员工……

果然，刘佳湘看到席子娟三个字，眼睛就亮起来。她快速地浏览了那叠信件，对着窗外深沉的夜色凝视许久，然后说："小筝，你真的喜欢这个叫方民的男人？"

"是的，他信上所说的话真诚感人，打动了我。我还没有见过这么痴情的男人。"

刘佳湘轻声叹息，"你这个没有野心的女孩子。要知道，跟一个穷书生，一辈子也翻不了身。"

"多少人有姨妈这样的本事？"徐筝语带讥讽，又恰到好处地搔了姨妈的痒处。

刘佳湘笑了，"你我别的不说，但有一个共同点，想要的东西就一定要拿到手。好吧，我得成全你。你妈去世前，曾托付过我，我有责任照顾你。再说，我们是血亲，一家人就得帮衬着，你说对不对？"

徐筝明白她的言下之意，有些事只有亲人之间可以托付，当然在这番话的背后，她一定也有自己的盘算。姨妈在乎的是席子娟。自从眼看她帮助老爷子，一手策划了席子娟和社科院欧阳老师的婚事，徐筝就知道这里面有故事。她迟早会知道其中的来龙去脉，不过眼下只有先顾自己了。她谦卑地回答："我明白，我会做好你要我做的一切事情。包括和席子娟保持联系……"

刘佳湘的脸阴沉下来，"我们这笔广告费也不是白出的，账还是记在席子娟身上，将来由她来还的。"

徐筝心里一惊，姨妈的口气听上去似乎与席子娟有仇。她不便进一步深究，但隐隐有些担忧。这种担忧很快被她走近方民的喜悦所冲淡。

隔着餐桌，方民也在端详徐筝。与大学时期相比，她脸上多了些许沧桑感和疲惫，不过化妆得恰到好处，肤色红润，眼影线浓淡适宜。她的眼神里透露出一丝嘲笑似的诡秘。看着她神秘兮兮的神情，联想起在董事长刘佳湘诡异的眼神，他越发觉得这里面一定有文章。

"你实话告诉我，"方民不安地问，"为什么你们董事长这么爽快，没提什么条件，就拿出二十几万做广告？"

"一定要我说吗？"徐筝侧过头，调皮地眨眨眼睛。

"是的，你不说明白，我拿着这份广告心里不踏实。"方民一脸认真地说。

"那好吧，我告诉你原因，"徐筝一字一句地说，"董事长是我家小姨，我妈的亲妹妹。"

"噢，原来是这样。"他松了一口气。

"我还对她说了，你不但是我的同学，还是我的男朋友……"她又补充了一句。

他惊讶地责问："你，你怎么可以这么说！"

徐筝不以为然："我不这么说，她会白送你一个广告？别做梦了吧。"

方民愕然。董事长如此这番地打量他，原来是在观察她未来的外甥女婿。

清冽的红酒倒进高脚杯里，两人举杯。清脆的玻璃撞击声，叩开了多年沉寂的记忆。两人脑海里都闪过了席子娟的身影。菜一道道上来，要说的话却越来越少了。场面有些沉闷。如果不是席子娟和出于广告指标的压力，方民不会把徐筝放在心上。他一向认为，与子娟的沉静相比，她显得过分张扬；在子娟的深沉内秀面前，她的浅薄无聊暴露无遗。面对徐筝，他想说的就只剩一个话题，那就是席子娟。她们在一个宿舍住了四年，一定知道对方许多不为人知的秘密，只可惜一直没有机会向她打听。今天本该说说这个话题，不料，先有徐筝"男朋友"这么一说，他再谈席子娟就难以启口了。

徐筝快人快语，肚子里藏不下秘密，但把话挑明以后，反而羞涩起来。两人的身子隔着一桌子菜，不停地举杯碰杯喝酒，本该说话的时间都浸入了酒中。餐厅里很安静，服务员在远处站着。方民不大会喝酒，小口地抿；徐筝则是大口地往嘴里灌，一杯接一杯。一瓶酒有大半是她喝下去的……

离开饭店时，徐筝已经无法正常迈步。她半边身子倚靠身旁的方民，一侧乳房压在他的臂膀上，两条长腿拧大麻花似地左右摆动，身体摇摇晃晃。走到后来，几乎是方民挟着她往前拖动。面对醉态毕露的徐筝，方民只得扬手叫出租车，送她回家。

出租车上，徐筝紧挨着方民坐在后座，头压在他的胸口，手紧紧地抓着他的衣襟。面对司机的问询，她从前排座位的缝隙里伸出手，一会儿指东面，一会儿指西面，说不出一个完整的地址。夜已深，出租车在空荡荡的大街上转着圈子。司机见多不怪，似乎颇有耐心，然而计价器上的数字却在不停地往上蹿。

看来不转到她酒醒，这车是到不了地方了。无奈，方民让出租车停在了一个招待所的门口。下车后，他扶着她走进招待所。她烂醉如泥，身体的重量全部压在他的臂弯上。他出示身份证开了个房间，交付了一夜的住宿费，然后搀她进了客房。他打算让她先在这里歇下，等她酒醒后自己回家。

徐筝酒气熏天，像抽去筋骨一般趴到了床上，方民帮她脱下皮鞋，顺手将被子给她盖上。她顺从地配合他，眼睛半睁半闭，嘴里轻轻地哼哼，很享受的样子。随后，他关闭房间灯，留着过道灯，轻手轻脚地移向门口。这时候，传来她含糊的声音：

"水，水，我渴……"

方民只得返身，将桌上的瓶装水递给她。

徐筝将水一口气喝光了，神情清醒不少。见方民要走，她耸起身子喊住他："方民，你别走，有些话，我要对你说说清楚……"

方民收住脚，打开灯，回到床边。灯光照亮了房间。

"你不要以为我喝多了，其实我心里明白。方民，我早就看出来了，你心里只有席子娟一个人……"徐筝含着泪水，酒好像醒了，或者刚才根本就在装醉。"可是子娟呢？子娟是不是这样想的呢？不，她不会想你的。我不是喝醉了酒说她坏话，我说的全是实话。"

方民无奈地说："我们不说席子娟，她已经嫁人了。再说她没多大意思。"

徐筝指着他说："不，你这样说就不老实，你心里还想着她。只是没有机会，无可奈何罢了。"

他无言以对。

徐筝掀去被子，坐起来想下床，一时控制不住自己，头重脚轻，栽到地板上。方民连忙上前，双手在她两肋下面扶住，准备往床上抬。没料到，还没等他用力，徐筝双手先已勾住了他的脖子。

"你看看我，看着我！"徐筝几乎贴着他的脸在说，"我也是女人，和席子娟没什么两样，你怎么对我一点感觉也没有？难道我真的那么讨人嫌，子娟就真的那么讨男人喜欢？"

她用力挣脱衣服，青春曼妙的身躯在他眼皮下一寸寸显露出来。很快，上身的衣服全部敞开了。灯光幽雅，酒气满室。这白色床单上的充满活力的胴体，让方民一时难以自禁。不久前灌下的酒涌上头来，浑身血脉偾张，恍惚间，他的眼前时而浮现席子娟的影子，时而流动着刘佳湘的气息，两个女人渐次在徐筝的身上合而为一。

他慢慢地俯下身子。他的嘴唇眼看就将贴到她脸上，从她喉咙里突然发出"咕啰啰"声响，酒气直喷到他的脸上。还没有等他回过神来，她已向床边侧转身子，伸长脖子，经过胃肠发酵的酒菜从口中倾泻而出。方民连忙避到一旁。她不停地呕吐，吐得翻天覆地。短暂的犹豫过后，他伸出手，在她的背上轻轻地拍打，直到她再也吐不出东西……

房间里弥漫着酸腐的酒气。方民将一地的秽物清扫干净，回头再看，徐筝躺在床上睡意沉沉。他百般沮丧，为刚才情不自禁的举动，又觉得有点对不起徐筝。他俯身低头，轻轻在她前额上亲了一下，帮她盖好被子，转过身向门外走去。

3

方民回到自己的住所。房间里冷冰冰的。他没有开灯，衣服也不脱，直挺挺地倒在床上。转瞬间，疲惫、麻木、迷茫，黑暗中仿佛变成一张厚重的网，把他罩住了，闷得他喘不过气来。与此同时，他的意识却越来越清晰。席子娟、刘佳湘、徐筝，三个女人在他眼前轮番出现。席子娟虽然遥远，却令他牵肠挂肚；徐筝和刘佳湘的肉体，则充满了难以抵挡的诱惑。他感到胯下正在挺起，不可抑止地向上伸展，很快将裤头撑成一顶小小的帐篷。他必须将它拆除……上下滑动，左右摇晃，用力挤压，直到它发出痉挛的喷发，轰然倒塌。

随后，他平静下来，思绪有了一些条理。

从徐筝今天的表现看，她对他的暗恋不是一天两天了。既然无法给予她所希望的那种感情，至少也应该感谢那份情义。从徐筝身上，他意识到大学期间，自己在感情方面陷入了盲区。因为席子娟的缘故，有些女生对他的好感可能视而不见，失去了许多可贵的机会。然而，唯其这样，他越发珍惜对席子娟的那份感情。离开学校六年多了，她始终杳无音讯。两人最后一次见面，还是在他的学生宿舍里，她来向他道别。她离开时，坐进那辆黑色轿车向他回望的情景，至今仍深深刻在他的记忆里。

她甘愿在众人的视野里消失，是想逃避什么？现在又在哪里？方民痛苦地问自己。

一夜无眠。

第二天，方民上班后先到广告部，交了那份广告合同和银行支票。按广告部主任的说法，这份广告让他完成了全年的指标，即便什么活都不干，每月也可以坐等着拿工资。

对此，方民似乎并没有感到高兴，反而有一种出卖朋友的感觉。

他给徐筝打电话，问她昨晚睡得好吗，同时感谢她的帮助。

电话那头，徐筝欲盖弥彰地说："昨晚发生了什么事？我一觉醒来，发觉睡在了招待所的房间里……我没出丑吧？"

"没有啊。什么事也没有发生。"方民比她更不愿提及昨晚的尴尬，"我不知道你的住处，只好先将你安置在那里。"

"没事就好。"徐筝强调说,"不过,你一定不要忘了,如果姨妈提起来,你可得承认你是我的男朋友。记住了,她们这样的人最恨被别人欺骗了——不管是有意无意。"

"这……我会小心的。"方民尴尬地回答。

"以后你还要广告,可以直接给她打电话。只要认可我们这层关系,她一般不会推托的。"

"好的,我记住了。"

他没有再跟徐筝通电话,因为还没想好该怎么处理和她的关系。他也没有再找刘佳湘。潜意识里,他害怕再见到这个中年女人。她身上散发着一种让人迷醉的神秘气息,他害怕会深陷其中。那天在酒席上,他曾试图向徐筝打听她姨妈的背景。徐筝的回答是"姨妈的来头很大,你还是不要知道的好"。所以,在还没有搞清楚背景的时候,最好离她们远一点。

既然有一段可以自由支配的时间,方民想了想,他选择了回老家探亲。

极目望去,被火烧焦似的黄色铺天盖地无处不在。生于斯长于斯的方民,在几年没有回乡后,再次踏上这片土地。从县里到乡下,几十公里山路正在铺水泥路面。中巴驶在便道上,颠得散了架似的,发动机发出呻吟般的嘶吼。他坐在车厢前排,明知要到车子爬上对面的山梁上,才能望见山旮旯里的村落,眼睛却始终盯着前面。

大学毕业后的头两年,方民两次回家,都赶上过年。天寒地冻,蓝天之下满眼是黄白相间的泥土和积雪。屋子里烧着牛粪取暖。父母亲、结婚成家分开住的哥哥,当他客人,吃的喝的都端到了炕上。每天除了吃饭喝酒就是走亲访友，走亲访友还是吃饭喝酒。说的都是庄稼院里的事，即便向方民打听大京城的事，也显得很可笑，比如地铁怎么就能在地底下跑，这是不是邪了门？他本来想聊聊城里和自己的工作，看这情形，也就懒得说。没住上几天，他就腻味透了。

后来，他就不再回家过年。照例，每月寄一些钱，打上一两通电话。因当年上大学的花费大多是父母向亲友借的，这笔钱得从他的工资里还。电话里得知父母平安无事，他也就放下了心。平时夜里听到有人叫他接电话，他心里总会一阵紧张，害怕听到不好的消息。其实，坏消息家里人一般不会告诉他。有一回，父亲在夜里找羊，不慎滑下山崖，摔断了两根肋骨，足足躺了一个多月。他们也只在事后才轻描淡写提一下。

在电话里，家人唠叨最多的话题，是他的婚姻大事。村里有人娶媳妇了，母亲在电话告诉他，紧接着就说那人是他的后辈，可他这个当叔叔的还没有把媳妇带回家去。方民很难回答这个问题，老是敷衍说"快了，快了"。可是，他的另一半在哪里，至今还是个未知数。

在老家，日子过得宁静平淡，就像时光被卡住了。如果不是走出大山，他也会像父辈那样，日复一日年复一年，直至走向人生的终点。每当想到这些，方民就会不寒而栗。正因为这样，他至今对教授感激不尽。他经常问自己：如果不是教授的启蒙，他还能不能像现在这样？

二十多年前，教授一家从京城下放来到方家岩。从教授嘴里，方民知道了首都北京，并有了最初的印象。在北京上了大学，以后落脚谋生，看到两地生活条件竟如此悬殊，他更加体会到教授当年下放是何等的艰辛。随着年龄的增长，他越发怀念教授和他的家人。

在方家岩待了一年多后，教授带着他年仅七岁的女儿橘子突然走了，消失得无影无踪。只留下了他的妻子，一个娇美如花刚烈如铁的女子，长眠在这里。

方民独自向村后的坟山走去。每趟回老家，他都要去教授夫人墓前祭扫。

背阴的山坳里，杂草丛生。乱石裸露高低不平的地面上，一个个微微隆起的土包静静地起伏着。天空飘浮的云层，不时在山坳里投下移动的黑影。他找到了那个坟头。墓前插着一块木桩，虽几近风化，但上面黑漆描着的"教授夫人"四个字依稀可辨。

坟头差不多与地面齐平了。他弯下腰去，挥动随身带着的镰刀，清除坟头周边的荒草。他很久没有做农活了，带刺的草扎得手掌火辣辣的痛。他一边刈割一边在心里暗暗念叨：教授夫人，你安心在这儿待着，大伙不会把你撂下不管的……

面朝黄土，他隐隐听见地底下的教授女人似乎在和他对话。

"橘子呢，橘子好吗？"

"橘子好着呢。"

"我正想见见她呢，她成家了没有？"

"成家了，还有三个孩子呢。"他索性胡编了，"他们都惦记着你呢。"

"一家人和和气气的，不要吵架。他爸急性子，她脾气倔，两人对不上的时候会吵架。"

"放心吧，"他一口答应，"我会转告他们的。"

哇——哇！

身后传来突兀的叫声，仿佛是教授女人在笑。他蓦地一惊，抬起头，看见一只乌鸦在柏树丛中扑楞楞腾起，消失的空中。他想，乌鸦听到了他们的对话，尽管是编的，不过对逝者也算是一种承诺。可是，橘子在哪里呢？

祭扫后，他朝坟头最后打量了一番，觉得光秃秃的好像缺了点什么。他走近刚才乌鸦栖身的柏树丛，用镰刀将最外面的一株小柏树连根带土挖出来，种在了教授女人的坟前。

在家的日子里，这似乎是方民做过的最有意义的事情了。家乡在他眼里已然陌生，除了亲情，很难再找到共同语言。住了短短几天，他就辞别父母返回北京，重新过着忙碌而充满期待的日子。

4

方民再次接到徐筝的电话，是在半年以后。

"喂，方民，你那天怎么没有去参加子娟丈夫的葬礼？"徐筝在电话里劈头盖脸地问，好像醉酒的那个晚上就在昨天。

"子娟的丈夫死了？什么时候的事？"

"葬礼都过去一个月了。晚报上发过消息，就是社科院那个研究当代史的欧阳研究员。你不知道？装糊涂吧。"

由于在时尚杂志做事，方民还真不大留意社科类的版面，何况那种不足百字的讣告，即使拿着报纸，通常也会忽略不计。更何况，并没有人跟他说过，席子娟嫁给了谁。显然，徐筝以为他是知道席子娟情况的。电话里，她简略地说了那个叫欧阳的死者和他家的住址。

终于有了席子娟的下落，方民欣喜若狂。放下电话，他坐上一辆出租车，直奔社科院。

一路上，他想象着和席子娟相见时的情景：身穿丧服的她，也许会惊诧地叫出声来"怎么是你"；或者口吻冷淡地问"你来干什么"；还有一种可能，她心灰意懒地注视着他，将他作为普通的同学来接待……不管她是何种状态，他的态度是不变的。他会轻轻地唤她一声"子娟"，然后伸出双臂将她拥入怀抱。

出租车停在社科院门口。下车后，方民一路打听，走向位于社科院深处的家属区。按照徐筝告诉他的地址和路人的指引，他远远地看到了那幢二层小楼，心脏剧烈地跳动。

小楼旁树木掩映，蝉鸣声声，格外冷清。通往小楼的小径被绿化带蔓延伸展的野草所覆盖，久未清理。方民踏上小楼的木头台阶，站在遮雨的门廊下，在门上轻轻叩了几下。声音被吸进地底似的，不起一点回音。等了片刻，他又重重地在门上敲两下，仍然没有动静。显然屋里无人。

他沿着墙脚，在底层房间的一个个窗户下，踮起脚朝里张望。窗户都拉上了窗帘，只有厨房的窗户是透亮的。厨房里，看上去有点杂乱，水壶、炒锅，还有洗菜的塑料盆，杂乱地搁在灶头上、案板上和地板上。自来水龙头还滴着水，缓慢地落在水池里。

方民沮丧地回到门廊下，在木头台阶上坐下，等待小楼的主人回来。阳光洒落在杂草丛生的小径上。闲着也是闲着，还是帮席子娟干点活吧。他蹲下身子，清理地上的杂草。草根的汁水和湿泥的

017

气味弥漫在空气里，让他有一种回家的感觉。小径渐渐变得干净，时间也在一点点流逝。

"喂，小伙子。你在干什么？"一个苍老的声音响起。

他直起腰，抬头看去。小径和小路的交叉处，立着一个头发花白的老太太。老太太惊奇地看着他，弄不明白这个人为什么会在这里，还要这样卖力地清理杂草。

"噢，我在等人，"他忙解释说，"闲着没事，帮着打扫一下卫生。"

"等人？等谁呀？"老太太更为不解地问。

"我在等欧阳研究员的家人。"方民说。

"啊哎，小伙子。"老太太手指点点方民身后的小楼，"你这不是白等吗？他家许多日子没有人了……"

"他家里的人呢？"他失望地问老太太，"我听说欧阳研究员过世了，想来悼念……"

"嗨，是这样的。"老太太摇摇头说，"欧阳死后，她的太太就离家出走了。谁也不知道她去了哪里。这女人脾气古怪，一副不爱搭理人的样子。平时，左邻右舍也不敢接近她，谁会去自讨没趣……"

"那么，我该上哪里去打听欧阳研究员的事情？"方民问。

老太太突然警觉起来，问："喂，小伙子，你是他家什么人，问得这么详细？"

"我……"方民想了想说，"我是他妻子的同学。"

老太太上下打量着方民，不相信地说，"我不管你是谁，有事你去向院方打听，不要在这儿瞎忙乎。这里是住宅区，不是社科院的办公室。"

听了这一番话，他明白在这儿即使坐到明天天亮，也等不到席子娟的。他谢过老太太，顺便请她告知物业，注意一下里面龙头里在滴水，便离开了小楼。

社科院的人事处，办公室里只有一个值班的女科员。在她的膝上坐着一个五六岁的男孩，正读着一本漫画书。男孩不时手足舞动，咯咯地笑出声来。方民在门口站了一会，女科员才发现他。

"有事吗？"女科员问。

"我想打听一个人。"他欠了欠身子说，"政治研究所的欧阳……"

"欧阳研究员……"女科员抱起男孩子，放到边上的椅子上，略微有些紧张地站起来，"他，已经去世了……"

方民拿出杂志社的工作证，证明了身份，然后说："我想了解一下他的生平，或许会做一些报道……"

女科员撇撇嘴说："是这样啊，人死了也不太平，我还以为又有孽债找上他了。"

"孽债？"方民颇为不解地问，"谁的孽债？"

也许是他一脸的真诚打动了女科员。她说："其实呢，他的这些事在如今大概也算不了什么。你听过也就算了。自从他的第一任妻子出国和他离婚以后，隔三差五的，有女孩子来告状，说欧阳研究员以谈恋爱为名，玩弄女孩子的感情，要求院方处理……男女双方都是成年人，要对自己行为负责，所以呢，这些事到头来总是不了了之。再婚以后，他也没有收手。院里的名声被他搞坏了。一说到社科院，有人就会说那儿的人不正经……这么一来，院领导对他这个人感到有点头痛。"

"怎么会这样的?"方民不相信地说。

坐在椅子上的男孩,目光突然离开漫画,抬起头问:"妈妈,不正经是什么意思?"

女科员这才意识到,这个话题儿童不宜,忙说:"去,到图书馆王叔叔那里去,他那里有新进的动画片。我和这位杂志社的叔叔谈点事情,一会就过来看你。"

男孩子离开后,女科员这才放心大胆地继续说:"欧阳个子长得高高大大,说话也爽快,又是正当盛年,事业有成,还是蛮吸引女孩子的。只要他有交往的意愿,女孩子自然也乐意和他在一起。这实际上是一桩好事,你说是吗?问题还是出在欧阳自己的身上,据说他有个怪癖……"女科员的脸微微一红,不再往下说了。

方民看着她,静静地等着。

稍稍停顿了一下,女科员接着往下说:"那些女孩子说起欧阳的不对,大多差不多,说欧阳居然把她们当成他前妻的替身……"女科员在斟酌用词,犹豫片刻后说:"他们在一起的时候,你明白我说的在一起的意思吧?对,就是做爱。这种时刻,欧阳老是要叫唤前妻的名字。她们多次提醒过他,他还是改不过来。你说说,谁愿意成为另一个女人的替代品?欧阳说你不让我叫,我们就不谈吧。这不是有点无赖的味道了?"

方民有点困惑,暗想,她怎么连研究员做爱时的习惯也知道?

这种探究的眼神被女科员看出来了。"这些不是我编出来的,"她一本正经地解释说,"现在的女孩子什么都敢说,什么都敢做的。说这些话的时候,我们听的人脸都红了,她们好像并不在乎。我只是有点不明白,他后来的妻子,也就是那个叫席子娟的女人,是怎么忍受这件事的……好了，不说这些了。男女间的事情说不清楚的。再说人也死了，说死人未免有点残忍……"

"听说欧阳研究员死于心脏病，好像跟院方也有一点关系？"方民试探地问。

"首先申明一点，欧阳的死跟院方没有丝毫关系。"女科员严肃地说，"院方没有亏待过他。像他这个年纪，又是冷门专业，当个副研究员就不错了。没评他研究员也很正常。他不满意，闹了几次。后来，不知哪个上层领导发了话，院方就破格让他当了研究员……"女科员意识到自己说得太多了，欠欠身子。"哎，你想知道更多的情况，可以去他家里，问问他的妻子。"

方民站起身来，说："我就是从他家那里来的，他家没有人。"

5

在社科院的大门口，方民看到了徐筝。她撑着粉红色的遮阳伞，醒目地站在中央花坛的巨大雪松下，似乎在等人。看见他，她忙招了招手。

"哎，你怎么在这里？"他颇感意外。

"我猜你会到这儿来的，所以在这里等你。"徐筝故作神秘地说。给方民打过电话以后，她也去了席子娟的家，想在那里守候他。邻居告诉她，有个人先她而来现在又去了院办公室。她就猜出了大概。

"你等我？"他越发糊涂了。

"怕你愣头愣脑的，让别人笑话。"她拉了他一下，"走，到我家去，我有一些东西要给你看。"

"去你家？"他犹豫着。

"你怕我吃了你？"她冷冷一笑，"爽快点说，去还是不去？以后后悔了，可不要怪我。"

他听出她话中有话，问："给我看什么好东西？"

"跟子娟有关，也和你有关。"她说。

"好吧，我们走。"

两人上了出租车，来到徐筝的住处。

三楼的一室一厅。室内一只电脑台，一张单人床，一架两门衣橱。临街朝南的窗户敞开着，阳光洒了一地。在路上，徐筝已经向方民作了解释，她借住在她姨妈公司的宿舍里，说"家里"是习惯了改不了口。何况，在城里她还没有属于自己的房子，单身一人，栖居的地方就是家。

"坐吧，在床上坐。"徐筝说，"喝茶还是喝饮料？"

"别忙乎了。"方民也不推辞，一屁股坐下，席梦思强劲的弹性让他颠了一下。定了定神，他说："还是让我看看你说的那样东西。"

徐筝暗自笑着，说："看你心急的，好吧，先拿给你看。"

她打开电脑台抽屉，取出一个牛皮纸卷宗袋，拍了拍。一股陈腐的气息弥漫在空气里。她解开卷宗袋封口的线头，倒着拎起来一抖，纸片纷纷扬扬从袋里滑出来，撒落在桌上。方民一下愣住，眼前铺展的信封和信纸似曾相识，看上去是那样的熟悉。他拿起一封信看了看，才知道这都是自己在大学期间写给席子娟的情书，不由大吃一惊。

两个人之间的情书，怎会到了第三者徐筝的手里？

"我反复清点过了，一共是三十六封。"徐筝双手交叉抱在胸前，"每封信我都认真读过，有的还读了不止一遍……"

"你，到底在玩什么鬼花样？"方民恼羞成怒地说。

"这些信怎么会在我这里的？"徐筝双手换到了腰间支着，得意地说，"知道吧？每一封信，都是子娟亲手交给我的。"

方民小心地翻检这些信，掩饰着内心的慌乱。这每封信都是他情不自禁、再三犹豫、下定决心后写下的。信里的每一笔袒露着真实情感的赤诚，每一句话只能对一个人说，旁人无权过问。可他万万没有想到，席子娟将这些信统统交给了另一个女人！他曾经无数次地想象过，席子娟读了他的情书，将会怎么想、怎么做，却没想到，她竟然把所有的信交给了徐筝。

席子娟这么做，究竟是出于何种考虑？

"我是你的……你的倩影一天二十四小时萦绕在我的脑海……"似乎是为了进一步羞辱他，徐筝拿起一封信，一字一句念了起来。"在你的面前，我自惭形秽……我能给予你的，只有我永远的忠诚……"

他一把夺过信，涨红了脸。"别念了，告诉我，这到底是怎么一回事？"

"你真的想知道真相？"

"真的。"他斩钉截铁地说。

徐筝这才不紧不慢地说："子娟第一次收到你情书时，我正好在场。她拆开信封抽出信纸来读，看到最后的落款姓名后，脸色瞬间阴沉下来，许久没有说话。我问她发生了什么事。她把信扔到了我的手里，说'你自己看吧'。从那以后，你的每一封信，传递到子娟的手里以后，她都没有拆开，就移交到了我的手里。实际上，我是这些信件的第一个读者，也是唯一的读者……"

"居然是这样……"方民听了两眼发直，痛苦地自语。

"现在，你应该明白了吧。"徐筝口气变得强硬，"在某种意义上，我是你表白情感的对象，你的火烧到了我的身上。开头的几封信，我并没有当回事。随着你攻势的加强，我内心开始躁动，像一堆干柴被点燃……"

"她为何要这样做？"他大声地问，"你又为何容忍她这样做？"

她愣了一愣，自言自语："是呀，我怎么会容忍这种残忍的做法？"

两个人面对面，沉默着。片刻，为了掩饰尴尬和无奈，两人又相视一笑。

"能说说你现在的想法吧？"徐筝问。

"我要听你说出事情的真相！"方民恼怒地说，"你不给我说清楚，我就不走了！"

"好啊，"徐筝两手抚掌，哈哈笑了，"这真是我所想要的。"

他捏紧了拳头，"我不是在跟你讲笑话！"

徐筝在床沿上坐了下来，一脸无辜地说："真相？这就是真相。我只知道一点，子娟说过，她的婚姻决不会幸福的，如果有人真心爱她，她会于心不忍。所以，她不能容忍任何感情的萌芽出现。我要申明的是，她这样做并不是针对你一个人，而是所有的男同学。这也许是我愿意帮她保守秘密的原因。"

"她怎么会认为，她的婚姻决不会幸福？"

"你问得好，我也这样问过她。她说，这是命，命中注定。我说不要相信那些算命先生，她说她相信。就这么回事。"

"真是这样的话，她完全可以当面拒绝我，让我死了这条心……"

"我也是这样对她说的，可她回答我说，应该让男人们保持一种美好的幻想，而不是将冲突表面化。再说，她也很享受被人追求的感觉，毕竟她也是女人。她还说过，如果她当面拒绝你，你一定不会善罢甘休的……"

方民承认，席子娟说的都没错。他惊讶于她大学时期就对人情世故有如此深刻的理解，并庆幸自己爱对了人。他说："她认定她的婚姻不会幸福，一定有其自身的原因，不会只是基于某种个人的预测……"

徐笋显得有些不耐烦，打断他的话："算了，每个人都有自己的行为方式，不要去讨论别人。还是说说你自己吧，你干吗盯着她不放？"

"我……"方民被问住了，"是呀，我也弄不明白。那些年里，眼前的女孩只有子娟一个人。在我的眼里，她长得太完美了……"

徐笋的脸上明显露出不悦。方民的话无疑打击了她的自尊心。她噘着嘴唇，气恨恨地把散摊在四处的纸片归拢起来，胡乱地塞进原先那个牛皮纸袋里。

"我原本想，把这些情书还给你，让你自己作一个了结，可现在我改主意了。情书我留着，等子娟来向我要吧，由她决定怎么处理。"她说。"你现在可以走了。"

方民站着不动。他犹豫再三，迟疑地跨出房门。

第二章　情书（1—3）

情书1

……

大学新生报到的第一天，我站在中文系教学大楼前的大草坪上，面对着眼前红瓦青砖的教学楼，整个人就傻了似的。许多新生已经报到完毕，正在往宿舍走去，我却还呆呆地站着，晕晕乎乎恍恍惚惚，似乎这一切只是一个梦。我怎么也不会想到，我一个在山沟沟里放羊的娃子竟会有这么一天。

也就是这一刻，我遇上了你。从那以后，我再也没有忘却过你。

当时，中文系报到的摊位被新生们围得水泄不通，新生及他们的亲友不顾一切地朝前拥挤，好像晚一步手里的通知单就会被取消资格。我从未见过这样的阵势，傻乎乎地站在一边等着，心里却是暗暗着急。我环顾身边，想寻求帮助，意外地看到了与众不同的你。

你并不着急往前挤，站在我旁边的树阴下，手里挥动着小手绢，缓缓地往脸上扇风。高挑的身子，在喧嚣的人群中仿佛一缕清风。你的眼神是淡漠的，时而还对凑热闹的人群投以轻蔑的冷笑。

从你的表情看来，上大学对你似乎是一件稀松平常的事。

"席子娟，你还在等什么？早报到早完事，早点去宿舍占个好位子。"有人向你打招呼。

"不着急，学校早就排好了学号和铺位，早晚就是一样的。"你胸有成竹地回答。

听你这么一说，我的心安稳了不少。看得出来，你对入学程序很明白。我想起，手头的那张新生报到表上有一处不知该怎么填写，本想交表的时候再问的，既然眼前有一个明白人，不如先向你咨询一下。

"同学，对不起，向你问一个事。"我将手里的表格伸到你眼下。

你愣了一下，瞅着我，打量一番后问："同学，听你的口音像是山西来的？"

我马上说："是的，我就是山西人，方家岩的。"

你好像要再次确认似的，瞪大眼睛看了我片刻。我看到你圆圆的眼睛亮亮地一闪。那眼神就此铭刻在了我的心里。那一刻，我有一种触电般眩晕的感觉。同时我的心头钝钝地一疼，好像你在我的心头捅了一刀。这把刀是不能拔出来的，拔出来就会血流如注，再先进的医学也无法制止我的死亡。有了这种感觉的我，突然不敢再正视你，唯恐被你看穿我的内心。

可是，你并没有回答我的问题，而是环顾四周，高傲地沉默了。片刻，你扭转身子，大步走开了，很快消失在人群里。

我不知道自己哪里得罪了你，但有一点可以肯定，你很在乎我。而我对你也有一种莫名的亲近感。

是你的孤傲和冷漠，还是你那与众不同的美丽，吸引了我？我自己也说不清楚。但我有一种奇怪的感觉，好像以前曾经遇到过你。可是我怎么也想不起来，在我短暂的人生经历和有限的人际交往中，曾经有过这么一个女孩吗？是在我看过的电影里，还是在读过的书中？

我无法抑止内心的冲动，写下了以上的文字。

……

情书 2

……

前一封信并没有寄出，因为我不敢冒昧地惊动你，再说我也不知道往哪里投寄。更主要的是，我还有话要对你说。

那天还发生了另一件事，你应该也有印象的。

报到以后，新生们前往宿舍。许多人在我的身边来来往往。这些人身着各种服装：衬衫、西装、T恤；各人手上提着的行李更是五花八门：带小轮的硬壳行李箱、人造革的行李袋、用塑料绳编织成的网篮。比新生更多的是陪同前来的新生亲友，兴高采烈，熙熙攘攘，人声鼎沸。这情景简直就像校园里在举行一个盛大的节日。

面对这些景象，我视而不见听而不闻。我还沉浸在踏进校门时的兴奋中，脑海反复想着一个词：大学生，我终于是一个大学生了……从离开家乡进入这个城市起，每一分每一秒，我的感觉都是新鲜的，其中还掺杂着一个边远山区农村孩子的茫然。这感情是复杂的，有兴奋，有好奇，还有伤感和心理不平衡。但从今往后，这一切都将成为过去，因为我——一个以前从不被人看上眼的农村学生，终于和眼前这些人站在人生同一条起跑线上了。

"砰"的一声巨响，把我从神思恍惚中惊醒。

我朝着声音发出的方向望去。一个竹壳的热水瓶摔落在水泥地上，四处飞溅的瓶胆玻璃碎片在阳光下闪闪发亮。我的目光扫过瓶胆破裂的热水瓶，扫过前来围观的同学，停留在站在破热水瓶前面的女孩子身上。

原来还是你!

你留着与流行的马尾辫分道扬镳的齐耳短发。手工缝制的收腰衬衫和露出毛边的牛仔长裤，勾勒出你挺拔的身姿和丰满的胸部，与其说你是一个刚刚踏进校门的大学生，还不如说，你更像一个有着一定社会阅历、持重沉稳的青年女子。你敞开的衣领处，显眼地挂着一枚用红丝线拴着的小铜钱，在沉稳中添了几分青春的调皮和稚气。你一只手提着一个小小的包袱卷，另一只手揽着一个脸盆，显然热水瓶就是从脸盆里翻出来的。

令人奇怪的是，尽管出了意外，你的眼神并没有在看地上，而是越过人群注视着远处的某一个点，或者说，在看着天上的一块云朵。那神情好像摔在地上的热水瓶并不是你的，这件事与你毫无关系。

也许是你的淡然置之和拒人千里之外的表情，让那些想帮助你的人望而却步，唯恐不知情而惹恼了你? 他们只是站着看热闹。在我的家乡，决不会出现这样的场面。村里随便那一户人家遇上难事，哪怕是鸡毛蒜皮的一点小事，村里人都会前去问长问短。我决定自己去做这件事。我小心翼翼地走上前去，试图捡起破碎的热水瓶。

我弯腰下蹲，也许蹲得过快过猛，胯下，那条穿了一年多的人造棉裤子突然发出了"嗞"的一声，裤裆的接缝处开裂了。裂缝里，一定隐约露出了花布内裤的影子。看到这突如其来的一幕，围观的人发出一阵善意的哄笑。

笑声惹恼了你，你往围观的人群瞪了一眼，嘴里轻轻地进出几个字："莫名其妙。"随后朝热水瓶的残骸踢了一脚，对着还蹲在地上发呆的我说："摔了就摔了，捡起来也没有用，捡它干啥！"说完，大步走向教学楼的高台阶，消失在众人的视野里。

我一个人蹲在地上，夹紧裆部不敢抬头，忍受着被众人围观的尴尬。我手足无措，无法确定，此刻应该站起来，还是继续蹲在地上，等着众人的离开？

不过，我心里暗暗高兴。听到那一声"莫名其妙"以后，我抬头看了你一眼。你看我的眼神是调皮而善意的，这说明我们之间开始有了好感。我再次感觉到，我和你曾经有过交往，只是想不起来在何时何地。

我觉得，我为你出了这点洋相还是可以忍受的。

……

情书3

……

子娟，我没有想到，你居然是我的同班同学。

第一天上课，我很早就进了教室。我在前排位子上坐下来，为的是能更清楚地听老师的讲课。偏偏才坐了几分钟，小肚子胀得厉害，一时尿急起来。食堂的早餐有馒头、糕点和稀饭，还有加各种浇头的面条。我算了一下每月的伙食费，给自己定了一个最节省的用餐标准：早上两大碗稀饭，中午两个白馒头，晚上一个馒头。食堂免费供应菜汤，就放在食堂门口，让就餐的学生随意用勺子舀，想喝多少都可以。菜汤有时很稠，如果早去舀，还能捞到不少菜底。我觉得这样的伙食比起山沟沟里吃得好多了……早上，两大碗稀饭灌下去，肚子是饱了，可消化得也快。我只得去一趟厕所，免得上课中途憋不住。

等我从厕所回来，教室里差不多坐满了人，同学们一个个仰着脖子等着老师出现。原先的座位让别人占了，我只好往后排找座位。一排排找过去，这时，我看到了你。在中间靠后一点的一排座位，你坐在临窗的位置，脸侧向窗外，仿佛在看校园的风景，对教室里的动静不屑一顾。

我的心跳蓦然加快，教室里顿时变得明亮起来。我走到后面一排，在离你最近的空座位坐了下来。

辅导员老师进来了，在讲台上摊开花名册，扫视下面一眼，清清嗓子，开始点名。他是上一届毕业生，才留校工作不久，第一次接班，力图做出一副老成持重的样子，以便给学生留下一个好印象。

这是每个同学的第一次亮相，教室里的气氛既紧张又兴奋，肃穆中似乎可以听到许多颗年轻的心怦怦跳动的声音。

"一号，席子娟。"

辅导员的声音刚落，教室里无数脑袋前后左右乱转，等待着聚焦到某一个人的身上。

没有回音。辅导员又喊了一声："席子娟，来了没有？"

这一次，靠窗坐着的你站立起来，抬了抬身子，又缩了下去，许多人还没有看清楚人在哪儿呢。不过我看清楚了，我还记住了，一号是你。

随后，辅导员一个接一个点学生的名字，我并没有仔细将人和名对号，而是目光聚焦于你。在窗外阳光的衬托下，你面庞的侧面线条流畅柔和，身子优雅地微微向一边扭转，弯出了一个放松随意的弧线，胸部隆起的轮廓清晰可见。渐渐地，我感到自惭形秽，觉得你离我是那样遥远，可望而不可及。这种感觉使我联想起小时候在家乡遇到的那个同龄的城市女孩，她的纯净、美丽和与众不同的高贵，曾经强烈地震撼过我那颗幼小的心灵。岁月流逝，我记不起她那真实的面容了，只有那种震撼还记忆犹新……

我突然发觉，这样直愣愣地看着一个女生，样子一定很傻。我强迫自己转移目光不去看你，可坚持不了几分钟，我的目光又会情不自禁地转向你……

"方民。"辅导员叫到了我的名字。

我的感觉不是在叫我，而是别的一个什么人。

"方民！"又是一声喊。我这才如梦初醒，慌忙站起来，膝盖撞到课桌的横档上。我一时没感觉到疼痛，只看到无数目光向我投来。我马上联想起了报到那天出丑的事，想到在座的这些人可能看到了当时的一幕，血一下子涌上头来，脸涨得通红。这时，你朝我看了一眼，目光在我身上停留片刻。这让我感到莫名的快慰，因为我的尴尬是为了你而引发的，为了你受点委屈我心甘情愿。

点名结束，接下去是介绍学校的情况，确定班干部，宣布课程安排和作息时间。我注意到，在这一长段的过程中，你几乎很少关心教室里的动静，多数时间都看着窗外，脸色凝重，看上去心事重重。像你这个年纪的女孩应该是无忧无虑高高兴兴的。难道真有什么放不下的事情，缠得你总是这样孤独地沉思默想？

……

在一个月内，我给你写下了三封信。作为同班同学，我也知道了你的收信地址。我抑制不住内心的冲动，急于将内心的感受转达给你，却又害怕惊吓到你而一拖再拖，没有寄出。今天，我终于下了决心，将这三封信一起寄给你。

请你原谅一个乡下孩子的冒失和直率。

……

第三章　被展示的隐秘

1

暮色沉沉，房间里冷冰冰的，没有一点热气。

方民没有开灯，外衣也不脱，摊开四肢躺倒在床上。隔着薄薄的板壁，外面走廊上先是不停地有人来回走动，随着下班时间过去，脚步声渐渐稀疏了，四周安静下来。他几乎没有觉察到外面的动静。从徐筝那里回来，他就这么直挺挺地躺了几个小时，脑海里反复纠缠着那些被遗弃的情书。

他不能确定，徐筝所讲述的情况是不是属实，但摊到他面前的那些情书，毋庸置疑是真实的。这对他是一个沉重的打击，整个世界看出去一片灰暗，做任何事都没有意义了。席子娟的行为，亵渎了他的纯真感情，令他感到愤怒和沮丧。由此可见，她当年根本就没有把他放在眼里，不但鄙视他，还似乎有着深仇大恨。她对他说过的话做过的事不光在演戏，还在嘲弄他。那么，这一切究竟因何而起？他在想，要么是自己在哪里得罪了她，要么就是女人的心理变态所致。此时此刻，得知了她卑劣的做法以后，他还在试图为她寻求合理的解释。

薄薄的门板被擂得咚咚响。

他从床上蹦起来，大声问：“谁啊？”

“方民，你在房里啊。你的电话，喊了十几遍，你都不应一声。”是房东的声音。

“喔，来了来了。”他连声应着，开门去接听传呼电话。

方民原以为电话可能是杂志社同事打来的。这阵子他很少去上班，反正他今年的指标完成了，隔三差五地去办公室点个卯就行。到了那里，也只是和同事聊聊天，查看一下信件，了解单位的近况，如此而已。听筒里，他听到了徐筝的声音。

“你没事吧？”她语气轻柔地问。

他没有回答，默默地挂了电话。他一时还没有想好，如何面对徐筝。

半年前她在酒店里向他示爱，他才意识到，她对他的暗恋由来已久。大学期间，他心里只有席子娟，屏蔽了其他人传递的情感信息。当时，他为自己找到了一个理由：爱是专一的，唯有这样才称得上是真爱。他因席子娟的存在而活着。由于情书的维系，他和席子娟心灵之间仿佛许下诺言：她是他的，他也是她的，不管她跟哪个男人在一起，这一点肯定不会改变。然而，他没有想到，席子娟竟然把他出卖给了徐筝。这样一来，他的那些情感和承诺，也在不知情中悄然转向了徐筝，并在她身上催生了感情的花蕾。

这样的局面让他始料不及。他需要重新梳理，然后做出回应。

方民在床上躺了三天两宿，饿了，吃点陈面包；渴了，喝口凉开水。他时而昏睡，时而长思。直到第三天上午，他终于想明白了，或者说他自认为想清楚了：随她们去，将一切都忘掉。他从床上爬起来，四肢无力，感觉就像大病一场。洗脸时，镜子里的他胡子拉碴，两目无光，原先光滑的脸上起了皱褶。他狠狠地在脸上搓了几下，直到感到疼痛才停住手。他走出门去，在小饭馆里饱吃了一顿羊肉泡馍。放下碗筷，浑身顿时仿佛长了力气。随后，他往杂志社走去。

杂志社里，一个个半人多高的隔断，将办公室隔成了无数单独的空间，放眼望去，只见隔板不见人。这种新的办公格局，好在尊重个人隐私，方民即使多日未露面，也不大引人注目，免除了被询问的尴尬。

他坐进自己的个人空间，身陷于书刊杂物堆成的围墙中。空气搅动，积攒多日的灰尘纷纷扬起，钻进鼻孔。他打出了一连串喷嚏。对面的人直起身子，隔墙看过来。他笑了笑，表示歉意。那人又坐了下去。他顺手拿过桌上新放着的那期杂志，随意地翻看。在时尚新闻版上，一行头号黑体字标题醒目地映入他的眼帘："隐名富商婚礼炫京城，9999朵玫瑰迎娶新娘"。题图是整版的大幅照片，身披婚纱的新娘依偎在头发稀疏的新郎身旁，两人面带微笑，站立在浮云般堆起的玫瑰花小山前。他们的身后是一栋豪华独立别墅和大片青山绿水。

方民的眼光在题图照片上停留几秒钟。照片上，人物距离拉得较远，脸部小得像指甲，但他一眼就认出，新娘就是席子娟！她边上的新郎居然是廖亦辉，他们大学时期同届不同系的校友。廖亦辉已明显发福，微微有些秃顶，大个子，一双夸张的丹凤眼，笑起来龇牙咧嘴的样子一点都没变。

他们最终还是走到了一起！方民从心底发出一声哀叹。

他快速地阅读了正文，想寻找到与新郎新娘有关的信息。字里行间全然没有这方面的内容，文章完全做在了婚礼的奢华、别墅的推介上。

方民捏着这份杂志，快步走进隔壁的采编部。里面正在召开例行的记者通气会，六七个人围着一个小圆桌，或站或坐，姿态各异。看着他急不择路地进来，大家还以为发生了大事，齐刷刷地向他行注目礼。方民无暇理会那些目光，径直走到报道那条新闻的记者面前，一把拉起了他。

"麻烦你出来一下。"他说。

那个记者一脸的莫名其妙："怎么啦？"

"对不起，有件事向你打听一下。"

会议主持对那个记者挥挥手说："你们到外边走廊里去说，不要影响这里开会。"

在走廊上，方民指着杂志上的那篇报道，问记者："请你告诉我，你从哪里得到这则新闻的？"

"有问题吗？"那个记者一阵紧张。他们最怕无意中踩了地雷，吃哑巴亏；或者有人横插一杠，要来分好处费。

"私人的问题。"他说，"这件事对我很重要。"

看他认真和急切的样子，记者如实告知："是别的报社的人给我的电话。你也知道，我们记者之间有互通报道线索的约定。他说有一个豪华的婚礼，既有新闻由头也有广告价值，问我去不去。我当然要去的，这种好事我一般是不会放过的……"

"你知道那个新娘的情况吗？"方民迫不及待地问。

"主持婚礼的人叮嘱在场的记者，除了现场所见的婚礼场面，剩下的，只有别墅的文字材料了。新郎和新娘的背景资料一概没有，就是有与他们相关的消息，也不能报道……"

"那你见到了什么？"

记者偏着头想了想说："婚礼结束，新郎新娘当场乘了一辆凯迪拉克，直奔机场而去，说是坐飞机去欧洲度蜜月……这事虽然有点蹊跷，但看在丰厚的红包面子上，我还是编发了这则新闻。在我看来，这不过是房产商的炒作而已，不值得再做追踪报道。"

"不，我没有请你追踪报道的意思。"方民失望地说，"我只是觉得照片上的人有点眼熟，想确定一下，是不是我认识的那个人。"

记者问："是新郎，还是新娘？"

"新娘和新郎，都是。"

"新娘是个寡妇，她的前夫听说是社科院的一个研究员。"记者讨好地说，"要么，我打个电话，问问新娘的姓名。至于新郎嘛，真的好像很神秘，在场的记者无人知道他是谁。不过，你真想了解，我可以找人打听一下……"

"算了！不麻烦你了。"方民说完，扭头就走。

回到了自己的隔断里，方民再次拿起杂志，仔细读了报道的文字，里面确实没有这对新人的背景介绍。不过，他心里清楚，这对新人就是席子娟和廖亦辉。沉寂多年后，她又一次公开露面，闹出了很大的动静，却又和廖亦辉一起不知所终。他弄不懂，为什么她要将自己不停地交给某一个男人，还要包裹得严严实实，生怕被别人找到？这跟当年她嫁给欧阳时如出一辙。

席子娟的做法实在让人猜不透，她究竟是为了逃避干扰，还是不屑与大学老同学为伍？他左思右想，瞪着天花板呆呆地出神，周围的一切都仿佛隐遁了。

面前，电话铃声突然响起。他一个激灵，回过神来，忙拿起话筒。

"方民，是我……"电话里，传来徐筝的声音，口气平静而坦然。

"喔，是你。是不是想告诉我席子娟的事？"方民用嘲讽的口气说。不知从什么时候起，他俩平时通话的语调变得随意和调侃，有时还略微带点火药味。

"我也是昨天才听到消息的。"徐筝并没有针锋相对，而是故作神秘，在电话里压低了声音。"子娟又结婚了，嫁给了廖亦辉。这也算有情人终成眷属了……喔，对不起，这句话算我没有说。廖亦辉现在是商界的神秘人物，听说在他手里，光是上海和深圳两地的不动产，就有几千万……"

"你是怎么知道的？"方民问。他很想从她的口中，听到席子娟的确切下落。

"几张报纸都登了婚礼的消息，还有照片，我一眼就把这两个人认出来了……"徐筝闪闪烁烁地说。

"当年，你和她的关系这么好，这么大的事，她事先没有对你说？"方民追问。

电话里，徐筝停顿了片刻，犹犹豫豫地说："这是她的安排，我并不清楚。"

"不对，你肯定知道的。"方民听出她在说谎，进一步逼问。"说不定，廖亦辉和席子娟，还是由你从中牵线搭桥，两人重归于好的。"从面前的那篇报道中，他注意到举办婚礼的那幢北欧风格的别墅，就是徐筝姨妈公司名下的楼盘。他隐约看到了那个黑衣女人诡秘的微笑。

"好吧，就冲你这句话，我要请你吃饭。"

"吃饭就免了吧。"他想起第一次跟她单独吃饭的情景，心有余悸。

"那么你说，是你到我这儿呢，还是我去你那儿？"

方民想了想，觉得不管去谁那里，都有些不好办。两人独处一室，只会比在公共场所更尴尬。他说，"还是找个清净的地方坐坐吧。"

"好，明儿周六下午，在北海公园茶室碰头，我会先订下位子的。"徐筝又加了一句，"噢，对了，最近公司给我配备了一个'大哥大'，你记一下号码，方便联系。"

方民在随身带的电话本上记下了这个号码。

2

周六下午，方民早早地来到茶室，在服务员的引导下，找了徐筝预订的位子。这是一个靠窗的包厢，窗外摇曳着一丛翠竹。游人如织，北海的白塔近在眼前。在室外明亮的光线映衬下，室内显得格外的幽暗宁静。坐了近一个小时，还不见徐筝的人影。期间，他借茶室的电话，一连给她打了三次手机。每次通话，她都说正在来的路上，堵车堵得厉害。他独自枯坐，脑子里盘旋着席子娟和廖亦辉两个名字，心灰意冷。茶室里很少有一人独坐的，服务员过来给方民续水，会多看上他几眼。当服务员再次过来续水的时候，他不想再等了，招呼买单。

就在这时，茶室的门被推开了。在室外明媚的阳光背景里，徐筝衣着靓丽风风火火走进来，看见方民，隔着老远拉开嗓子说："对不起，对不起……"

方民正欲离开，看到徐筝来了，只得又坐下来。

"不好意思，我在电话里没有说实情，刚才我被一笔几十万块钱的生意缠住，好不容易才摆平。"她在他面前坐定，盯着他的眼睛说，"你不会说我重利轻义吧。"

徐筝那种眼神方民曾见过，顿时，她酒后吐真言的情形浮现他的眼前。他害怕她又做出惊人之举，连忙压低声音说："没什么，同学之间，不会计较这些的，毕竟事业为重嘛。"

她拿起他喝过的茶杯，仰脖一口干了杯中的茶水，那情景就像两个人已经不分你我了。她抹抹嘴，茶杯重重地往桌上一磕，说："你计较的是席子娟，对不对？"

方民避开她逼视的目光，替她涮了茶具，倒上茶水，端到她面前，这才冲她嘿嘿一笑。"只有你最了解我，我的那些情书都在你手里，什么都瞒不过你……"

"对，对。"徐筝连连点头，贴近他的耳边说，"你这么说就对了，实际上我们才是阴差阳错的一对，尽管你还心犹不甘。我和你是有缘没分，你说是不是？你和席子娟呢，是有分没缘……"

他木然地看着她，不知如何回敬她。

她笑了笑，在桌子底下用脚尖轻轻踢了他一下，眼睛冲他眨眨，很有风度地说："我知道，你不会忘记她的。我们还是先说说那两个人吧，省得你心里不踏实。我如实告诉你吧，廖亦辉近年来在做转口贸易，他的财富以几何级数在增长……"

这些都是方民可以想象的。在他们刚进大学的时候，廖亦辉的父亲就是一所大学的校长，后来又调到一个部级单位当了副职。让他不解的是，当年廖亦辉和席子娟曾经是一对恋人，不知为何没能走到一起，这些年过去后，两人又兴师动众地复合了，这中间究竟发生了什么？

方民神思恍惚，耳边响着徐筝的声音，眼前却不时晃动着席子娟的身影……

"你还有要问的吗？"徐筝敲敲桌面说。

他冲动地说："我想收回写给子娟的那些信。"

"怎么了？"徐筝侧头一笑，"想反悔！"

"既然她当时拒绝看信，事过境迁，我不想再给别人留下笑柄。"

"你还是死了那条心吧。"

方民无奈地问："那，你留着它有用吗？"

徐筝一脸认真地说："有用呀。我一直认为，信里的那些话，你是冲着我说的……"

"你又在开玩笑，我和你在说正经的。"他嘴上这么说，内心已然认真起来。

"我不开玩笑，我一直说的是真心话。"徐筝的眼眶红了，"你也该考虑考虑我的感情。我一个女孩子，这样表露自己的内心，你竟然连一点怜悯之心都没有……"

方民被重重地一击，沉默片刻说："你想让我怎么做才好？"

"忘掉子娟，和我相处。合适不合适，让时间来证明。"

"你不要逼我，让我想想……"

两人不再说话，眼光分别投向别处。包厢外茶室里，人影杂乱，一片嗡嗡声。

"好吧。"徐筝说，"既然这样，我也不强人所难。我把那些信件还给你。"

方民深感意外，瞪大眼睛，"你不是在哄我？"

"我不骗你，我们现在就走，到我那儿去。"徐筝站起身来。

离开茶室，两个人上了出租车。坐在后座上，她伸过手去，掌心压在他的手背上。他怕被前排的驾驶员误解，才没把手挪开。

两人进了徐筝的房间。窄小的空间里，弥漫着淡淡的幽香，温馨而暧昧。徐筝脱掉外衣，低胸的内衣和紧身的牛仔裤，勾勒出身体美妙的曲线。随后她关门，开窗，举手投足间透出一股与她的年纪不相称的孩子气。她可爱的神情举止蓦地打动了他。

"坐呀。"徐筝说。

方民站着不动。

"怎么啦，还要我请吗？"

他呆呆地看着她。

"哎，你受刺激了？"徐筝伸手拍拍他的肩膀，"千万不要想不开，千万不要在我这儿发毛病……"

他抓住她的手，用力握紧。

"你……"她惊恐地叫起来，"我马上就把那些信件还你。"

方民松开握紧的手，手掌沿着她的手臂向上滑动。

徐筝读出了他眼神中的意思，试探着靠到了他的身上。

他的双手从手臂滑向后背，轻轻搂紧她。徐筝明白了。她欣喜地仰起头，去吻他的脸。两个人的嘴贴在了一起。还没等他反应过来，她突然推开他，跑到窗前去拉窗帘。室内暗了下来，光线经过淡粉红窗帘的过滤，呈现出朦胧的肉色。再次接吻，两人对视片刻，不约而同地把目光投向了那张床。他们相拥着倒到了床上，她背后的搭扣比较难解，她用手引领他去完成。

"你，是不是把我当成了子娟？"两人面对面贴在一起，徐筝问方民。

方民没有回答，只是不停地撞击着徐筝……两人走到这一步，是情势的必然，更是无可奈何的挣扎。此刻，两个人都在拼着狠劲，好像唯有这样才能证明自己是胜利者。

他们俩谁也没有再提起那些情书。

微风吹来，窗帘扬起落下，光线时明时暗……

3

方民和徐筝进入了正式的恋爱阶段。有时是他约她在外面会面，有时是她邀他去她的住所。他约她，通常是先在外面吃饭，然后去她那里。她邀他，则是先做爱，然后再出去吃饭。奇怪的是，这对热恋中的恋人，几乎不打听对方的情况。他知道她还在刘佳湘的公司做事，究竟干点什么，他没有问，她也不说。而她呢，似乎对他了解得一清二楚了，不需要再打听。这样一来，他们约会所剩下的，就只有做爱了。至于将来如何和是否婚嫁，两人谁也不提——好像谁先提出这个话题，谁就要吃亏。两个人都比较满足于现状。

有时候，他们会说起席子娟。这个话题似乎仍是维系两人关系的纽带。从一开始，他是为了索要情书而来，但至今他还未能从她的手里要回它们。事到如今，按徐筝奇怪的逻辑，认为这些信的抬头虽是席子娟，却在感情流程的演变过程中已经改弦更张，变成她才是唯一的所有权人了。为此，她只允许他朗读其中的若干段落。读着那些曾经激荡心胸的文字，方民有时会有莫名的惆怅和后悔，后悔不该与徐筝走得这么近。可他又说不出她哪里不好。

从徐筝的嘴里，方民知道了有些不堪的隐秘：比如席子娟有轻微的脚臭，所以她用气味偏浓的香水；月经一般在每月的中旬，卫生巾用国产的美尔雅；她喜欢在洗澡时自慰，还发出听上去很痛苦的呻吟……

这种无意间的披露，自然会贬低席子娟的形象。这也许是徐筝的一种爱情策略。让她始料不及的是，她所讲述的席子娟，在方民眼里变成了一个普通的女孩，不再高不可攀，而是可以亲近的。

一次热烈的缠绵以后，两人躺在床上，合盖一床被子，平静地聊天。她侧着身子，右手支着下巴，看着他。他仰面朝天，若有所思。

他问她："徐筝，有一句话我一直想问你，你看上了我哪一点？"

"你接二连三地给我写信，即使是石头也会动心的。"她将责任推向他。

"我们不提那些信了，好不好？"方民说。

"那好，你听着。"她的手指一寸寸地划过他裸露在外的肩膀，"我看上了你魁梧的身体，这可以算是一个理由吧？还有你身上特有的城里人缺少的真诚和憨厚，也算是一个理由吧？"

"不开玩笑，我真的想要你给我一个特别的理由，而不是一般的解释。"他侧过身子，与她面对面。

"特别的理由嘛，"徐筝想了想，肯定地说，"还是那些情书，信中所表现出来的那种坦诚和执着，让我很感动。有人说过，男人的语言比外表更能打动女人的芳心。对此我深有体会，所以才将这些原本并不属于我的信保留下来。我想，你的这些情书如果公开发表出来，一定会有不少女孩子发疯似地爱上你。"

"会有这样的事情？"

"不信，我们打个赌，试试看，到底谁说得对。"徐筝说。

"别，别打赌。"方民说，"我丢不起那个脸。"

"你可以用笔名和假地址，"徐筝突发奇想，跳起来，夸张地说，"收信人是我，就让她们来找我好了，我真想看看她们怎么为你疯狂……"

"胡闹！不可以这样做，"他马上制止她。"这是我的隐私。"

"可情书是写给我的呀。"她似真似假地说，"我当然有权处置这些信。"

"不，我是写给子娟的。"

"子娟没有看，是我看的。"

"既然我们走到了一起，这些信就没有必要再保留了。你还是让我把这些信处理了吧。"

"这无关紧要，这些信不会成为我们相处的障碍。"徐筝笑着说，"你一定想要，我这里还有一套复印件，给你留作纪念。我不在身边的时候，你可以重温旧梦，我不会妒忌子娟的。"

方民自叹，在这些恋爱的小细节上，男人玩不过女人。

不知不觉，春夏秋冬轮换了一圈，又轮换了一圈。第三年，在徐筝的提议下，方民也买了一个手机。这样，两个人更容易黏在一起了。

有个星期六，他打电话约她吃饭。他们有半个月没有见面了，通过几次电话，她口气匆忙，没说几句就挂了。这种状况，在两人的交往中还是头一次出现。

"早点来，我们有一个下午和一个晚上的时间呢。"方民说。

电话里，徐筝断然地说："下午不行，我有事，晚上吧。"

"什么重要的事非得放在星期六去做？"他扫兴地问。

"晚上再跟你说……也不要出去吃饭了，就到我这儿吧。"说完她挂了电话，好像有紧要的事在后面盯着。

这天晚上，方民去了徐筝的住所。敲门，没有回应。他掏出她给他的钥匙，开门进去。房间里一片凌乱，连被子也没有叠起。他简单地收拾了一下，然后给她打手机。她回答说："还没有完呢，晚饭你自己吃，在家里等着就是了。"

晚上九点多，徐筝才拖着沉重的脚步踏进房门，一脸的疲惫。

"出了什么事？"他帮她脱下外套，关切地问。

"廖亦辉死了！"她说，一把抓起桌上的水杯，大口喝水。

"廖亦辉，死了？"惊讶过后，他说，"是不是子娟要你去帮忙的？你早点跟我说呀，我也好去帮一把，省得一个人坐在这里干等。"

"不关你的事！"她瞪大眼睛说，随即又放缓口气，"这里面水太深了，你还是不要掺和的好。我不是怕你又去追子娟，而是这种事情你根本就插不上手。"

方民头一次看到徐筝跟他较真，只得不出声地看着她。

徐筝放下水杯，坐下，眼神还是愣愣的。她也是今天才从刘佳湘口中得知这个消息。她第一反应是不相信。廖亦辉即使出了天大的事，还有他老子顶着呢，最多是破财消灾，至于这般自寻死路吗？当她说出这个疑问后，姨妈的脸一下子拉长了，劈头盖脸一通训斥："人都死了，还来添乱。忙你的事去，与你无关的事少管！"她还不甘心，嘟哝了一句："我们是同学，关心一下还不可以吗？"刘佳湘回答："我还是他后妈呢，人死了，天王老子也没有用。"她只得快快地放弃了这个话题。

　　"究竟怎么回事？"方民蹲下身子，双手按着她的膝盖，小心翼翼地问。

　　"好吧，你想听，我就说点给你听听。"她停顿了一下，似乎在斟酌，"在廖家祖籍海南，廖亦辉和一个与他实力相当的人做生意。他将全部资产抵押，买下了某个经济开发区内的一个岛屿，再通过私人集资的方式，在岛屿上进行前期基础开发。然而，正当他准备将岛上半开发的土地再转卖的时候，有关方面通知他，这个岛屿的所有权不是他的，而是当地政府的。原来那个将岛屿卖给他的人，是通过不正规的渠道拿到这个岛屿的……官司打到了法院，法院裁决廖亦辉败诉。这样一来，所有的债务都落到了他的头上……"

　　"廖亦辉可以去找那个卖岛屿给他的人呀。"方民着急地说。

　　"上哪儿去找？那个人早已不知去向了。从一开始对方就知道会有这样的结果，怎么会等着让人找上门来？"徐筝往后一仰，靠在了被子上，接着说，"那些参与集资的人，黑道白道的都有，得知消息后纠集在一起找上门来。廖亦辉自知无法应付这个局面，冲出众人的包围，开车逃离，一路疾驰。那些人开着车，在后面紧追不舍。车到海边悬崖尽头，他无处可逃了。眼看着债主们的车越来越近，他慌不择路，索性将车冲出几十米高的悬崖外，掉进了海里。车被打捞上来后，里面的尸体已经被海浪卷走，搜了几十平方公里的海面，只捞到了他的一些随身物品。真惨啊，连个尸体都没留下……他一了百了，将全部债务和一岁多的儿子留给了子娟。"

"听上去怎么就像电影里的情节？廖亦辉有能力做得那么大，就没办法躲过劫难，难道非得去死？"方民说了心里的疑问。

徐筝愣了片刻，避开他的目光，含混地说："我也是这么想的。不过情急之下谁也说不准，只能这样解释吧。"

"债主里面，一定也包括你姨妈的公司，对吧？"他推测说，"不然，你不会知道得这么清楚。"

她没有正面回答，转移话题说："你还是关心一下子娟吧。面对这种场面，她没有丝毫办法。她一个人在海南，眼睁睁地看着家产被别人一点点拿去拍卖，最后连唯一的栖身之地也成了人家的……"

"那她现在怎么生活？"

"不知道。"她摇摇头说。

"我们是不是该去看看她呀？"他不满地说。

"我？她连电话都不肯接，还怎么去探望……"看他焦急痛苦的样子，她又说了一句："也许你是一个例外……"

方民索性将她一军，说："你把她的手机号码给我。"

"行，你要打通了，我大大地赏你。"随后，她报出一串数字。

方民用自己的手机拨了号，传来令人沮丧的声音："对不起，您所拨打的号码已停机。"

4

　　方民和徐筝几年相处下来，逐渐变得不冷不热了。平时各忙各的，没有了恋人间那种缠绵依赖的感觉，连他们自己都感到奇怪。现在他们就像一对结婚多年的夫妻，在一起除了本能的需求，几乎少有新鲜的话题。徐筝的工作越来越忙，经常出差，跟着刘佳湘国内国外到处跑。这是她对他说的，对此他也并不深究。其实，恋人到这个份上，似乎处于了等待状态：如果有更合适的，便重起炉灶；没有，暂时就维持原状。

　　有时，两人好几个星期既不见面，也不通电话，形同路人了。

　　造成这样的局面，深层的原因似乎还在席子娟。自从廖亦辉坠海身亡后，方民一直在为席子娟担心。这种担心又将他拉回到过去单恋的岁月。他常常在梦中遇见她，隔着一条湍急的河流，她在对岸一个人孤单地望着他，四周是荒山大漠。这时候，他真切地感到，尽管有了徐筝，但他真正爱的人还是席子娟。

　　屈指算来，大学毕业快十年了，同学之间还没有一次像样的聚会。有人提议聚一聚，响应者众多，很快就定下了会期。在京城的同学大多说要来，在外地的也有人表示赶来参加。

　　聚会场地，就借用徐筝姨妈公司的会议室。那一天下午，徐筝早早让人布置了会议室。四周墙上紫红色帷幕低垂，巨大的枝形吊灯灯光通明。原先放在室内的大会议桌撤去了，空出中间一大块地方。豪华的真皮沙发贴墙围了一圈，长几上放着茶点和水果。服务员侍立一旁，随时听从徐筝的吩咐。

由于堵车，方民迟到了，走进会场，里面已经坐了不少人。先来的人正一个个轮流站到会场中间，拿着话筒向大家介绍各自的现状，工作的、家庭的、情感的。这期间，还不时有人插科打诨，笑声四起。大学期间那种无拘无束的感觉又回来了。

方民一边听着大伙的介绍，一边在寻找席子娟。如果她在京城，应该来参加这次聚会的。何况徐筝也不会将她遗漏。可是，在所有熟悉的面孔里，唯独不见席子娟的身影。

徐筝坐到他的身边，在他耳旁说："嗨，你在找人吗？"

"这次聚会，都通知了哪些人？"他绕了个弯子问。

她抬腕看了看手表，扫视着会场："据筹备的人说，只要能通知到的，他们都叫了。怎么啦，有问题吗？"

"噢，没什么，我随便问问。"

"我知道，你在找席子娟，是不是？"

"你没有通知她吗？"方民反问，"只有你才能找到她。"

"有她的消息，我应该第一个告知你才是……"徐筝反唇相讥。停顿片刻，她略显神秘地低声说："不过，在你还没有进来的时候，有人公布了一则最新消息，说席子娟去了台大。"

方民惊讶地问："她去台大干什么？"

"结婚呀！"徐筝语带嘲讽地说，"要不要我去把那个人找来，再对你说一遍？"

"不用了，你说的我还不相信吗。"

周围是闹哄哄的交谈声，没有人注意他们的交谈。

徐筝认真地说："这回她找的对象是个经济学博士……"

听见这个消息，方民仿佛挨了当头一棒，默然不语。连他自己也不明白，为什么过去了这么些年，对席子娟还是这样的牵肠挂肚。喜欢一个人真的是不需要理由吗？

徐筝接着说："那个博士比子娟大六七岁。听说，他还特别喜欢子娟和廖亦辉生的儿子翔翔，子娟好像对在那里定居感到很满意。真的，对她来说，这应该是一个很好的归宿……"

方民木然地坐着，似听非听似悲似嗔。见他魂不守舍的样子，徐筝不由得心里有些自责。她不再说话，起身离开了。

一个同学站到了方民的面前，手里拿着一本厚厚的杂志，摇了摇他的肩头。他猛地惊醒，抬起头。

"嗨，方民，看不出你呀。"同学并没有注意他的表情，将杂志递到他眼前。

方民一看，是一本文学杂志，大学期间他每期必读的，现在只是偶尔翻翻而已。

"当上作家啦，不容易，不容易……"同学还在嚷嚷。

方民被说得摸不着头脑："你在说谁？什么作家，哪有的事！"

"别谦虚了，白纸黑字，你还装糊涂。"同学拍拍杂志。

方民一把拿过杂志，翻到目录页，一栏栏看下去。很快，在"民间文学"一栏里看到了自己的名字，篇名很直白，就叫《情书三十六封》。他的脑袋"嗡"地炸响，心里猜到了大概，急急翻到正文读了几行。这正是他写给席子娟的情书。

自然，有关收信人和发信人以及涉及的姓名，都用×××代替了。

他大吃一惊，目光扫视会场，寻找徐筝。

这些情书，当年席子娟没有读过就转到了徐筝的手里。徐筝说还给他，却一直没有还，现在居然没征得他的同意，擅自拿出去发表了。徐筝为什么要这样做？是想让他和席子娟当众出丑，还是宣扬不同凡响的爱恋？她这样做，真是不可理喻。

不少同学围了上来，凑近杂志探看，七嘴八舌地议论。

"嘿，方民，看不出来，你还有这一手。"

"老实交代，这些情书是现编的，还是原来就有的？"

"快说，收信人是谁？"

方民没有回答，内心已是怒火冲天。他拨开围上来的同学，目光搜寻徐筝，会场里哪里都不见她的影子。

"对不起，这本杂志归我了。"说着，他卷起杂志往口袋里一塞，快步走到门外的阳台上。

此刻，他的感觉就像被人当众剥光了衣服，在大街上裸奔。他需要找一个地方，一个人清静一下。世界上美好的东西都有一个致命的弱点，那就是容不得半点被亵渎。阳光刺眼，凉风拂过火烫的脸，他真想冲着蓝天烈日大吼一声。

在他的身后，徐筝快步追上来。

"方民，发生什么事了？"她在他身后气喘吁吁地问。

方民回转身子，瞪圆双眼看着徐筝。

"你说，这件事是不是你干的？"他扬了扬手中的杂志。

看到杂志，徐筝马上明白了，佯装糊涂地说："你说这个？是呀，情书是我给了这个杂志的编辑。"

"你并没有征求过我的意见？"

"这……"她迟疑了片刻，解释说，"当时，与这个编辑在一起玩，她说起他们杂志有一个民间文学的栏目，很有意思的。我想到了你的那些情书，就拿出来给她看了。她没有看完就连连说好，还要拿回去仔细看。我拧不过她，只好让她复印了一份……等我后来想起关照她保密的时候，已经刊发出来了。"

"不，是你让她拿去发表的。"他看出她在撒谎，"你把这些信给她看，就是想让她去发表。"

"方民，这上面隐去了收信人和发信人的姓名，这个秘密只有我们两个人知道，对谁也没有伤害，你不用担心。"

"你还在为自己辩解。"他捏紧拳头，在她的眼前晃了晃。"知道吗？并不是所有东西都是可以公开的。我把我的初恋情怀献给了子娟，尽管天真得可笑，尽管热烈得愚蠢，尽管腻味得恶心，但这都出自我内心深处的一片真挚与赤诚……现在，你把我这份过去的情感暴尸街头，还要假装无辜，到底是何居心？"

"不，不，我决没有嘲笑你们的意思。"她似乎意识到问题的严重性。"我，我只是想为你的这段感情留个纪念，想不到好心办了坏事。"

"你不要再解释了。"方民指指徐筝，又指指自己，"我们两人的关系到此结束，我不想在若干年后，又冒出以我的名义披露的我们之间的罗曼史……"

徐筝愣住了，呆立不动，许久没有说话。

"当然，我会记住你对我的好处。"他举了举手里的杂志，恨恨地说。

谁也不清楚，他说的好处是指公之于众的情书，还是他们两人间已往的情感生活。

从那以后，只要是徐筝打来的电话，方民一概不接。她去杂志社找他，他也不予理睬。此前不久，一个做广告业务的熟人曾来找过方民，邀他合伙开办广告公司，负责策划和文案。他一直在去与不去之间犹豫徘徊。为了摆脱徐筝，他决定去了。于是，他辞去了杂志社的工作，搬出原来的住所，与过去的一切一刀两断。

第四章　情书（4、7、8、10）

情书 4

……

子娟，你好像成了班级里大多数女生嫉恨的对象。女生大多希望与被男生看好的同性做好朋友，所谓人以群分。与你结伴可以提高自己在别人眼里的档次。可是，你连这点面子也不肯留给别人。你独自一人进出课堂，课间休息时，不是一个人看书，就是对着窗外的景色出神。在食堂吃饭，你会找一个边上没有熟人的位子坐下。没有这样的位子，你宁愿一个人站着吃饭。你除了简单必需的人际交流，几乎从不向同学吐露自己的想法。你的朋友好像只有与你同寝室的女生徐筝。即便如此，在你的床铺上，还是一年四季都挂着蚊帐，将属于你的小天地包裹得严严实实……

时间一久，男生们说你"清高""傲慢"，女生们将你视作异己。同学们在背后纷纷议论你：

"有什么好神气的，不就是一个大学教授的女儿吗?"

"你看她郁郁寡欢的样子，说不定心里有病呢。"

"做人的道理什么也不懂，白长了这张漂亮的脸。"

你的家庭情况通过各种渠道，点点滴滴地流传开来。我听说，你家就住在本市的另一所大学里，父亲是那个大学的教授，母亲早已亡故。父亲没有续娶，父女两人在一起生活。有人甚至断言，你进这个大学，完全是你的父亲开后门的缘故。我为你担心，以为这种没有根据的传言会伤害到你。没想到，你只是冷冷地哼了一声，不作任何辩解，或者说不屑为自己辩解。向你讲述这些传闻的人，反而自己觉得无趣无味了。

令人不可理解的是，我发现，到了星期天，本地同学一般都回家去，而你经常不回家。节假日你也和我们这些外地的学生一样，猫在学校里。即便回家办事，有时你也会匆匆忙忙地赶回宿舍睡觉。

子娟，原谅我在暗中关注你的行踪。自从寄出给你的信以后，我一直期待着你的反馈。你没有给我回信，这是预料中的事，但你不可能无动于衷。然而，让我失望的是，这些日子里，你就像什么事也没有发生过，对我视而不见。你的这种态度反而进一步刺激了我。我无法摆脱内心对你的好奇，只要一空下来，你的身影就会在眼前浮现。

随着对你关注的深入，我越发觉得，你的行为举止并不是你的本性，一定是出于某种迫不得已的原因，你在保护自己。一想到你那些不可对人言说的难处，我心里就替你着急……

子娟，得到你的回应，似乎是一种奢望，我不抱太大的期望，但我真心地为你担忧。在你需要帮助的时候，请不要拒绝我的手。

情书7

……

子娟，有人告诉我，你已经有男朋友了，他也在这所学校里，就是体育系的廖亦辉，校足球队的前锋。他们说，你报考这所大学，就是冲着廖亦辉来的。还有人亲眼看见，你们成双成对出没在校园隐蔽的角落里。在夜晚校园深处很少有人光顾的竹苑里，有人也曾经见到过你们的身影。你们相依相偎地走着，一直走进密不透风的竹林，在林间的空地上停住了脚步。不一会儿，两个人的身影贴在一起……

关于你的这些传闻让我有钻心切肤之痛，但没有打消我对你的关注。随着时间的推移，我对你关注演化成了迷恋。由于传闻的催化作用，这种迷恋变得越发强烈和不可抑止。我将对人生的憧憬，都凝聚在了你这一个点上。同时，我觉得，道听途说的内容并不能反映你的全部，在你的孤傲而又忧郁的神情背后，一定有着更深一层的内涵，我只有发掘出你的全部秘密，从本质认识你，才会善罢甘休。

我陷入了对你近乎疯狂的暗恋之中。除了上课、自修和准备考试，日常注意力几乎都集中在你的身上。上课的时候，我选择坐在离你稍后几排的座位上，将你的身影牢牢地锁定在视野之内。偶尔，一两次你没来上课，我就会坐立不安，老师这一堂课讲的内容也变得枯燥乏味。

我悄悄追随着你的行踪。你进了食堂，我急匆匆地赶去吃饭，排在你的后面买饭。回宿舍的路上，我远远地跟在你后面，保持仅仅能看清你的距离。看到你进了女宿舍，我呆在原地不动，久久眺望你所在寝室的那个窗口。夜幕降临，来到阶梯教室自修，如果看不到你的身影，我又会转向图书馆。在这两个地方，一般总是能找到你的。如果图书馆也没有你，我就在校园里漫无目的地散步，期望着能遇到你。

夜自修结束以后，我又一次站在女宿舍对面的小河边，远远地望着你所住房间的窗口，直到女生宿舍的灯光渐次熄灭。望着窗户里透出灯光，我的心里流淌着如水的柔情，泪水缓缓地顺着脸颊流下来，分不清这泪水是幸福，还是痛苦？只有它能抚平我不平静的心。

……

情书 8

……

在足球场上，我终于看到人们所说的那个廖亦辉了。

只要有足球比赛，只要廖亦辉上场，你总是会到场观战的。掌握了这一情况，足球场也成了我经常光顾的地方……这一天，有一场和兄弟学校的足球比赛。我早早赶到足球场。水泥看台上稀稀落落坐了几十个人，没有看到你的身影。我在显眼的位子坐下来，等待你的出现。

双方运动员进场，我问坐在边上的人："哪一个是廖亦辉？"

"十三号，踢前锋的那个。"

我看清楚了，那个十三号在队里几乎是个子最高的一个，抢头球总是他独一份。练球的时候，十三号喜欢在脚上做一些花哨的动作，皮球在他的双腿间盘来盘去，很少有人能从他那里抢到球。他的头发剪成了板寸头，一双眼睛乌黑贼亮，看上去精神头十足，举手投足间透出一股霸气。

比赛开始了，廖亦辉老是贴近对方压阵的后卫游动，动不动就冲着在半场得球的自己队员挥手瞪眼，大声叫喊：

"传，快传过来，你他妈的贪什么功！"

"嗨，老子已经跑到位了，你还在那里磨蹭什么。"

听廖亦辉骂娘，我心里就有些难过，这个人长得精神，但脾气太粗野，配不上像你这样的女孩子……我正这么想着，不经意地一扭头，看见你正朝我坐的方向走来。我顿时像被人窥破了内心的隐秘，脸皮烧得发烫。你走到我的身边，站停下来，并没有坐下，而是两臂抱在胸前，漫不经心地看着场内的比赛。我眼角边晃动着你的裤腿，鼻孔拂过屡屡香气，坐在地上感觉如坐针毡。可是我又不能站起来，只好面对球场，坐在那里硬挺，装出全神贯注看比赛的样子。

这时候，主队中场截球，立刻全队压上，转守为攻。本来看似波澜不兴的球赛，转眼间风云突变。一直在对方半场游弋的前锋廖亦辉，突然发力，快马加鞭，插进对方的禁区。就在他快速奔跑的瞬间，后卫传出来的球也到位了。他一脚怒射，球应声入网。

"好球！太棒了！"

我大喊一声，腾地站起来，冲着球场奋力鼓掌。这掌声不但是送给球队的，也是做给你看的。拍了一阵，我感觉有点不大对头。左右一看，看台上怎么就我一个人鼓掌？球场里进球的一方也显得垂头丧气。有些观众还冲着我瞪眼珠子。

子娟，这时候你说话了："你叫的哪门子好？傻子也看出来了，这个球明显越位在先。不能算……我真怀疑，你懂不懂足球。"

"越位在先？"我没听明白，"明明进球了，怎么又不算了？"

你伸手轻轻地在我的肩上点了一下，似乎早就冲着我来的，说："你连足球规则都不懂，在这里瞎起哄什么。我知道你为什么来看球。来，坐下，我有话对你说。"

这是我们之间第一次私下对话。

我顺从地在看台上坐了下来。你的手在我肩上那轻轻的一点，给我的感觉就像重重地一击。我浑身一颤，仿佛触电一般，那种感觉久久不能消退。

"是不是没事可做？为什么老在我后面晃悠？这样做烦不烦……"你的眼睛望着球场，语调低沉，在旁边的人看来，你好像在自言自语，可我明白这话是说给我听的。

你不想让别人知道你在责怪我，这是你善解人意的地方，我体会到了。但我还是羞得无地自容，原来你早就看出我在跟踪。按照你那种拒人于千里之外的脾气，本该当即对我发出严重警告，可是你却长时间地容忍了我的行为。

我一时不知如何应对，憋了半天，才文不对题地说："我劝你不要跟廖亦辉好，他不适合你……"

"他哪点不好？我怎么没看出来。"你慢条斯理地说，"你看他，比赛场上冲劲十足，人长得多帅……你不知道吧，他两条腿上的肌肉，手碰上去就像捏在砖头上……"

你的眼睛还是望着前方，语气中明显掺杂着调侃成分。

"这算什么？我手臂上的肌肉还像铁秤砣呢！"我不服气地说。

你并不想跟我赌气。你的嘴角边带出一丝淡淡的苦笑，扭过头来，看着我认真地说："跟你说一句老实话，你的一举一动我早看在眼里了。我劝你还是放弃对我的那个念头吧，像我这样的人，不值得你看重和喜欢。你就是死皮赖脸来追我，也不会有结果的……"

我抬头正眼看你，我看到了在你凄苦眼神背后的真诚。突然，你胸前佩戴的红线拴着的小铜钱一晃，牵引着我的目光，那片细腻洁白的地带刺得我头晕目眩。我想问你一声：为什么不能追你，你说这话想传递什么意思？还没等我开口，你已经起身离去。你连廖亦辉的球赛也不看了。我呆呆地看着你的背影，有一种虚脱似的茫然……

子娟，我要你对我解释清楚，不能让我蒙在鼓里不明不白的。……

情书 10

……

子娟，昨天夜里，我在梦里和你相遇了。

恍惚中，我看到你一丝不挂地向我走近。第一次在梦里见到了你裸露的身体，我一时手足无措。温润如玉的肉体近在咫尺，那身体所散发出来的异香渗透进我的骨髓。我的脑海中一片空白。就在这时，你展开双臂，把我的脑袋揽到你的胸口。你不管不顾地抱紧我，仿佛在作殊死的一搏……

还是你，向我伸出援手。你面带笑容拉起我的手，引导着我……

两个人合而为一……

子娟，我兴奋得发出低沉的吼叫，一下子从梦中惊醒。

醒来后的我还沉浸在兴奋的回忆中，直到宁静的夜色将我拉回到现实中。我为睡梦中的景象感到害羞，抬起头，不安地环顾四周，唯恐我的举动被别人察觉。

万籁俱寂，黑暗的寝室响着此起彼伏的鼾声。

我一遍遍地回味着刚才梦中的情景，将每一个细部定格、放大……我浑身一阵阵燥热，床铺发出了轻微的摇晃。子娟，你在睡梦中听到我无声的呼唤吗？

我告诉你这一切，是因为它真实发生过。我没有编造故事来亵渎你的清白，只是想和你共享这一美妙的时刻。

子娟，你不会怪罪我吧？

第五章　伊人归来

1

　　方民和人合伙办的广告公司，刚开始只有几个人，挤在两间租借的居民房里。公司开办之初，合伙人手头有几个项目，够他们做上半年的，暂时无断炊之忧。方民负责做策划和文案。每个项目他都要构思几个文案，不停地自我否定，力求拿给客户的定稿让人耳目一新。广告推出以后，反响不错。老客户、新客户，订单连续不断地涌来。这段时间，他和合伙人几乎没有上下班的概念，常常夜深人静了，他们还聚集在灯下，策划、构思、撰写文稿，打磨细节。他们吃住都在公司里，一日三餐叫外卖，晚上就睡在接待客人的长沙发上。

　　两年以后，公司揽到了地铁广告的部分制作业务，一下子做大了。公司的资产快速增值，不久搬出居民房，在热闹市口租下了一个商铺，员工也增加到二十来人。由于业务需要，方民买了一辆自备车，二手的桑塔纳。出门不再挤公交坐地铁了。如此快速的发展，是他当初离开杂志社时所没有想到的。他庆幸自己选对了方向。

　　很平常的一天，方民坐在经理室里，眼睛凑近电脑，审定广告上的文字。地铁里行人流动迅速，广告的文字必须简明、有冲击力，瞬间抓住对方的眼球。一个晚上，他都在做这个方案，灵感闪烁，惊喜不断。然而，白天上班后，刚完成的文案又被突如其来的新想法所推翻，不得不重新做起。翻来覆去，数易其稿，身心既兴奋又疲惫。

他正在斟酌文字的当口，一个熟悉的身影幽灵似地向他飘来。他抬起头，揉揉眼睛，目光扫过坐在对面的合伙人，转向隔断房间的透明玻璃，下意识地朝外看去。

前台进口处，大门敞开。一个女子正在门口徘徊。她身着一色青紫色套装，脖子上围着一条绘有豹纹图案的丝巾，直直的头发，眼神飘忽。进门以后，她朝灯光通明的办公大厅张望片刻后，才靠近服务台。她的举止和与众不同的着装，不像是来洽谈公司业务的，更像是一个进错了门的贵妇人。

踌躇片刻，她低声问坐在门口的前台小姐："请问，方民是不是在这儿工作？"

前台小姐正在电脑屏幕前打字，抬头说："请问，您是哪位？"

"我，是他大学的同学。"

紫衣女子在门口蓦然出现，方民怀疑是自己的幻觉，并未在意。当听到来人低声询问自己的名字，他才留意去看，不由得内心一阵狂跳。凭着直觉他知道：是她，席子娟。他撑着桌子站起来，愣住不动了。

经理室的门被轻轻推开，席子娟站在了他的面前。

方民没有想到，席子娟会贸然找上门来。这些年里，他曾经设想过与她见面的场景，却从来没有想到，两人会在这样的场合相

065

遇。犹犹豫豫中，他们的目光相遇了。

"子娟!"方民低声唤了一句。

"方民，是我。"

他说："你来了。"

她说："是的，我来了。"

他手边的茶杯碰翻了，杯底的水撒在玻璃台面上，亮晶晶的一摊。他慌乱地用纸巾擦了擦，对合伙人说："我出去一下。"

时隔十多年，两人的相见没有握手，没有寒暄，只略微点了点头。

两人走出公司大门，来到附近茶室，找了一个靠窗的座位坐下。

"你怎么找到我的?"他迫不及待地问。

"我去了你原来的杂志社，他们告诉我的。"席子娟松开脖子上的丝巾，尴尬一笑。"他们没有你的电话，只有地址，所以我冒失地找上门来。"

这些年过去了，她容颜未改，但岁月的印痕一目了然；脸上依稀留着以往的傲然，却添了些许哀怨与淡然，多了几分成熟女人的风韵。她投向他的目光复杂幽默，有期盼、后悔，更多的是无所谓和洒脱，仿佛破罐子破摔了。这种神情令方民怦然心动，又有些提心吊胆。

秋日阳光透过茶室的落地窗悄然而入，光束被窗棂切割，细微的尘埃在其中飘浮，四周弥散着宁静温馨的气氛。茶室里人影稀疏，关上门以后，街市的喧嚣被隔开了。这个茶室是公司经常待客的地方，服务员了解方民的习惯，上了茶水以后，没有吩咐便不再来打扰。

"子娟，你终于出现了。"方民说，毫不掩饰内心的激动。

"你的情况，徐筝都对我说了。"席子娟口气平静，却难以掩饰心底的波澜汹涌。"其实，你和徐筝在一起也不错，不应该因为我……"她好像想解释什么，却又言不由衷。"你把我看得太重了，现在这个社会，没有人像你这样认真的。再说，我也实在不值得你记挂。"

"可是，我……"方民急于向她解释。

"你再也别说了。"她害怕听到他发自内心的表白，打断他的话。"今天我来找你，是我内心有愧，所以想见见你。"

"你，为何说这样的话？"

"我都看到了。"

"看到什么？"

"你写的那些情书……"席子娟说着，从手提袋里抽出一本翻得卷了边的杂志。封面冷色调上鲜红的刊名扎痛了他的眼睛，好像那是他身上无法结痂的伤口。她在那伤口上抚摸一下说，"我真后悔，当初没看你写给我的这些信。经历了这些年的感情挫折，我对社会和人生有了更全面的了解，才明白自己错过的是什么。我的所作所为必须受到惩罚。我这次就是来向你道歉的。"

"你，你怎么知道这些情书是写给你的？"为了掩饰内心的慌乱，方民问她。

她淡淡地一笑，笑得有些凄凉。"在大学里，你一封封信寄到我的手里，这不会是假的吧？我读过头一封信，而后那些信里写的许多细节，也只有我知道，很容易对上号的。也算是机缘巧合，我从台大回大陆在香港转机，因台风滞留在旅馆里，晚上去逛地摊市场，在一个旧书摊上无意中发现刊有情书的这本杂志，当即就买了下来……"她端起茶杯抿了一口，接着说："我怕自己搞错了，特意打电话去问了徐筝。出于某种原因，我早已和她断了联系。但我当时必须证实一下。她说没错，这些信就是我当年交给她的。她还说，因为这件事，你们两个人闹翻了……"

方民一时无语。许多年来，压抑在内心的委屈，化作了一腔柔情。这一刻，他恍恍惚惚，好像与她早已身心相融，情不自禁地将右手小心翼翼地伸向她，放在她搁在杂志上的那只手上。光滑的手背，皮肤像水一样冰凉。他害怕她会抽身离开。那只手并没有收回去。他感到庆幸，可更大的惶恐也随之而来：相隔了这些年，他对她念念不忘，这个身影始终跟随他，却从未进入她的内心世界。这是一个怎样的女人？

他压抑着内心的忧伤，问："你现在过得还好吗？"

"我离婚了。"

"你是说和那个台大博士？"

席子娟点点头，目光转向窗外。厚厚的玻璃窗外，行人和车辆皮影似地流动，却听不到喧嚣的市声。

"别看他戴着个博士的头衔，本质上还是个生意人。"她说，声音好像来自别处。"他当初娶我，还以为我那个死去的前夫——廖亦辉，给我留下了不少生意场上的关系呢。他急于在大陆淘取第一桶金，所以抓住我不放。到了台大以后，才知道我其实跟生意场隔得很远。这样一来，夫妻间的感情就逐渐冷淡下来……"

席子娟一边说一边反过手来，轻轻地回握住他的手。随后，她收起那本杂志，用了讲述别人故事的口吻继续说："后来，在一次拍卖会上，他认识了国民党元老的一个孙女，那人长得下巴比额头还宽，两眼瞪着，永远是一副凶相，可福气倒不小，继承了祖上传下来的一批古董字画。当时拍卖的一件拍品，底价就是一百二十万美金。于是，他开始动她的脑筋，几经周折把她搞到了手，随后提出要跟我离婚。我懒得和他争吵，他想怎么样就怎么样吧。离了婚，我带着孩子回了京城……"

为了确信没有听错，方民追问了一句："你一个人带着孩子过日子?"

她点点头，舒了口气说："我又回到了社科院的家属楼里……孩子挺可爱的，钱也够用，又有地方住着，日子反而过得挺自在。"话头倏忽一转，接着问："你现在自己在做公司，还可以吗?"

"试着做吧，反正年纪轻，还经得起折腾。不行的话，再回到体制里去。"这是他的心里话。

"你那个公司虽然小了点，看上去倒很有人气。"她观察得很仔细。

"应该有点发展的空间吧? 关键是比较自由，如果不想做了，把属于我的股份让给别人，就可以脱身。"他不需要对她隐瞒什么。

席子娟默然了片刻，真诚地说："作为同学和朋友，我必须提醒你：做生意，像你这样书生气十足的人，很可能会吃亏。公司目前的规模还小，等到一旦做大以后，就会有人打你的主意。"

方民诧然地问："你好像很熟悉生意场上的事?"

她长长地叹了口气，心有余悸似的。

"我不会做生意，但这些事里我看到的和听到的还真不少。"她说，"你一定也听徐筝说过，我的第二任丈夫廖亦辉很富有。实际上，他只是周旋于国内某些大的利益集团之间，作为中间人替别人出面，经手各种合法的或灰色的交易。赚来的钱大头是别人的，风险却由他一个人承担。出了事情，那些在他背后的人毫发无损，他却坠海身亡，至今连尸体也没有找到。你别误会，我并不是为他鸣冤叫屈。他是咎由自取，不值得可怜。我和他的结合，并不是出于爱情。这场婚姻是他父亲撮合的。就像我头一次婚姻也是廖老爷子介绍的一样。廖亦辉很少跟我谈生意上的事，但我还是看出了一些端倪，其中暗藏着风险。所以我要提醒你，千万不要一时头脑发热，卷到某些利益集团中去，一旦陷进去，你就拔不出来了。"

席子娟和廖家的事情，方民还是头一次听说。生意场上的尔虞我诈他也知道一些，然而以这样严肃的口吻告诫他的，席子娟还是第一个人。

他为她的关心所感动，连连点头说："我会小心行事的，谢谢你的关照。其实，我做的是实业，手工作坊，与廖亦辉还是有所不同的。你放心好了。"

席子娟释然地笑笑说："好了，我总算了却了一桩心事。"

方民突然感到惶恐，害怕她就此离开，试探着问："子娟，你想过没有，以后的日子……"

她避开他的目光，起身离开，站到窗前，背着身冷冷地说："这是我自己的事，请你不要过问。"

方民跟过去，站到她的背后，语气变得激烈地说："你来，就是想告诉我这些话？仅仅是这样，你不应该来找我，你……"

"你不要再说了！"席子娟转过身来，哀求似地说，"方民，我

070

和你之间是不可能的，你应该明白这一点。我来找你，只想向你认个错，抚平良心上的不安，没有别的意思。"

然而，他从她眼神里却读到了更为复杂的情愫。他缓和一下语气，说："好，我答应你，我们不谈这些。不过，我有一个请求。"

"你说吧。"

"在你的面前，我可以说是一个透明的人；而你呢，我却很不了解。这不公平，是吗？为公平起见，能不能让我知道，我曾经疯狂追求的女人，到底是一个怎样的人？"

她的回答很干脆："只要不提爱情和结婚这几个字，我们聊任何话题都可以。"她还补了一句："如果有必要，你随时可以去我的家。"

2

第二天晚上，方民下班后开着那辆二手桑塔纳，前去探望席子娟。他将车靠边停在家属区绿化地带的小路上，手捧一束白色康乃馨，走向席子娟的家。虽然是第二次来到这里，他感觉上却已是轻车熟路——在梦里，曾经多次来过，每次他都被拒之门外，恸哭而归。

还没踏上门廊，就听到房间里小孩的叫唤和嬉闹声。厨房的窗户敞开着，从里面传出刷锅洗碗的声响。他被这温馨的家庭气氛感染了，莫名的伤感涌了心头。站立片刻，平静一下心绪，他弯起食指轻轻叩门。

门开了。一个三四岁大的男孩站在方民的面前。

"你找谁?"男孩仰着脸问他。从男孩的眉眼间,他看出了廖亦辉的影子。他摸摸男孩的脸,没有回答。

听到开门的声响和男孩的提问,席子娟从厨房里走出来。她一身居家装扮,双手在腰间的围裙上擦拭着。围裙将她的胸和腰勾勒得曲线毕露。

"没想到,你这么快就到了。"席子娟将男孩搂到跟前,侧过身子,让方民进门。"我接到你的电话,还没来得及整理房间呢。"她接过他手中的康乃馨,凑近鼻子闻了闻。"记得我大学期间住院的那一次,你送的也是这种花。你喜欢素色,是吗?"

"哪里啦,"方民解释说,"送红色的玫瑰,怕引起你的误会,还是平常一些的好。"

男孩站在席子娟的脚边,眼珠子朝着这两个人不停地转来转去,好像要确认两人的关系。一番打量以后,他试探地发问:"妈妈,这是谁呀?从来没有见过。这位叔叔是不是你新认识的?"

席子娟摩挲着男孩的头说:"翔翔,这位不是叔叔,是舅舅。乖,叫舅舅。"

方民没有想到,席子娟会用"舅舅"来定位他们的关系,分明在暗示他们是兄妹或者姐弟。这也许隐含着一种拒绝,想到此,他心头掠过一阵寒意。

男孩思索好久,才从嘴缝里挤出两个字:"舅……舅。"

"对,方民舅舅。"她强调了一句。

"方民舅舅!"男孩大声叫道。方民这才想起事先准备好的礼物,连忙将两盒巧克力塞到翔翔的手里。男孩抬头看一眼母亲,席子娟朝他点点头。男孩撕开包装纸,咬了一口白色的巧克力,心满意足地到一边玩去了。

"坐吧，请随意。"她上下打量方民，帮他摘去落在衣襟上的一朵花瓣。

方民在客厅的长沙发上坐下，屁股下的弹簧发出吱吱的响声。他双手按在膝盖上，打量着四周。客厅里家具显得有些陈旧，唯有那盏照着饭桌的可调式吊灯亮得耀眼，灯罩上纤尘不染，像是不久前才换上去的。

席子娟走进厨房，拿来一个大口瓶，将鲜花根部小心地插进去，很费心思地整理了一遍。忙完了，她解下围裙，准备在椅子上坐下来。

"别，你先别忙着解围裙，"他上下打量着她，"我还是头一次看到你这样的装束，真的很好看。"

她佯装生气地说："你也学得油嘴滑舌了!"

"我说的是真心话。"

"好了，不谈这些。"她绕开这个话题，坐了下来。"还是谈谈你这些年的经历吧。我这几年只顾家庭了，同学间的事知道很少。闲下来的时候想起大学生活，真有一种恍若隔世的感觉。"

方民简略地讲了自己这些年的情况。他并不想隐瞒与徐筝的关系。他也讲到了对席子娟的思念，在与别的女人的交往中，每每将对方幻化成她。他平静地叙说着，并不感到拘谨和歉疚。他自己也感到奇怪：为什么面对这个女人，会讲得如此坦然?

席子娟坐在对面，静静地听着，专注的眼神好像在说"继续说，对，就这样说下去，我听着呢"。当他说到经常将别的女人下意识地幻化成她的时候，她脸上不易察觉地泛上红晕，眼神却没有回避，以致方民觉得她那一瞬间的脸红，只是一种错觉。

时间在飞逝，不知不觉中，翔翔在母亲的怀里睡着了。席子娟抱着翔翔上楼去，进了孩童房间，将他放到小床上。这时，男孩醒来了。

"不嘛，我要和你睡在一起。"男孩睡眼蒙眬地撒娇说。

"去，跟你说过多少遍了，小孩子不许和大人睡一起。小心被大人压死！"席子娟吓唬说。

也许是被母亲的话镇住了，男孩乖乖侧转身子，继续睡去。

听到楼上母子间的对话，方民觉得，这样对待孩子未免有点小题大做。随后一想，她这样做也许另有深意，会不会在给他腾出空间？不由心里一阵狂跳。很快，她又回到客厅坐下。她将餐桌上方那盏吊灯往下拉了拉，灯光集中照在两个人身前。

"刚才你说到哪里了？"她看着他说，"继续说下去。"

"我说完了，该轮到你说了。"他说。

"我没有什么可说的。"她惨淡一笑说，"你都看见了。这幢房子、孩子，还有'克夫'的罪名，这就是三次婚姻留给我的纪念。从今往后，我可能这辈子不再嫁人了，就守着这个孩子。然后，一个人到老……"

方民心里一凉。"子娟，你为什么如此悲观？"他急于找到答案，"你这么说，不会是针对我的吧？"

"没有理由，更不是针对你……"她苦笑着，摇摇头。

室内的气氛陷入沉闷。夜渐渐深了，秋虫鸣叫声从窗外长一声短一声地传进来。她仰身向后退出灯光圈，脸变得模糊暗淡。仿佛是一种象征，她还没有从心理的阴影里走出来。他未免有些沮丧，怀疑自己能不能把握住眼前的机会，拯救她，同时也拯救自己。

"参观一下你的小楼，可以吗？"方民站起来。他总觉得那些阴影就来自房子内部。

"你自己去看吧，不必顾忌。"她扫视四周，指着客厅旁的一扇门，"欧阳活着的时候，就睡在那个房间里。"

"就他一个人睡在那个房间里？"他回头问，"那你呢？"

"我睡楼上的卧室呀。"说完，她只顾埋头看着指甲，不再搭理他，似乎不愿深谈这个话题。

方民走近欧阳当年住过的卧室，推开了门。一股阴湿的霉味扑鼻而来，显然房间很久没人进出了。借着客厅里的灯光四下打量，有一张双人大床和一排书橱，墙上挂着一个大镜框，黑乎乎的看不清，他摸索着打开壁灯。房间里亮了。让人奇怪的是，那个镜框背面朝外。他走上前去，将镜框翻过来，是结婚照——约四十岁的欧阳和他二十多岁的妻子席子娟。

客厅里，席子娟正背对着他，来回地踱步。

方民将镜框恢复原样，目光转向那排书橱。书橱里塞得满满的。透过灰蒙蒙的玻璃望进去，里面绝大多数是一叠叠分门别类堆放的纸片，四开、八开、十六开，都有。那些资料泛黄发霉，边上起毛打卷，虽然有些破旧，却严肃得像判案的卷宗，隐隐透出一股戾气。他好奇地试图抽取查看内容，由于塞得满满登登，抽了几下取不出来，只得作罢。一看，厚厚的积尘倒沾了他一指头。

席子娟走近房间，倚在门框上了。她双手抱在胸前，冷冷地说："这里收藏着文革期间京城各校的红卫兵战报，可以说是国内最完整的。这是他亲口对我说的。他凭这些资料，做什么政治学研究。"

"那些年很乱，要收得这么齐全，很不容易的。"他感叹说。

"当年他是附中的红卫兵负责人，各校相互交换每期战报。"她在门口依旧保持原来的姿势，话语中不无嘲讽，"我看他有点糊涂，这些东西对别人可能是宝，但对他肯定有害……"

"你为什么不进来说？"他问。

"不，自他死后，我就没有再进过这个房间。我对自己说过，不会再进这个房间了。"

为了便于交流，方民只得来到门旁。

"那你准备怎么处理这些资料？这些东西，对以后的研究者也许会有用处。"他回头看了看那排书橱。

"社科院想把它们要过去，香港有一个民间研究机构也想要，愿意花大钱买……我都没回应。"她扭过头，身子离开了门框，声音沙哑地说，"因为我还没有想好，到底怎么处理这些东西。"

方民熄了灯，阖上门，返回餐桌前坐下。与她面对面，他看到了她脸上的泪痕。她强作笑意，偷偷拭泪，可眼睫毛和鼻沟处残存的泪痕在灯光下还是一目了然。她朝后移动椅子，企图躲进黑暗里。

"你怎么啦？"他关切地问，"是不是我哪儿说错了，不留神触到了你的痛处？真是很抱歉。"

"没什么，这不管你的事。方民，我们不谈过去，不谈死人，好吧？还是谈谈你今后的打算……"她转了话题。

"我的打算？"他突发奇想，脱口而出地说，"你问得好！既然你现在回归单身了，那么我想和你结婚。你愿不愿意？过去，我错过了许多机会，这次再不会放手了……"

席子娟沉下脸，制止他再说下去："我们事先说好了，不谈这个的。"

他却不管这些，依然兴奋地说："我至今还记得，你在大学时美丽动人的样子。你说说笑笑的时候，一脸阳光灿烂。我当时就在想，这一生一世只要有你陪伴，就足够了。"

席子娟听他这么说，非但不为所动，还显得有些腻烦和厌倦，冷冷地说："不要对我说这些，好吧？老实说，比你说得还要肉麻的话，我也不知听了几大筐。对恭维的话，我已经麻木了。"

"我说的不是恭维话，是真心话。"

"知道，自从读了你的《情书三十六封》，我就明白了。"她的目光偏离了他的对视。"可是，我再不是在大学校园里那个女孩了。我也想回到那个年纪，让一切都从头再来，只可惜没有这个可能了……"

从这番话中，方民能感受到她沧海桑田般的经历，体味了历史的沉重，听着都有一种不堪重负的感觉。夜深了。他伸展双臂，舒展一下绷得太紧的身体，抬头一看，墙上的挂钟正指向零点十分。

"时间不早了，我该走了。"他站起身来。

席子娟坐着不动，说："是太晚了，路上不方便的话，你可以睡在这儿。我这儿有空房间。"

他看着她，想从她的脸上读出真实的想法。

她淡淡地说："你不要想岔了。这时候，家属区的大门早就关了，你叫醒值班的人开大门，给你的车放行，肯定很不高兴，说不定还会找你麻烦。搞得不好，连我也要被叫去登记。兴师动众的，这又何苦呢。”

方民点头赞同。其实，他又何曾想离开席子娟呢。潜意识里，这幢小楼已经和他连在一起了。

“你可以睡他的房间。”她指指欧阳的房间。

“不，不，”他连忙说，“我就在客厅的沙发上睡一会吧。”

“也好，随你方便。”说着，她稍稍收拾了一下长沙发，从楼上抱来床单毯子。

他站立一旁看她忙碌着，一面揣摸她内心的真实想法。在灯光下，她不时俯身、弯腰，舒展臂弯。那成熟女人曼妙的身姿，勾起了他内心深处原本压抑着的欲望。她将一切安排停当，正要向他道晚。这时，他突然上前抱住了她。她身子蓦地绷紧了，似乎是受到了惊吓以后的本能反应。随着双臂用力抱紧，他能感受到她身子在一点点软化。尽管这样，她仍然双眼紧闭，站着不动，没有拒绝也没有回应。僵持了一会，她才叹了口气，仿佛告饶说："我明白你的意思。你们男人都是这样的，一定要走到最后一步才肯罢手。不过，我实在没有那种心情……请你松手吧，原谅我。"说完，她从他的怀里挣扎出来，快步向楼上的卧室跑去……

3

既然到了这一步，方民哪肯善罢甘休，便决定在她生日这一天，郑重其事地向她求婚。如果她还是拒绝他，那么他将考虑离开这个伤心之地。

席子娟生日那天下午，方民在王府井商场的珠宝柜台买了白金钻戒，一克拉的。接着，他开车去鲜花市场买下了所有的红玫瑰。离开花市，他又打电话给北京饭店，订了生日蛋糕和熟菜，请对方送货上门。

他把车停在席子娟家小楼前。从后座和后备箱里搬下玫瑰，沿着小楼墙边一一摆放开来。响声惊动了小楼的主人。门开了，席子娟从里面走出来，冷不丁满眼的红玫瑰扑面而来，还以为产生了幻觉呢。很快，她看到方民正蹲在墙角仔细摆放着花朵，一时感动得说不出话来。这时，翔翔已从她身后钻出来，飞快地奔上前去，连声叫着："方民舅舅，我和你一起摆花。"

"好啊，你把这些花搬到房间里去。"方民站起身来，将最后的两大捧玫瑰交给翔翔。翔翔抱起鲜花跑进屋去。他搓了搓手，朝玫瑰砌成的小小的花墙打量一番，然后迎着席子娟走去。

"今天是你的生日，向你表示祝贺。"他说。

不知是由于感动兴奋，还是斜阳余辉的映照，席子娟的脸上一片绯红。她不知道说什么好，不知不觉眼眶里充盈了眼泪。她转过脸去，不想让他看到。

他上前拉了她一下，说："这是喜庆的日子，你应该高兴才是。走，我们进屋去。"

他们走进房间。翔翔忙着往花瓶里插玫瑰花，客厅里红艳艳的一片。

席子娟欣喜地说："今天生日连我自己都忘了，你是怎么知道的？"

方民说："你忘了？每个人的出生年月在我们的学籍卡上都有，我早就记在心里了。今天，我们一家人聚一聚，好好欢庆一下。"

"我们一家人？"她吃了一惊，顿时收敛笑容。"你怎么这样说话？"

"是的，我们一家人。"他不容置辩地答道。

今天他打定了主意，要成为这里的主人。他反客为主，自作主张地张罗着生日聚会，又是铺桌布，又是摆桌椅，还吩咐翔翔把家中的音响打开。

主人席子娟却被晾在了一边。她呆呆地站着，看着这个忙碌的男人，不知如何应对。

不一会儿，响起了敲门声。方民抢在前面去开门。饭店送外卖的人进来，将生日蛋糕和装着熟菜的大纸箱放在桌子上，然后接过方民手里的钞票，点了一遍，转身离去。一盘盘封在保鲜纸里的熟菜，从纸箱里取出来，在客厅的长条桌上摆出一席丰盛的菜肴。男孩拍着双手，在一旁欢快地叫着："生日快乐，生日快乐……"房间里充满了过节般的气氛。

席子娟缓过神来，意识到作为寿星和主人的她，袖手旁观未免说不过去，总该配合一下吧。于是，上楼去换衣服。在挑选服装时，她稍稍犹豫了一下，穿上了那件与廖亦辉结婚时穿过一次的旗袍。这旗袍的颜色和花纹十分艳丽，太招摇了些，婚后再没穿过。

她身着高开叉的绛红色织锦缎旗袍，盘着高高的发髻，踩着高跟鞋，从楼梯上一步步下来。客厅里，灯光亮起，周遭遍布着红玫瑰，宛如童话世界。在方民的指挥下，翔翔正将蜡烛插在蛋糕上。看着她从高处飘然而下，他们兴奋地鼓起掌来。

翔翔点燃了蜡烛。灯光暗淡下去，烛光熠熠生辉。音响里回响着《祝你生日快乐》的乐曲。

"请许愿吧!"方民向焕然一新的席子娟做了个"请"的手势。

席子娟双手捂脸,面对摇曳的烛光,久久没有出声。男孩等不及了,趴在桌子上,将蜡烛一支支吹灭。

灯光再次亮起,席子娟已悄悄擦去脸上的泪水。"吃吧,大家吃吧。"她强打起精神说。为了不让方民失望,她主动从玻璃柜里取出一瓶开过的红葡萄酒,斟满两个杯子。递给他一杯,自己端了一杯,举了举说:"方民,谢谢你,记得我的生日。来,我们干一杯。"酒是好酒——波尔多,不过那瓶酒开了已有些日子了,加上瓶塞没压紧,口感中少了些清冽。他们轻轻碰了一下酒杯,一饮而尽。

翔翔叫叫嚷嚷特别开心,终于吃饱了,玩累了,被母亲送到楼上的房间里。安顿翔翔睡着后,席子娟回到餐桌前。

刚才孩子在一旁不方便,现在她不得不问了:"你为什么要这样做?"

"我的意思,你应该明白。"他直视她的眼睛。随后,从口袋里掏出一枚钻戒,递给她,"我正式向你求婚,请你嫁给我。"

"不,你把钻戒收起来……"席子娟摇摇头。她的眼眶又一次红了。

"你不要再说那些'我不适合你'的话。"他果断地打断她,"你要拒绝我,就说出一个令我信服的理由。比如说,你已有了合适的人选,准备嫁人了;或者说不喜欢我这个人。那我离开,离得远远的,绝不再来打扰你的生活。还有比这更有说服力的理由,你也尽管说出来,我有足够的心理准备,承受一切打击……"

席子娟的双肘靠在桌沿上,十指相互交叉。从痛苦的眼神中,透出她内心正在作剧烈的斗争。很久很久，她没有说一句话，魂灵出窍一般。最后，她站起身来，上楼到翔翔的卧室看了看孩子。翔翔睡得四仰八叉，嘴里不时还发出喃喃的呓语。下楼后，她随手将所有的门窗一一关上，插紧销子。接着，她回到他的面前。

方民再次将钻戒递给她。

席子娟还在退缩、犹豫，仿佛在婉拒他。

他忍受不了这样的折磨，凑近她，指着自己的胸口伤心地说："子娟，自从我爱上了你，你一直在回避我；给你写了那么多信，竟然看都不看。你对那些人特别宽容，对我却是那样的苛刻。这究竟因为什么？今天，无论如何你得给我一个说法。"

她不加掩饰地哭了。眼泪泉涌似地夺眶而出。

方民一怔，不忍心地说："你怎么哭了，难道我又做错了？好吧，我将钻戒收起来，听你说说想法……"

时间在流逝，席子娟情绪渐渐平静下来。

她擦去眼泪，说："方民，其实也没有特别的理由。而且，对生活我也不抱什么希望了，过一天，算一天。如果还有想法的话，至多也只是希望有这么一个人，对我始终留有美好的印象。这样在我将来离开人世的时候，灵魂会得到一丝安慰。钻戒我不能收，请原谅。我这样做，对你也许并不公平，但我确确实实是这样想的……"

方民心灰意冷，还隐隐感到一种不安，不明白她为何说出如此悲伤的话。

"还要不要我说下去？"她问。

"是的。我可以接受你的要求，但你还得说明白这样做的理由。"

"事到如今，我不得不说了。"在他的坚持下，她脸上露出坚毅的神色。"我还是从头讲起吧。你在听的过程中，如果觉得难以忍受，可以叫停或离开，我不会责怪你的……我开始说了，你不要打断我，我也只当你不在眼前……"

这时候，楼上传来翔翔的哭声。她向他做了一个抱歉的手势，飞快地跑上楼去。

孩子的哭声平息了，却久久不见席子娟下来。

方民在客厅里来回踱步。夜深了，从窗户看出去，外面一片宁静，除了几盏路灯，所有的建筑物都沉入在黑暗之中。出奇的宁静让他难以忍受，焦灼不安，好像有某种危险正在逼近。

终于，他不再等待，向楼上走去。

在翔翔的卧室里，他看到她坐在地板上，头深深地埋在床沿边，睡着了一般。她换上了家常衣服。在她身边，地板上放着一杯喝了一半的白开水，和一个倒下的药瓶。这突如其来的逆转如此反常。他大吃一惊，以为发生了意外，忙上前推了推她。

她一激灵，睁开眼睛，歉意地摇了摇头，压低声音说："翔翔白天玩得太疯，夜里受惊了，不让我离开呢。刚才我哄孩子睡，自己居然也打了个小盹。对不起，让你久等了。"他想说什么，她连忙食指贴着嘴唇，轻声地说："嘘——轻点，孩子会吵醒的。我们下楼去谈。"

尽管她口中不说一个"累"字，但从她空洞的眼神和迟缓的步态上，方民已明显感到她的疲惫和心力交瘁。何况夜已深了，他更加不忍心。才下了几级楼梯，他收住脚，双手按在她的肩上说：

"你累了，先休息吧。有话我们明天再说好了。如果你改主意了，明天不想说，或者觉得还是不说为好，那我尊重你的想法，不会为难你的。"

这下，轮到她感到诧异了，嗔怪地问："你这是真话，还是可怜我？"

"明天再说吧。"方民说。

"那好吧，委屈你在客厅里睡一晚吧。"

方民感到悲凉如水浇遍周身：为了他所心爱的女人备受煎熬的样子，更为了她再度拒绝了他。如此大费周章的求婚只是一个笑话。显然，留下已经没有任何意义了，他决计一走了之。他说："我还是走吧。"

席子娟见他告辞，目光里竟然充满怨尤与恳求，凄婉地说，"你真要走？你现在就走的话，我可能再也没有勇气说出深藏心里的话。那样的话，我也许会后悔一辈子的。"

方民乖乖地留下了。长沙发上铺好床单，关灯，躺下，把毯子裹在身上。

黑暗中，他睡意全无，脑子里不断在猜测：到底是什么隐情让席子娟如此纠结？正忖度着，隐隐感到一股阴风拂过，好像有东西在周围浮动。他辨别了一下，发觉这股气流似乎是从欧阳卧室方向吹来的，顿时毛骨悚然，赶紧侧身脸朝那扇门，细细察看。黑暗中，空无一物。毕竟忙了一整天，他也累了，渐渐睡意蒙胧。两眼刚刚合上，冷不丁一阵窸窸窣窣的响声传来，好像有人在房间里走动。他立刻睁大眼睛，打量四周。幽暗中一个白色的影子，从楼上下来，向长沙发前飘浮而至……

"谁?"他吓得从沙发上猛地坐起。

"别怕,是我。"穿着白色睡衣的席子娟来到他的跟前。

"你怎么了?有事吗?"他立马想去开灯。

"别开灯,还是这样好。"她在沙发的边沿坐下,"我不想开灯说话。黑暗使我能够平静地审视内心。我睡不着。我们接着聊下去,好不好?天一亮,我怕说话的勇气都会消失的……"

方民又惊又喜,暗中会心地诡谲一笑。"好呀,我正盼着呢。哎,你冷不冷?看,你在打哆嗦了吧?感冒了怎么办?不如钻进毯子里,手呀脚呀也不凉着……"说着,他拉了拉她的胳臂。她挣脱了,咬咬嘴唇说:"哎哎,你别想歪了,我可是一本正经的哦。"然而,他并不放手,刚轻轻一拽,她便一骨碌半个身子滑进毯子下面。长沙发睡一个人还勉强,两个人就太挤了。他赶紧往里挪了挪。窄窄的地方,两个人的身体不得不紧紧贴在一起。他展开双臂,拥紧了她。这么多年来,他一直期待着有这么一天。没想到,这天终于来了,而且是在这样迷乱的场合。他发现她的身子在索索发抖,便轻轻地抚摸着她的后背,让她平静下来。她的身体比外表看到的要丰满许多,而且有一股奇异的暗香。

他轻轻在她耳边说:"哎,说呀!我等你往下说呢。"

她没有回答,却将暖暖的身子挨得更紧。他佯装催促,一边手沿着她光溜溜的脊椎往下滑去,她居然没有制止他……后来,她作出了回应,用牙齿在他的肩头一下一下地咬,一次比一次用力。随着动作幅度逐渐加大,窄小的沙发显然再也容纳不下他们,两人索性滚到了地毯上……

等消停下来,两个人裹着羊毛毯背靠沙发边沿,坐在地毯上,被激情中断的聊天这才继续下去。

"……一切都是我自己造成的，我不怪别人。"她的说话声时断时续，在黑暗中缓缓流动着，像是喃喃自语。"命中注定，在廖老爷子的家中，我遇上了欧阳……"

他无法看清她的脸部表情，但从她微微颤抖的身体，可以想象她内心的挣扎。

"欧阳后来亲口对我说，他对我一见钟情，无法割舍，就央求廖伯苇从中撮合。那时候，我正面临毕业，急于想找一个好的去处；或者说，找一个归宿。当廖老爷子给我介绍了他的地位、财产和房子后，我没法不动心。欧阳在娶我以前，曾经有过一次失败的婚姻。那个女人跟着一个法国人去了巴黎。在他和我做爱的时候，高潮来临，他便叫唤那个女人的名字，好像我是她的替代品。我以为随着时间的推移，这个问题会改变的，所以并不计较。后来我发现，他得手以后又在犹豫是不是要娶我他其实并不想结婚。于是，我玩了一点手腕，说是怀上了他的孩子，逼迫他娶了我……"

席子娟停顿片刻，侧过头来看他。

方民渐渐明白了，她正试图回顾情路厘清真相，以便给自己一个交代。她需要有人在一旁，将一切记录在案。他就充当了这个角色。

她接着说："婚后，我很快发现他很花心，对每一个有点姿色的女孩都会一见钟情。这是个情种。他将女孩带到家里来，大多是他的学生，也有院外的。在他房间里聊天，然后关起门来做爱，并不顾忌我的存在。他叫唤着前妻的名字，声音长久地回响在小楼里，听上去像在招魂……"

方民忍不住地说："这人有病，变态，恶心！"

"是的，他是有毛病。别人也许无所谓，可作为妻子，我觉得这是一种侮辱和伤害，实在无法忍受这样的折磨……"

黑暗中感觉有点冷，寒意阵阵袭来。她缩紧身子，微微哆嗦着。他拉出垫在沙发上的床单，在毯子的外面又严严实实地裹了一层。

"那是一种怎样的夫妻生活，方民，你替我想象一下。"席子娟的身子还在周期性地颤抖。他用力抱紧她，却没有了刚才那样的亢奋和冲动。她感觉到了这一点，突然没好气地说："你放开我！我知道你心里肯定在鄙视我，你的身体已经告诉我了。你不要做出喜欢我的样子，好像在安慰我，实际上却看不起我。"

"子娟，我没有这个意思。"他只得放开她。两个人坐到沙发上。"我只是觉得，当知道了你的那些事后，我再这样做，好像有点乘人之危……"

"不，不！你在说谎。我说过你会后悔的。现在你后悔了吧？"她歇斯底里地叫了起来，随后好像意识到失态了，担心地看了看楼上。她很害怕让翔翔听到那些话。楼上一片寂静。少顷，她压低声音恨恨地说："这是一种托词，你们男人都一样。那些男人也是这样打发我的……"

"你指的是哪些人？"

她感觉说漏了嘴，但还是坦白地说："那些在欧阳生前或死后跟我交往过的男人。"

"哼，不包括我。你说说，当时有没有考虑过我？"他莫名嫉妒起来，止不住怒火中烧。

听见他这样责问，她马上抽泣起来，渐渐变为失声痛哭。为了不让声音传开，她的脸深深地埋在他裸露的胸前，泪水沾湿了他的肌肤。

"后来，欧阳死了……"席子娟的语气变得急促，想尽快把事情交代完毕。"他突发心肌梗死，离开了人间。我想，他的死也解脱了我。怎么说呢？我一个年轻寡妇……我难以忍受难耐的寂寞。但是很遗憾，那些人要的是性，而不是婚姻。最后，我再次接受了廖老爷子的提议，嫁给了他的儿子。我与廖亦辉的关系就像画了一个大大的圈，又回到了大学期间那个起点。虽然我觉得廖亦辉不合适我，但时过境迁，我没有别的更好的选择了……"

方民打断了她的话，问道："有一点我不明白，关于婚礼，为什么廖亦辉既要办得排场这么豪华，却又要掩盖自己的身份？"

"是的，当时他并不想透露身份，又怕委屈了我，所以想出了这么一招。"席子娟略作解释，随后又顺着原来的思路讲下去。"然而，想不到廖亦辉会早早离我而去，只留下了翔翔。我万念俱灰，只想忘掉过去，匆匆忙忙嫁给了台大博士。哪知还是不能如愿……偏偏就在这时候，我无意中看到了《情书三十六封》，你如此的深情令我感动不已。《情书三十六封》让我看到了别人眼里的我，同时，也将我逼到了悬崖边上。我真的很恨自己……"

兜兜转转说到这里，方民终于恍然大悟，她说这么一大篇的目的所在。他的情书，使她重新审视自己的过往，触动了她内心深处的伤痛，这一切是他始料未及的。更没想到，这种伤痛竟然会如此之深。他讷讷地说："这些信是徐筝透露给杂志社的，我并不知情。这件事让你如此痛苦，我很抱歉……"

"别说这种话，跟你没关系。"她突然伤感起来，沉痛地说，"我这辈子不会再嫁人了。我是一个罪人，和我结婚的人都会倒霉的。你想想吧：欧阳死了，廖亦辉坠海了……都落到家破人亡的地步，台大博士也离了婚……方民，我劝你还是死了这条心吧。"

方民几乎是哭喊着说："子娟，你确实很不幸，但这不是你的错。你没必要把一切都揽在身上，这样惩罚自己。再说，你毕竟才三十多岁，今后的路还很长。"

她断然地说："你走吧！你要的我已经给你了，我们都不欠谁，两清了。你懂不懂？让我安安静静地过日子吧……"

不知不觉，窗外一片曙色，新的一天又开始了。方民在主人驱逐下，准备出门，刚走了几步又返回，神情黯然地说："子娟，我和他们是完全不同的两种人，你不能拒绝我的请求。你再好好考虑一下吧。"说着，他掏出钻戒，往地板上一扔，头也不回地走了出去。

很快，门外传来一阵引擎低低的轰鸣声，桑塔纳绝尘而去。

第六章 情书（12、14）

情书 12

……

　　子娟，和你一样，我也成了学校"春晖"文学社活动的积极参与者。原因似乎很简单，因为你爱诗歌，我想这是接近你内心的窗口。当然，你参加"春晖"社，也可能是因为廖亦辉。当时，廖亦辉的小说处女作《一休的爱情》刚刚发表。

　　《一休的爱情》的朗读会，我们都去参加了。我看到你坐在阶梯教室的最上层，在纷扰的会场上一言不发，表情讳莫如深。与你的缄默相反，坐在台上的廖亦辉显得很张扬：披肩的长发、大黑框的眼镜、长方形的脸上皮肤黧黑而粗糙，给人一种强烈的沧桑感。在开场白里，他讲了某些作家的生活，讲流浪、逃夜、群居，讲幻觉在诗歌意象中的重要性，讲下意识的灵感和形而上的技巧……他的声音时而低沉，时而激越，那些与常理相悖的生活，从他的一张嘴中流出，散发着魅人的气息。在吊足了听众的胃口以后，他才回到自己的小说上。

　　你讳莫如深的表情，也许在于你没有读过这篇小说。我知道你一向钟情于诗，而不屑于小说。你说过，小说太世俗了，没劲。

《一休的爱情》写了一对年轻恋人的爱情悲剧。

主人公一休，十六岁开始写诗，二十六岁进大学中文系读书。大二的时候，和一个十七岁的中学女生好上了，由于女方父母极力反对，两个人弃学出走。当然，一休的学籍被注销了，成了一个无业游民。也就是在两人出走的三个月里，一休写下了几十首爱情诗，在随后的日子里，陆陆续续发表在《诗刊》上，一下子引起了诗界的轰动。

"你的一绺秀发飘飞／连空气都有几分紧张／它夹杂着粪车的腥味／路边的烟尘随风飘荡……"廖亦辉略过了小说前面部分，从这首诗起头，开始朗读中间的部分章节。辍学的一休当上了《诗言志》杂志的编辑，并在几年后与恋人结婚。不久，一休新的绯闻传得沸沸扬扬。妻子在得知他有外遇以后，居然淡淡地一笑。有过社会上对他们婚前的那一番炒作，她已经不在乎两人之间的隐私了。她对打听这件事的人说："他是个情种，他没有新鲜的女人，生命就会失去活力，由他去吧。每当他从别的女人身边回来，都会加倍给我以回报，我也算是有得有失嘛。"

然而，让妻子没有想到的是，一休提出了离婚。在一休正式向妻子要求离婚的当天晚上，他那娇小的妻子没有回答，如平常一样和他上床睡觉。一休习惯了妻子的顺从，以为她不说话就是同意的表示。两人上床后，片刻也没有过渡，立刻陷入了绝望的做爱。妻子一反常态地骑在了一休的身上，把他紧紧地夹在两腿间，疯狂地上下颠动着，就像策马奔驰。一休兴奋地大叫起来，声音被楼上的邻居听到，以为他又在吟诵什么野兽派诗歌了。

在夫妻间全新的体验中，妻子停住了问："我怎么样？"一休欲罢不能，喘着气说："好，真好。"妻子问："还想不想来？"一休闭着眼睛说："想，想死我了，你别停下。"妻子说："好吧，我再喂喂你。"她又猛烈地颠了两下，说："以后你再想要就没有了。"一休说："我们还是朋友。"妻子没作声，此后她把所有的话都集中在身体语言上。

　　一休幸福地瘫软下来，妻子却没有就此罢休。她一次次地向一休索求，直到他在她的身子下面发出了轻微的鼾声。

　　疲惫之极的一休在梦中听到了"哗哗"的水声，他梦见自己站在山间溪流里嬉水，乍一回头，看见洪水正在他身后汹涌而来，要将他裹挟而去。他惊恐万状地大叫起来，一下子从梦里惊醒。醒来后，一休发现身边空落落的，妻子不见了。他打开床头灯，耸起身子打量四周。从卫生间传来哗哗的水声，水正从卫生间的门缝里流出来，溢到了床前的地板上。他猛地从床上跃起，直扑卫生间。

　　打开卫生间的门一看，一休惊呆了。他的妻子赤身裸体躺在浴缸里，满满的一缸水变成了粉红血，一条手臂成了红色之源，一缕缕的血丝不停地从手腕被切开的地方往外冒……一休清醒过来，连忙找来绳子，扎住了妻子手腕的上端，把她抱出浴缸。他往她身上包裹了一条床单，随后打电话叫来救护车，送医院紧急抢救……

　　子娟，在廖亦辉朗读的时候，我始终在观察你的表情。我看到，廖亦辉读到这里的时候，你冷冷地哼了一声，站起身来，离开了会场。我不知道，是小说中过于露骨的描写引起你的反感，还是你不喜欢这种夸张的情节？我看出来了，你并不崇拜他，内心深处还有某种鄙视和不屑。

　　我想，也许你更愿意阅读贴近生活本色的小说。

我在上大学前夜，曾在一家省级文学刊物上发表了一篇散文《教授一家》。这篇文章前不久也在我们的《春晖》上刊登过。不知你是否注意到，我很想听听你的读后感想。随信附上原文，请雅正。

教授一家

那个夏天的一个傍晚，教授一家坐着驴车，在大队支书老耕的陪同下，来到方家岩。

村民们站在自家的门口，淡漠地看着不知从哪里冒出来的这一家人。我和几个六七岁大的孩子，围着驴车，踮起脚看那一家人的行李：一个用线绳织成的网兜，里面是大人小孩的衣服，包裹着不能磕碰的脸盆、茶缸和暖瓶；两捆扎得结结实实的书；一个鼓鼓囊囊的铺盖卷……

老耕一个劲地挥手，驱赶着我们："去，去！有什么好看的。回家去！"一边说一边去提拎铺盖卷。

四十左右的教授手提着两捆书，背着六七岁大的女儿，走在前面。他那模样俊俏身体瘦弱的妻子，目光陌生而呆滞地看着四周。直到老耕和教授走远了，她才拿起网兜，跟上去。他们都没有主动和别人说话。

在老耕的带领下，这一家人走进了小学校旁边的一个草棚。这里早已无人居住，平时就堆放生产队里的农具和杂物。

老耕再回出来时，那扇门在他身后关上了。老耕来到围观的人中间，神情严肃地说："从京城来的，大学里的教授哩，说是犯了错误，被红卫兵撵出学校，千里迢迢下放到乡里的。"

"是不是一家人都犯了错误？"有人问。

"你知道什么，"老耕眨巴着眼睛说，"现在时兴下放，城里人多得住不下了。"

整整一天，这家人的门始终关着。第二天上午，教授走出屋子，提着水桶上井边打水。又过了一会，乳白色的炊烟从四面透风的棚子里弥散出来。教授女人牵着小女孩出来了，蹲在门前的空地上，用一把黑色的小木梳，为小女孩梳头发，很快在她的头上扎起两个羊角辫。直到这时，村里人悬了一天的好奇心才稍稍平复下来。不就是一户新来的外来户？了解他们的日子长着哩。

教授一家人，除了日常必需的交流以外，几乎从来不和村里人谈及自己，言谈举止间，流露出惴惴不安的神态，好像身后有人在撵着赶着他们似的。教授姓甚名谁，村里人都说不清楚，没有人告诉过他们。人们日常就称呼他"教授"，听上去好像他姓"教"。孩子们叫他老师，因为教授劳动之余还要在村小学兼教课。教授那年四十来岁，长得高大威猛，走起路来一阵风似的，要不是他戴着一副眼镜，村里人怎么也不会想到他是一个做学问的人。

教授对妻子呵护备至，每天出工回来，带孩子、做饭、整柴禾，都是他一个人的活。那个女人插不上手，就牵着孩子，坐在一边，看着他做事。做事的间隙，教授还经常走到母女俩的身旁，在妻子和女儿的脸上亲亲，而且从不避开村民的目光……这副图景在山里人看来，简直有点旁若无人的轻慢，隔阂自然是不言而喻的，也加深了村民们对这对夫妻的好奇心。

跟教授比起来，教授的妻子长得俊俏瘦弱，用文雅一点的话说就是小巧玲珑，尤其是她的皮肤，苍白得能看到上面一根根青紫色的静脉。她的身体虚弱得好像干不了什么活，队里就让她看羊。她牵着一只山羊上山，山羊稍一使劲，她还会被它拉倒。这时候只要教授在场，他会马上跑过去，把她扶起来，然后在山羊的屁股上狠狠地踢上一脚。这种情景经常发生，成了山里人茶余饭后的一个笑资……

最让人揪心的，是教授妻子有时躲在屋子里低低的哭泣声。那压抑的哭声响在夜晚空旷的山谷里，听上去怪吓人的。

山里人闲得没事，年轻人聚在一起，喜欢谈论一些男男女女的话题。由于教授一家显得很神秘、夫妻恩爱，这些人自然就很想知道：城里人是怎么来做那件事的？尤其是这一大一小一强一弱的两个男女。于是，有人夜间就去草棚后边听房。他们顶着夜露，守候在山墙后面听，然而，听到的常常是女人低哑的哭泣声。一些人熬了几夜，觉得乏味，不再去凑这个热闹。

终于在一个月明星稀的夜晚，那些坚持下来的人听见这样一段对话。

女人的声音："你这么憋着也不是个头啊，你不要顾我了，想来就来。"

教授的声音："还是你在上面吧，不然把你压坏了……"

这段对话很快就在村里传开了。那些还没有结婚的年轻人想象着女人在上面是怎么一回事，不得其解，就去向结了婚的人打听。男的问男人，男人回答说："你去问你嫂。"女的问女人，女人红了脸，光笑不回答。这句话至今还在山沟里流行。结婚闹洞房，就有人高声喊："还是你在上面吧。"大家就笑。闹完洞房，半夜听壁脚，果然也会听到这么一句话，然后是一番惊天动地的响动。

当然，这些事我都是长大以后听别人说的。我当时并没有注意教授夫妇的事，我留意的是教授家的孩子，那个和我同龄的女孩。

站在村里这些同龄的孩子面前，教授女儿就显出了特别。她梳着两个短小的羊角辫，头发纹丝不乱，露出光亮洁净的前额，一对眼睛大大的，看什么都像要寻根问底似的。村里的孩子在一起玩，她一般总是静静地站在一旁，悄没声儿地看着。她的身上总是干干净净的。有的男孩上前拉扯她入伙，她就大声呵斥："去，你们想干什么？"说完一双大眼睛直愣愣地盯着我们看。她瞪大了眼睛看着某一个人，很长时间不眨一眨。在她的逼视下，我们不由自主灰溜溜地退下去。那种目光给我留下了深刻的印象。她的目光中有一股凛然的寒气，似乎我们根本就不是她的对手。在她的面前，我觉得自己正在一点点矮下去，恨不得挖个洞钻进地里藏起来。与此同时，我的内心也升起了一个愿望：做一个像她那样的人，长大以后，娶一个像她这样的媳妇。

教授在村小学教我们语文。他上课有点特别，不讲课文，书本上的东西让学生回家去读。上课时，他在黑板上写一首毛主席诗词，先讲一个大概意思，然后从里面挑出一句来，让学生照着这样的句式编句子。

这一天，教授指着"苍山如海，残阳如血"这八个字，让我们编句子。

这样的功课，对才六七岁的孩子显然是太难了。我们把这几个字认下来，已经用了九牛二虎之力，更不要说去体会原意和按句式造句。

教授随手一点坐在前排的我："你，站起来回答。"

我站在那儿，脸憋得通红，但并不服输，脑子里拼命地在捣腾，也顾不上别人会怎么想，终于脱口说出了八个字：

"老师如爹，师母如娘。"

同学们哄堂大笑。

教授却啪啪地鼓起掌来，连声说："说得好，说得好！你们不要笑，这不算拍马屁。在座的每个人都能像这个同学这样说上一句，我就算你们这次期中考试一百分了。"

下了课，教授把我叫到跟前，拍拍我的头顶说："好好学，你在学习上有天赋，不要像别人那样整天满山乱跑，把时间荒废了。"

我没有听懂"天赋"两个字，但知道教授在表扬我。一个大学的教授在说我行，这对我是多么大的鼓舞。从此，我上课更加用功了。随着各门功课成绩的不断提高，我渐渐有了与众不同的感觉。我的目标是和教授的女儿比，我要做一个像她一样超凡脱俗的人，我要努力向她靠拢。到那一天，我不但要和她眼睛对眼睛，还要拉拉她的手，亲亲她的脸……

这样的日子，过了大概有大半年。一天夜晚，教授的妻子抱着孩子哭泣了一阵，又和教授恩爱了一番。这情景经常发生的，教授也没在意。等到父女俩都熟睡以后，教授女人爬起身来，吞下了早已准备好的砒霜……

教授被她痛苦的挣扎惊醒。妻子口吐鲜血。鲜血从她的口腔里喷出来，很快盛满了一茶缸子。教授惊惶失措，连夜叫醒了老耕，借了一辆驴车，拉上妻子赶往县城医院。天色刚刚露出鱼肚白，县城的轮廓遥遥可见了，驴车上的教授妻子停止了吐血。教授的手捂在她的口鼻上，连鼻息也摸不到了。

教授俊俏瘦弱的妻子，就这么无声无息地去了另一个世界。

没有人理解教授一家人，为什么会到这个偏僻的山村来。在他们守口如瓶的背后，一定隐藏着一个秘密。一旦秘密暴露，他们眼前平静的生活就将会打破。

那么，怎么来解释教授妻子的死呢？

照理说，在教授如此这般的呵护下，这个女人没有理由离开这个人世，然而她却义无反顾地走了，她不得不走了。似乎是教授对她的爱加重了她内心的痛苦，她要用生命来回报他。那点砒霜她一定早就准备下了，在方家岩找不到砒霜。她在来方家岩之前就作了死的打算。

驴车将教授妻子的尸体又拉回了方家岩，停放在草棚里的破炕上。教授女儿被人抱开了。一些女人要来帮死者洗身送行。教授一一谢绝了。他将门关上，独自一人为女人擦洗。女人们透过门板上的缝隙看着他。

教授从上至下，一寸寸地为女人净身。他每擦洗完一处，都要俯下身子，脸在那个部位静静地埋上片刻，看上去好像在和她说话。他在脸停留在女人胸部，偷看的人惊讶得说不出话来。他的脸移动到女人的腹部，有人忍不住在外面叫出声来。教授似乎听不到周围的动静，他温柔地将脸贴在那个部位，久久地不再动弹，好像睡着了一样。

那些偷看的女人再也看不下去了，推开门，涌了进去。

当时，我的母亲也在场。她后来讲述事情经过时说：我看教授有点不大对劲，她的女人已经死了，他还当她活着那样。那死人和活人还有什么区别呢？两个世界的人呢，走不到一块了。

教授好像并不认可两个世界的说法，当时他六神无主地站在一边，听任女人们将妻子穿戴起来，然后抬到院子里，放入村民们用薄板皮匆匆钉成的窄小棺材里。

下葬的时候，教授紧紧地抱着年幼的女儿，站在一旁呆呆地看着。那目光好像在看一个与他毫不相干的葬礼。泥土一层层将小小的棺材掩盖，起了坟头，馒头似地隆起。他的脸上居然没有一点悲戚之色，只是木木的，看着，看着。

"说几句吧，送送她。"有人说。

"说几句吧，送送她。"教授回答。

"烧点纸吧。"有人说。

"烧点纸吧。"教授同样学了一句。

送葬的人摇摇头，不再问他，把该做的替他做了。

无法解释教授当时的心情，他的思维已经超越了常人想象的范围。从那以后，教授不再为孩子们上课，他上课也讲不了课，只是呆呆地看着窗外的山景，半天用教鞭敲一下不见一个字的黑板，说："念！"说完又抬头向远处眺望。坐在下面的学生不知道念什么，眼睁睁地看着教授。一堂课就这么结束了。

　　妻子一死，教授一下子苍老许多，他不能给孩子上课，分配他的农活也不干了。他代替他的妻子上山去放羊。他一路赶着山羊一路嘴里自言自语。有人看到他搂着山羊的脖子一个劲地亲着，嘴里还喃喃地说："好老婆，你看看我呀，这里就我们两个人，你害羞什么？"他闭着眼睛露出陶醉的神情，发出快活的哼唧声……

　　教授的女儿也失去了往日的沉静，离开孩子堆远远的，眼睛里流露出莫名的恐惧。

　　教授在山沟沟里再也待不下去了。

　　教授和他的女儿一夜之间在村庄里消失。谁也不知道他们何时离开，也不知道他们去了哪里。事先没有丝毫的先兆，前一天，有人还看到他在山里放羊，一个高高大大的男人，戴着眼镜，挥着树枝条，跟在几只山羊的后面，在树丛里时隐时现。不过，山里人不会去深究这件事，他们要过自家的日子。当然，这一天教授还做了一件事，他给了邻居的那个小男孩两本薄薄的书。这件事只有我知道，没有人来问过我，所以我也没说，即使说了也无济于事。

　　那天晚上，教授将我叫到他家的草棚里，从皮箱里拿出两本书，塞到我的手里说："送你两本书，你将来能读书了，对你会有用的。"我捧着这两本薄薄的书，看看教授，又看看站

100

在一边的教授女儿。女孩的眼睛瞪得大大的，逼视着我。那目光让幼小懵懂的我难以理解，却有着很重很重分量，压得我喘不过气来。我只有逃避。我拿着两本书，扭转身子，飞快地跑出草棚。跑出很远，我才蹲在地上，大口大口地喘气。

借着明亮的月光，我看了一眼手里的两本书。一本是叶圣陶的《怎样写作》，一本是冰心的《寄小读者》。

第二天早上，太阳升起老高了，教授住的草棚却不见动静。羊圈里的那些山羊饿得咩咩乱叫。这是从来没有的现象，我娘觉得奇怪，叫上了我父亲，一起去草棚查看。

草棚的门虚掩着，没等推敲就随风摆动了一下，吓得两人一阵哆嗦。进门以后，屋里没人，再四周一瞧，炕上的铺盖卷和教授来时带的那些东西都不见了。于是，他们跑出来，问村里那些早起的人，都说没有见过教授一家的人影。大家由此推断，他们是半夜里离开的，这阵子大概已经到了县城，乘上了通往火车站的汽车……

教授一家人就像他们突然地出现一样，又突然地消失了。只有短短的一年多的时间，方家岩人还没有弄明白咋一回事，这家人飘然而来又飘然而去了，只留下一个黄土掩埋的坟头。

我渐渐长大。教授送我的那两本书在我无数遍的翻动下，封面变得油腻破损，书脊也开始散架。如果不是我娘用鞋底线又勒上一道的话，恐怕书页早已散落了。

我从小学读到了初中。初中毕业以后，家里经济拮据，再也拿不出钱来供我读高中。眼看着只有辍学回家务农一条路了，就在这时候，我给乡广播站写的一篇散文，被地级市的一张报纸选用了，内容写的都是乡里的事。消息很快在乡里传开了。乡镇领导觉得这事给乡里挣面子了，专门派人来看望我，着实表扬了一番。我倒没有飘飘然，只是提到了因缺乏经济条件上不了高中。乡里干部认为这件事好办，当场拍板说：这样吧，上高中的费用由乡里出了。条件是我每年要在地区的报上发一篇表扬乡里的文章。

乡里出钱供我上了高中，我也每年在地区的报上发表文章，有的文章还上了省报。读高中的我在乡里成了远近闻名的小秀才。高考那年，我的成绩达到了大学录取分数线，但离开进京城的名牌大学还有一小截距离，幸好我有作文特长加分，才如愿以偿地进了全国闻名的大学。

情书 14

……

子娟，我负责编辑这一期的《春晖》，读到了你的诗稿。

你热衷于写诗，几乎每期《春晖》上都有你的小诗。我当然乐意为你编稿。可是，我觉得你的诗，意象奇异怪诞，给人一种阴郁的感受，似乎与你的年龄不大相称。

在一首以"家"为题的诗中，你这样写道："旋风在黑暗中打转 / 星光像玻璃碎片四溅 / 树枝的手掌从天而降 / 霜雪染红了早春的田野……"

姑且不说这样的句子与题目相去甚远，单就字面上看，"染红了"明显像是"染白了"的笔误。发稿的时候，我随手将"红"字改成了"白"字。刊物出来的当天晚上,你在图书馆的资料室里找到了我,二话不说,气呼呼地将我拉到外面的走廊上。

你拍着走廊的墙壁,责问我:"你凭什么随便改我的诗!"

我一时懵了,问:"我怎么随便改你的诗了?"

"我问你,红怎么变成了白?"

"这是常识性的问题,霜雪应该是白的嘛。"

"我说是红的,就是红的。你没看到过,我看见过。"

我一时不知该怎么回答你,愣了片刻说:"那,那我下次再将这首诗发一遍,就按你说的,'霜雪染红了田野'。这样总可以了吧?"

你没有说话,突然扭过身去,脸颊贴在墙壁上,久久没有动静,睡着了似的。我不知所措,只得在一旁陪着你。过了好一会,你才转过脸来,用手抹了抹脸。走廊里灯光暗淡,可我还是看到了你脸上还未擦尽的泪痕,蓦地心往下一沉。我对你——一个被我暗恋着的女孩,真的知道得太少太少了。

"对不起,对你的诗,以后我如果有看不懂的地方,一定先向你请教。"我试图安慰你。

你摇了摇头,说:"算了,你不要重新发表了。这首诗我已经给了《诗刊》,他们表示可以留用……"

《诗刊》是诗界的权威杂志,同学中有多少文学爱好者想在上面露脸,想不到让你捷足先登了。我由衷地为你高兴。但我还是不放心地问:"你真的没事吧?"

你苦着脸笑笑,说:"算了,不提了。"

我看看空荡荡的走廊,情不自禁地压低了声音说:"子娟,如果需要，我愿意为你去做任何事。"

"我们还是不说这个吧。"你挥挥手，似乎要驱散这个沉重的话题。你说，"我最近老是在想你对我说起过的一句话。那天你在足球场上对我说，廖亦辉不适合我。现在看来，你好像是对的。"

"怎么啦？"我想问个究竟又觉得不妥，可最终还是忍不住地问："你们分手了？"

"我们本来就没有明确过关系，无所谓分不分手。"

"为什么你会这样想？"我还想刨根问底。

"你不觉得，你问得太多了点？"你又恢复了往常的冷峻。

"那……"我异常兴奋，还没等把"我有没有机会？"说出口，你忙制止说："……我还是那句话，像我这样的人，不值得你看重和喜欢……"说完，你向出口处走去。

我傻傻地立在原地不动。刚才的一幕简直像在演戏，我不明白自己在里面究竟扮演了什么角色。不过，有一点我是明白的：你把我当成了自己人，对我并不设防；而且在无处倾诉的时候，第一个想到的人就是我。想到这里，我的眼睛湿润了。我觉得，我对你有着某种责任，无法推卸也不能推卸。

这时，我惊讶地看见，到了门口的你转过身子，又往回走，站到了我的面前。

"方民，"你像在对我解释，恳切地说，"今晚我的举止有点失态，请你原谅。我想求你的是，刚才我的一举一动，还有所说过的话，你不要对任何人说。你要向我保证。你能做到这一点，就是对我最大的帮助。这是我们两个人之间的秘密，没有必要让别人知道，记住了吗？"

我受宠若惊，不停地点头。

"好的，我向你保证。"说着，我又郑重其事地加了一句："其实，今晚我什么也没有看到，什么也没有听到。刚才就是我一个人在做梦——白日做梦，不，睁着眼睛做梦。"

你扑哧一笑，在我肩上推了一下说："别开玩笑，我对你说的都是真心话。"

……

子娟，我不明白的是，既然你如此信任我，将属于个人的秘密透露了，可为什么，你却断然拒绝将我们的关系向纵深推进？

"像我这样的人，不值得你看重和喜欢……"

你那么优秀，那么高不可攀，是女神一样的人，竟然这么说。这究竟是怎么回事？

我太震惊了。子娟，你能告诉我原因吗？

第七章　回家的尴尬

1

那个惊心动魄的夜晚，没有任何思想准备，方民了解到了一个家庭一个女人难以启齿的隐秘，内心犹如台风狂卷，树倒屋塌。尽管她的拒绝是那样的坚决，尽管过往令她难以承受，有一点他坚信不移，这个时候，席子娟需要他。他明白，她坦陈真相的目的，是为了避免他和她再次受到伤害。他冷静下来清理思路，觉得席子娟的负罪感过于强烈，可她并没有做错什么，至于这样自责吗？拒绝一个男同学的情书，是她的权利；一次次失败的婚姻，错不在她，为何要如此纠结呢？那个夜晚，她看上去一直在挣扎，好像有无形的绳索紧紧地缠绕着她。她一次次欲言又止，一次次说到关键处突然变得轻描淡写。看来，她并没有完全袒露隐衷。到底是何原因使她欲说还休，内心备受折磨？这个问题一直缠着他，苦苦不得解脱。

上班时间，方民无法集中精力，手里拿着广告文案，看了半天，还是不知所云一片茫然。好几次，合伙人来找他商量事情，跟他打招呼，他没有反应。失望之余，合伙人提醒他，是不是去医院检查一下身体？

晚上，方民站在地处三环的居所的窗前，远眺环内的北京城，内心充满莫名的压抑。他想得到心仪的女人的一片真心，愿望却很难实现。为此，他感到人生很失败。他想找人说说话，谈一些轻松的话题，缓释一下内心的焦虑。他拿起手机，下意识地按下席子娟的号码，按到最后一个数，手指突然停住了。时间太晚了，席子娟和翔翔应该都入睡了吧？再说，在电话里与席子娟能说点什么呢？

方民在脑子里迅速过了一遍，寻找半夜里能陪他聊天的人，想了老半天，竟没有一个最佳人选。他正准备放弃，脑海里掠过了"徐筝"这两个字。自从他们分手以后，有很长时间没有她的消息了。方民心里"咯噔"一下，不让自己有片刻的犹豫，马上按下了徐筝住所的电话号码。

电话铃响了。

"喂，找谁啊？"接电话的是个男人，声音含含糊糊，好像正在睡梦里。

"我找……"他以为打错了电话，犹豫地说出了徐筝的名字。

"这么晚了，你找她有事吗？"男人不耐烦地问。

"没有事，只是想和她聊聊。"他脱口而出。

"没事，半夜里打个鬼电话？"男人的口气突然蛮横起来，"和她聊聊，你是她什么人？"

"我们是同学……"他解释说。

"同学？同学就有权半夜里打电话，来骚扰别人的夫妻生活吗！"那个男人说完，重重地挂断了电话。

方民承认，自己做的是有点过分了。他和徐筝虽然有过短暂的亲密相处，但时过境迁早已形同陌路了，再像过去那般熟不拘礼，碰壁是必然的事。从刚才通话的情境判断，如果徐筝正睡在那个男人的身边，显然她会把电话接过去；如果徐筝的住处借给了那个男人，那他对房东的朋友不应该如此无理。最关键的是那句"骚扰别人的夫妻生活"，谁在和他过"夫妻生活"？方民不明白，为什么自己会对这句话耿耿于怀。

方民还在为这个电话纠结，放在桌上的手机响了。方民以为是徐筝打来的回电，他一把抓起手机，打开翻盖，看到来电显示是席子娟家的电话号码，心头不由一热。

"喂，子娟吗？我是方民。"

席子娟的声音在电话里清晰而果断，与几天前的那个夜晚判若两人。"你明天晚上有空吗？回家吃晚饭吧，翔翔等着你来和他做游戏呢……"

方民怀疑听错了，问："你说明天晚上回家，让我回家？"

她说："是的，我这里就是你的家，你来吧。"

这句话明确无误。显然，在经历了十多年的犹豫后，席子娟终于做出了决定。他还不太清楚，她的想法为何发生了这么大的变化。

"好的，我明白了。"他大声说。

"方民，"她口气显得有些凄婉，流露出恳求的意味，"你一定要来的。具体情况，等你来了，我们再商量吧。"

"好的，明天晚上，我一定回家。"他在"回家"两字上特别加重了语气。

第二天傍晚，方民开车进入社科院家属区。他在绿化带外停好汽车，手捧鲜花，沿着小径，向小楼走去。暮霭沉沉中，墙体上布满爬山虎的小楼，显得灰暗破旧。窗户拉起了窗帘，透出淡黄的灯光，给小楼带来了生气和温馨。方民踏上木头台阶，站在门廊上，屈起食指轻轻地敲门。"笃、笃、笃……"很久，却不见有人来开门。方民感到奇怪。环顾四周，看不出有什么异样，为什么没人开门？他们不在家？他的手掌又重重地在门板上拍了两下，还是不见有人来开门。他想起席子娟给他留了钥匙，赶紧从皮带上取下钥匙圈，找出钥匙开门。他将厚厚门板用力一推，门悄然洞开。

方民孤零零一个人站在客厅里。明亮的灯光下，一桌丰盛的饭菜似乎在等待着他；环顾四周，静悄悄的，看不到一点有人的迹象。席子娟想玩游戏，给他一个意想不到的惊喜？

方民在沙发上坐下，等待着席子娟和翔翔的出现。等了多时，不见动静。不久前，他还想象着热闹温馨的家庭景象，乐得几乎透不过气来，可眼前却是一片冰冷。他困惑不解，玩游戏的假设被否定了。他无意中注意到一个细节：客厅边上，那间卧室兼书房的房门留了一条缝，好像有人打开过，匆忙之中忘了关紧。席子娟说过，她不会踏进那间房间的。那么，谁进去过了？

也许，席子娟这么神神道道，症结就在这里面。想到这里，他不由得毛骨悚然。为了探明究竟，他壮了壮胆走过去，小心翼翼地推开那扇门。

原先拉严的窗帘敞开着，玻璃窗外树影婆娑。方民打开灯，四处打量，发现房间里的陈设有了些许的变化。那如褐色补丁般悬挂在墙上的镜框向一侧歪斜，留下被移动过的痕迹，镜框边上露出了一条触目的色差，好像贴了一条白纸。他打开书橱察看，里面的书籍还在，但原先塞得满满的资料不见了！此情此景，他觉得十分蹊跷。

　　他立马转身，回到了客厅里。他知道一定出了大事，席子娟让他来，可能就是为了得到他的帮助。事不宜迟，他快速按下了她的手机号码。

　　少顷，从楼上传来了手机铃声。难道席子娟和孩子躲在楼上？顿时，一种不祥的预感让他不寒而栗。他持着手机，循着另一部手机的铃声，一步步朝楼上走去。

2

　　楼上开着灯，方民查看了两个房间，都不见人，映入眼帘的是打开的衣橱、仓促捆扎起来的大包小包，还有扔了一地的孩子玩具，凌乱不堪。楼里空寂无声，无处不在的紧张气氛压迫着他。毫无疑问，这里一定出事了。手机铃声还在不紧不慢响着。他循声搜寻，在床头柜上发现了那只手机，下面压着几页写满了字的信笺。显然，手机是席子娟故意留下的，目的就是为了让他看到这封信。

　　他来不及细想，拿着信急切地读了起来。

方民：

　　到你的公司去找你，我是一片真心的。我多么地想和你生活在一起。只有和你在一起，我才能找到家的感觉。在我们单独相处的那个夜晚，我也真切地感觉到了这一点。这些日子来，我憧憬着我们一起生活的日子：我们无话不谈，我们远离尘世，我们做爱，我们要有自己的孩子，越多越好。我们走遍

110

天涯海角。我们忘掉过去的一切，重新开始。

我想，你一定也是这么想的。

我知道，你并不在乎我那不堪的过去。没有一个男人愿意看到我的过去，可是你懂我。这对我是莫大的安慰。我想，我会比你想象的做得更好。

可是，在我决定和你走到一起以后，我又犹豫了，开始反悔。

我觉得，我这样做，对你很不公平。

与你对我的坦诚和爱恋相比，我显得那样的渺小和卑鄙。所以，我不能再利用你的好心和诚意，我配不上你。

我是一个有罪的人，有一些事我并没有告诉你。

现在我可以说了：是我杀死了欧阳。

那天晚上，欧阳坐在客厅沙发上看书。我收拾完厨房，冲了澡，正要上楼睡觉。这时候，身后传来低沉的呼叫声，阴森恐怖。我回头看了一眼，沙发上的欧阳两手捂着胸口，整个人在剧烈地抽搐。一下，接着又是一下。紧接着，他两眼发直，脸色苍白，身体慢慢地蜷缩起来，嘴里发出时高时低的呻吟……我返身跑到沙发前。欧阳见了我，举起一只手向我示意，嘴里喃喃地说："救救我，救我……"

我的第一反应该是焦急和担忧，然而我却感到一阵恶心。他每次要我的时候，也是这样向我伸出手来的。我实在无法忍受他的这种手势。几年来，他就是这样控制着我，逼迫我一次次地就范。这回我决心违抗他的意志。我扭转身子，逃一样地跑回了楼上的卧室。

我关上门，强迫自己不要去想欧阳。楼下客厅里的声音，一丝不漏地传进了我的耳朵。他在大声地呻吟和喘息，从沙发上滚到了地板上。他一次次试着爬起来，也许想去打电话呼救吧，可他又一次次地跌倒了。最后一次，他显然拿起了电话听筒，可它还是掉到了地上，"咚"一声响……我两个指头塞紧了耳孔，不让自己听到那些声音。

　　我突然想到，这是一个彻底摆脱他的机会。老天爷可怜我，赐给我这样的机会。我的泪水忍不住夺眶而出，但还是一遍遍地命令自己：忘记他，忘记他，忘记他……

　　渐渐地，客厅里的声音轻了下去，最后变成一片寂静。

　　这时，我才如梦初醒，惊恐万状地冲下楼去，打电话叫救护车。

　　救护车很快来了。当即实施抢救，只听医生叹息说："唉，晚了，晚了！心肌梗死，如果早十分钟抢救，病人还是有希望活下来的……"

　　我知道，我从欧阳身边夺走了这十分钟，同时也剥夺了他生的希望……

　　这件事，我对谁也没有说过。我会守住这个永久的秘密，直到人生的终结，而且我对所做的一切并不后悔。自从再次与你相逢并相爱，我陷入了难以摆脱的困境。要是我带着这个秘密与你走到一起，那么对你的感情就是一种伤害和亵渎。我无权强迫另一个人和我一同下地狱。我今生注定，只能一个人背负着这沉重的十字架走向人生的终点。

　　我一直认为，欧阳是罪有应得。详情我一时难以对你讲清楚，你也没有必要卷入其中。

也许你愿意看一看欧阳自己的"忏悔"，那份东西一直放在他的选题计划中，却迟迟不见他实施，可见他还不想让它公之于众。你可以在他的书橱里找到这份东西。我也是在几天前向院方移交那些红卫兵战报时，才看到它的。我之所以决定移交资料，一是无法承受它们近在身旁的重压，同时也相信将来的某一天，一定有人会需要它们。

这份选题的出现，让我看到了欧阳当年的内心，也使我重新审视自己当时的选择。我决定写下来，在合适的时机拿给你看。我害怕，当着你的面，我会再次失去说出真相的勇气。

你的子娟

到这里为止，信的字迹和语气一气呵成，显然这些想法在她心头酝酿已久，深思熟虑后才落笔的。然而，接下去的文字大相径庭：圆珠笔换了颜色，字迹多次勾划、深浅不一，语义含混躲闪，很明显与前文不是同时所写。看得出来，由于出现了突然的变故，她在匆忙和慌乱中，急就了这些文字。

方民，原谅我。

我又一次让你失望了。这是我也没有想到的。

我和孩子不能再陪伴你了，我们离开了。你不要问我们去了哪里，你知道该怎么做的。

我和我的孩子将离开这个城市，去一个你们找不到的地方。

你不要为我担心，我有很多很多的钱，我会安排好自己和孩子的生活。

　　方民，我欠了你很多很多，只有来世再回报了。

　　我真的不知道，前面的那些文字能不能让你明白我的内心。但我只有说这么多了，时间也不允许了……

又及

　　方民放下信笺，一时茫然无措，呆立无语。真相竟是如此残酷，他完全能理解席子娟的心情，只是难以想象，一个女子如何能够承受这些内心的重压？他想不通的是，她既然有勇气向他坦露真相，说明她正试图走出阴影，可为什么再次选择了逃离？难道她唯一能作的选择，除了逃避，还是逃避？沉重的罪恶感扎根在心里，如影相随，她又能逃到哪里去呢？

　　也许，答案在她提到的那份选题计划中。

　　方民回到欧阳的房间，在书橱里很快找到了标有"选题计划"的文件夹。看来席子娟有意将它放在了醒目的位置，以便寻找。

　　文件夹中，放在最前面的是欧阳为这个选题所写的"后记"：

　　我一直认为，自己最有资格来做这个选题。但每当我走近它并准备下笔时，却一次次地推迟、退缩、犹豫了，甚至打算放弃。

　　我以为，对红卫兵运动作一次清算很有必要，即便只是简单的梳理也是必须的，只有亲历者才会对个中的复杂人性有真切的感受，仅凭资料作出结论很可能是隔靴搔痒。但我还是害怕必须为此承担的责任。我犯下的罪错，与有些人相比，在那个时期也许只能算是轻微的，然而对被伤害的人和家庭来说，却是万劫不复的灾难。我有时在想，这些罪错反正无人会来追究我。在当时的情景下，每个人都会疯狂的。逃避罪责保持沉默也许不失为一种办法。我一直就在"必要"和"没必要"之间徘徊。假使我不去碰这个选题，躲在"法不责众"的巨伞下，我想谁也不会来指责我的吧。

那么，还是留给后人吧。

但是，在这种心态下，我已经无法清醒正常地生活，只有在欲海里一次比一次更深地沉沦，才能解脱我内心的痛苦。

我是一个坏人，我为什么还要伪装成一个好人？

我曾经是一个好人，我只能逼迫自己学坏。

从学生时代至今，我有意识地搜集了这些资料。从最初想让这个运动"彪炳千秋"，到后来为后世留作证据，这中间的纠结只有亲历其中的人才能体会。

是为后记。

方民翻看着只有薄薄几页的选题，对欧阳的心情没有深切的体会。实际上，他与那个年代是隔膜的。当年，他还是一个懵懵懂懂的孩子。不过读了这篇后记，他却朦胧地意识到，欧阳所选择的逃避和躲闪，并不能给他带来宁静，反而成为他丧命的重要原因之一。

命运是何等的残酷啊！

由此，他想到了席子娟出走的无奈。他对她坚持不懈的追求，反而加重了她的痛苦。也许没有他的出现，她也许会变得更加麻木，忘掉过去，也不会活得如今这么痛苦。方民内心感到异样的沉重。席子娟生不如死的感受，说明她对过去的经历没有忘记和麻木，而是异常的敏感，所以她的痛苦是加倍的。苦难可以铸就一个高贵而美丽的灵魂。他对她越是多一份了解，就越是被这份高贵和美丽所打动。他无法将她抛弃。如果就此与她分手，他今后将永远不能求得内心的平静。他必须找到她，请她回家，与她一起分担过去和将来的责任。

想到这里，他已无暇他顾，当务之急是赶快找到席子娟和翔翔。他放下欧阳的选题计划，回到客厅。面对眼前一桌丰盛的饭菜，他可以想见席子娟在当厨时的从容和幸福。她的突然离去，也许并不像她信里所说的那么简单，一定另有原因。而且，房间里那么凌乱，表明她是临时决定离开的。究竟发生了什么意外，使她仓促地弃家出走？她肯定再一次陷入了困境。他要马上找到她，必要时挺身而出保护她。

那么，到哪里去找席子娟呢？

方民再次上楼，试图在她的卧室里找到蛛丝马迹。结果却是更大的失望。他放弃了寻找，离开卧室，走下楼梯。

客厅里，电话铃突然响了。方民扑向电话机，一把抓起了话筒。

"喂，子娟吗？"一个女子熟悉的声音焦急地说，"你还在家里！怎么还没有出来……"

方民听出来了，电话那头好像是前女友。"徐筝，是你吗？"

"方民？"徐筝一愣，突然警觉起来："你怎么会在子娟的家里？"

"子娟叫我来的。我正在等她呢。"方民试探着问："对了，你们俩好像串通好了，在玩什么游戏呢？"

"你别瞎说！"徐筝语气急迫起来，"我上午见了子娟，拿了她和翔翔的身份证件，赶到机场帮她买去三亚的飞机票。约好了我们在机场碰头的，现在离飞机起飞只有一个半小时了，连她的人影都没有看到……哎，不说这些了。他们到底出来了没有？"

方民看了一下手表，说："我也正在找他们。我这就开车过来，如果你遇上他们，务必请他们等一等我。"

"你那边又怎么啦？"徐筝不解地问。

"我也说不清楚，"他对着电话喊，"你等着我，我们见面再说。"

方民搁下电话，拔腿就朝门外跑。走到门外，他突然想起放在床头柜上的信，又返身进屋上楼去拿。他把信纸折叠起来放进内衣口袋，扫视四周，确信没有疏漏什么以后，才下楼出门。

3

方民停好车子，快步跑向机场国内出发处。进门走一段路，前面安检口熙熙攘攘的人流中，一个熟悉的背影进入他的视线。

"徐筝……"他一边奔向安检口，一边远远地唤着。

徐筝回头瞥了他一眼，没有应答，反而回过头去疾速挥手，示意里面的人快走。

方民喘着粗气赶到安检口，顺着徐筝挥手的方向望去。几十米开外，席子娟拉着翔翔的手，正快步向登机口走去；在她身后，紧随着一个高高瘦瘦的男人，拉着行李箱。

方民不顾一切地冲向入口处。

"干什么，干什么？"保安一把拦住了他。"机票拿出来！"

他指着前方，结巴着说："我……我要找人。"

"没票不能进去，寻人去服务处。"保安很干脆地拒绝了他。

他朝着渐行渐远的人影，绝望地大声叫道："子娟，我是方民……"

席子娟脚步一顿，显然听到了方民的呼喊声，但没有回头。

方民再次高声叫喊："子娟，你停一下好吗？我有话……"

她身子一抖，还是没有回头。她身后的男人却回头望了一眼。

方民惊愕地发现，那个高高瘦瘦的男人，像极了廖亦辉！与多年前不同，他蓄着络腮胡子，戴着宽框眼镜。仔细再一看，那人正是廖亦辉。方民吃惊不小：他几年前不是死了吗？

很快，这三人拐进登机口的通道，消失在方民视线中。

廖亦辉的突然出现，一瞬间让方民如雷击顶目瞪口呆。

徐筝走过来，拍了拍方民的肩胛："嗨，人都走了，你还站着傻愣！"

她的口气很轻松，如释重负。她的目光上下移动，夸张地打量着方民，实际上是想引起对方的注意。她的身体比以前丰腴了，半敞的套衫被隆起的胸部绷得紧紧的，领口下面露出深深的乳沟。几缕头发染成了淡灰色，垂在额前，妖娆刺眼。但脸色不如过去红润，眼角处隐约可见几丝鱼尾纹。

方民还没回过神来。徐筝伸手拉住他，离开入口处。两人来到一个人影稀疏的墙角，停下脚步。徐筝开玩笑地说："在电话里听到你的声音，真把我给弄糊涂了，挂了电话才后悔，真不该告诉你子娟的去向。你看看，害得你火急火燎地赶来……"

方民想，当年告知廖亦辉死亡消息的是徐筝，刚才为了阻止席子娟反悔，一个劲挥手催促他们快走的也是她。这一切难道是偶然的巧合吗？想到这里，他心里明白了几分，不由愤愤地说："这么说来，子娟的这次出走是你一手导演的？"

徐筝揣着明白装糊涂，淡淡地说："我们是朋友，朋友有事理所当然要帮忙。就像你一样，子娟如果要你帮忙做事，你也一定会去做的。"

"我问你，在子娟身后的那个男人，是不是廖亦辉？"

她不以为然地说："你不是都已经看到了，还问我。"

他死死抓住她的胳膊，盯着她的眼睛，大声说："你们到底在玩什么把戏？你说过廖亦辉已经死了，怎么又活过来了！这背后到底有什么阴谋？你一定要跟我讲明白。"

徐筝瞪了他一眼，压低声音说："这里是公共场所，请你放庄重一些。"

方民松开了手，口气依然强硬："你少跟我来这一套，你不说清楚这里面的道道，今天我决不会放过你。"

徐筝轻揉着被他捏疼的胳膊，故作轻松地笑笑，说："正好，我们也有许多日子没有见面了，不如找个地方坐下，慢慢谈吧。"

此时，去三亚航班的登机口已经关闭。方民只得跟徐筝一起来到机场咖啡吧，在吧台前坐下。从这里望出去，机场的跑道一目了然。月光下，连成一线的夜航指示灯闪烁着，一架波音747正从连着航站楼的机位滑出来，驶向跑道。方民要了一份橙汁，徐筝点了咖啡。两人都没有说话，看着窗外那架飞机在跑道上一点点加速。突然间，机头向上一抬升，机身轻盈地一跃而起。

"他们走了，只剩下我们……"徐筝自言自语。

方民茫然地扭过头来，问："他们？我们？"

徐筝点点头。方民充满怜悯地看着曾经的恋人。这几年里，她的生活几经起伏，身上透露着历练后的成熟老到；而他，虽然管理着一个小公司，但那一种执拗和天真，却比年轻时有过之而无不及，尤其在追席子娟这件事上显得变本加厉。徐筝十分感慨地伸过手去，试探似地放在了方民的手背上。他忙向后缩去，她用力一按。

"还在生我的气？"她眨眨眼睛调皮地说，"你应该感谢我，不是吗？不是我替你在刊物上发表了《情书三十六封》，子娟才不会来找你呢。她根本就不知道你的想法。"

他听出她话里有话，猜想她可能知道了他与席子娟这些天在一起，暗暗吃惊，问："子娟是不是把一切都告诉你了？"

徐筝不置可否，笑了笑说："我和她呀，我们之间不需要保密，一切都是透明的。"

"那她也知道了，我和你曾经有过的所有事情？"他以攻为守。

"该讲的都讲了，不该讲的就烂在肚子里。"她娇媚地摇摇头，"我可没有那么傻，我跟你两人之间的秘密，一说出去就不值钱了。"

方民不相信地说："你骗人吧？据我知道，女人是藏不住秘密的。好朋友之间，连在床上的一举一动都会拿出来讨论。"

"我和她不是那样的女人，你不要往这上面去想。"徐筝笑了，伸出另一只手，两只手各据一方，按在了他的两只手背上。"告诉我，你们是不是已经上床了？"

徐筝如此直言不讳地询问，让方民感到尴尬。同时，他暗暗也松了口气。他感到欣慰，席子娟珍视他俩的关系，并没有透露他们之间的隐秘。既然如此，她还要带着孩子仓促出走，而且居然跟死而复生的廖亦辉同行。肯定此事非同小可，她才不得不顺从他，不顾一切地弃家而去。这一切似乎都与徐筝有关，他一定要问个水落石出。

"徐筝，子娟在我心中的地位你很清楚。我们上不上床，都不会影响我对她的感情。"他的手从徐筝手掌下抽出来，端起杯子喝了一口橙汁。"告诉我，你到底在子娟的生活中扮演了何种角色？廖亦辉坠海身亡又活了过来，这又是怎么一回事？还有哪些不为人知的秘密，跟我说说吧。"

徐筝不动声色地看了看窗外，又一架飞机正在起飞。她把面前的咖啡一饮而尽。"方民，有些事我想你还是不知道的好。"

他执拗地说："这十几年来，与子娟有关的事情，我一直被蒙在鼓里。我想我不能再这么一直糊里糊涂下去。这是很不公平的。我需要知道真相，哪怕这样做会伤害到我，我也心甘情愿。"

徐筝低头看看手腕上的表，站起身来："我没有时间陪你说话了，我要回家，去等子娟的电话。"

方民也站起来，不容置疑地说："徐筝，你一定要把内情对我说清楚，不能不明不白一走了之。今天你要是不说透就甩开我，我不会饶过你。"

徐筝挎上手提包，瞥了一眼方民，认真地问："你真的想了解一切，还是仅仅出于好奇心？"

他肯定地点点头，说："我对子娟负有责任。"

徐筝无奈地摇摇头："那好吧，你跟我一起回家。我们边等子娟的电话，边说说你想知道的那些事儿。"

第八章　情书（15、17）

情书 15

……

我有一年多没有回家了。不是我不想回家，我需要在假期里打工挣钱、准备每学期的生活费，还要尽可能给家里寄一些钱回去。

我发现一个很普遍的现象：学校里，除了少数家境贫困或者路途遥远的学生，在假期里不回家乡，一般家在城市的同学，期终考试一结束，就早早地往家里赶。本市的学生更是每个星期都要回家，用他们的话说，是去改善一下伙食，呼吸一下自由的空气。奇怪的是，子娟，你家就在离学校不远的一所大学旁边，却很少看见你回家，回家了也几乎不过夜。即使在假期里，晚上还是回到宿舍里睡觉。

我曾几次跟踪你，悄悄地跟着你回家。我远远地尾随在后面，看你走出校门，步行二三十分钟，走到那所大学附近，你的脚步明显放慢，看上去犹豫不定。在一排带院子的老式平房前，你停住了脚步，在绿化地带徘徊，最后像是下了很大的决心，推开院子大门走进去。我看着小院那扇黑漆斑驳的大门，想象着那里面宽敞的房间和温馨的气氛，想象着你与鳏居的父亲相依为命的情景，心里不免有个疑问：这么好的家，你为什么不愿意回去？

起初我认为，你这样做是出于和廖亦辉热恋的需要。学校里自由自在，两个人来往方便。可是，廖亦辉经常回家过夜，你还说过他不适合你，你的举动就不大好解释了。

我曾经就这个问题，问过你。

"我回不回家，你管着了？"你的脸一下子拉长，像吃了火药似的。

"我没有别的意思，我随便问问……"我慌不择言地解释。

"告诉你，女孩子家的事少问，最好不问。"你断然地掐断这个话题。

为这件事，一连好几天，你见到我一扭头就走开，显然真的生气了。后来我发现，不管是男生还是女生，只要在与你的交谈中涉及你的家庭，你马上就会翻脸。这可以解释为你那种特立独行的个性使然，可我宁可相信，其中肯定有着某种你不愿别人触及的隐痛。

我真的很想很想了解你。

虽然，你从来也没有回应过我给你的信，甚至连一句假惺惺的表示也没有，但我还是禁不住要问。

……

情书 17

……

子娟，我没有想到，你会到宿舍来找我。

新学期开学不久，这天傍晚，我正在男宿舍的厕所里冲澡，听得有人在厕所外面喊："方民，宿舍楼下有人找。"一般情况，男生找男生就直接找上门来了，只有外来人员或是女生，才会等在宿舍楼下。我以为是老家有人来看我，忙三下两下擦干身子，回寝室胡乱找了件干净汗衫套上，就下楼直奔门口。

出了宿舍门口，我吃了一惊。是你站在宿舍楼外面绿化甬道上等我。你从来没有这么做过。你的出现惊动了男生宿舍，窗口里时不时有人探出头来张望。我更是手足无措，又是捋头发又是扯衣襟，心里还在念叨：一定出大事了，要不然，你怎么会找上宿舍来？

与我的慌乱相反，你好像没看到周围这些人的反应，大大方方地对我说："有件事要你帮个忙，走，我们到图书馆里说。"

还没到晚自修的时间，图书馆里人不多，我和你在僻静的角落面对面坐下来。在路上，我已经听明白了你的意思。原来春晖文学社决定在校艺术节上出一台话剧。据说这是廖亦辉的主意，他担任男主角，由你担任女主角。问题是到哪里去找合适的剧本呢？按艺术节规定，演出的节目一定是原创的，当务之急是着手剧本创作。

"只有半个月时间，要排一出话剧……"你急得手指在桌面上不停地叩击，这与你一向满不在乎的脾气很不相称。"现拿创意，现写剧本，现编台词，还要排练。"你说，"时间哪里来得及啊，更何况，这剧本写什么内容，到现在我还没有理出个头绪来呢。"

我看出来了，你很在乎这次表演的机会，或者这样说吧，你很在乎廖亦辉这个人的意见。真的有点莫名其妙，对不对？不久前你还在说廖亦辉不适合你，眼下却又跟着他的指挥棒转。想到这些，我心里隐隐有些不舒服，但看到你遇到急事，首先想到的，不是别人而是我，心里就宽慰了不少。我安慰你说："别急，光着急没用。车到山前必有路，你还是先做起来再说。有需要我做的事，你尽管开口。"

你犹豫半天才说："你这不是客套话吧？"

我被你看得心里有点发毛。我再一次觉得，这眼神好像在哪里见过，可就是想不起来。

"我真的替你着急。你说吧，我们要做什么？"我说。

"我请你出来，就想请你帮个忙……"你终于将真实的想法说了出来。"我想，我们今晚是不是先将剧本的梗概弄出来，然后劳驾你辛苦一下，这几天赶一赶剧本。我呢，就管找人排练的事……你一边赶剧本编台词，我们那边就开始排练，你写多少我们排多少。这样，就可以把时间抢出来了。"

"这事廖亦辉比我擅长，他怎么不写？"

"他说在应付约稿，实在忙不过来。"

看来，你好像有意让我来做这件事，在我和廖亦辉之间搞平衡。再说，时间又这么紧，也只有这么办了。我感到小小的满足。

"那你对剧本内容有想法吗？"我问。

"还没有呢。"你直晃脑袋，真心诚意地说，"就我这点写作底子，想不出什么道道来，还是你先起个头吧。"

我想也是，别人的主意，到自己落笔写的时候，还真不容易找到感觉。

"让我想一想，"我的目光扫过图书馆墙边排列着的那些书架，停在一本本期刊上。我想起曾经读过的一部小说，"对了，张承志

126

写的《北方的河》，当时读的时候我相当激动，印象很深。写的是年轻人对理想的追求和探索，跟我们的生活比较贴近，背景却是黄河黄土，反差强烈。故事情节又不复杂，比较适合表演……"

"你说的那篇小说，我好像看过的。"你想了片刻，面露愠色地说，"那里面的主人公是不是当过红卫兵？人物挺有激情的。小说出来后，好像还红过一阵，有过争议。但老实说，我不太喜欢。"

"我们不写红卫兵，借用他的故事框架，反映当代大学生的生活。"我说。

"可是，"你还在犹豫，"我记得那里面大部分是男主人公的独白，女主人公的情节很少。"

我一拍手掌，说："这个好办，我们不是改编吗？把男主人公的情节分一半给女主角，不就行了。"

"看不出啊，你还有这一手。"你显然被我的主意所打动，开玩笑地说，"老实交待，你以前发的那些文章，是不是都这样，将别人的东西改头换面弄出来的？"

"喂，你小点声好吧？"周围陆续有人坐下，这些人大多埋头看书，没有注意我们这边。我连连摇手，"这可不能乱说的，我说的是写文章的某种道道，也可以说手法吧，老师上课教的不也就是这些技巧吗？至于文章的内容和感情则完全是自己的。再说改编剧本只要不歪曲作者的本意，根据表演的需要将角色作一些替换，完全是可以的也是必要的。"

"好吧。就这么说定了。"你站起来，拉住我的手，用力捏了捏。"你真够朋友！这下我可以放心去吃晚饭了。"

你走后，我留在图书馆里，将刊登这篇小说的杂志找了出来，又细细地读了一遍。我逐渐勾勒出剧情的大致框架：男女主人公不甘心于大学里浮躁喧嚣的生活，暑假里走向中华民族的母亲河、发祥地。在北方雄伟壮丽的大山里，面对黄河，他们发出对生命、对历史、对未来的叩问。在此过程中，灵魂得到了净化，感情得到了升华。当然，男女主人公也在这次旅行中，收获了爱情。

在阅读和构思的过程中，我浮想联翩，眼前不时地浮现出家乡的景色，沟壑山峁和遥远的青黛色的天际线，苍茫浩渺，沉默坚忍，与城市的浮华嘈杂截然不同。由此，我联想到了，在学校生活中自己这个贫困的农家子弟，所受到的种种委屈。我也意识到，出于自卑而敏感的心理，这种委屈有可能被放大了，但对此还是耿耿于怀。每每这种时候，我就会怀念家乡的一切。我仿佛看到了乡亲们黝黑的脸、安详的眼神和粗大的手脚，眼睛湿润了。

子娟，这是我们第一次合作。你将会看到，在男主角的身上寄托了我对你的感情。

……

第九章　且听一面之词

1

"方民，你必须答应我，我跟你说的事，你任何人也不准说。"

徐筝打开房门，停住脚步，说了这句话。

方民没有回答。他按下电灯开关。几年过去了，房间里的陈设还是老样子，所不同的是，卧室的地板铺上了淡黄色的仿羊毛地毯，人走进去就像一步踏到了床上。书桌上，还多了一台笨头笨脑的电脑。

当年徐筝告诉过方民，这套居室是姨妈公司的财产，借给她使用而已。她来京后一次也没回老家江南去过。在两人交往的时候，她从来没提起到她老家去，方民提过几次，她也总是以各种借口回避。内中的隐情不得而知。不过，这已无关紧要了，眼下必须先破解席子娟离开之谜。

"你还在为你姨妈做事？"方民问徐筝，脑海里晃过刘佳湘的身影。

"是的，这有问题吗？"

"这么说来，廖亦辉死而复生，也是你姨妈一手操办的？"他单刀直入，先从刘佳湘入手。

129

多年以前，在投资开发公司的接待室里，刘佳湘给他留下的美好印象至今难忘。在与徐筝交往时，他曾多次将话题引往她的姨妈，打听这个女人的详情。她总是回以淡淡的神秘一笑，岔开了话题。他通过各种渠道去了解过刘佳湘，有价值的反馈信息不多，只知道她那个公司的背景很深，究竟深到什么程度，连爆料的人也难以判断。

"这不是你应该关心的问题。"徐筝倒退着用后背关上房门，身子倚着柜子，双手护着脸颊，俏皮地说。刚才一路走得有点急，或是与他又一次近距离相处，她的呼吸有点急促，脸上泛起了红晕。似乎是让自己透透气，她说着话，一边脱下外衣挂在衣帽架上，顺手松了松紧绷的套衫。套衫领口浅，淡淡的薰衣草香味若隐若现。方民顿了顿，目光避开了她咄咄逼人的胸部。"我必须弄明白这个问题。"他拉过椅子坐下来说，"要是我猜得没错，廖亦辉一定是你们公司的客户，而且是你拉来的。"

徐筝边摇头边暧昧地笑了笑，不作回答。她走到窗前，拉上厚厚的丝绒窗帘，房间好像被包裹了起来。随后，她坐到床上，脱掉了皮鞋和袜子，似乎要把包裹身体的物品一一除去。

方民一看这架势不对，内心戒备起来，又不便点穿她，于是加重语气，振振有词地说："我可以肯定，席子娟这次出走，并不是她提出的要求，而是你们一手安排的，你是整个事件背后的操纵者！你回答我，是不是这样的？"

徐筝停止卸装走近方民，一手按住他的肩头，说："你说反了，应该说，我姨妈的公司也是廖亦辉的客户单位，她在他的公司参与了投资……嗨，跟你说这些有什么用。"她看了一下手表，有意无

130

意地将小腹贴靠在他的肩头，暖暖的体温传到了方民的身上，情欲的气息扑面而来。由于对席子娟的感情，加上对她出走的忧虑，方民对眼前的一切感到恶心。他下意识地往后避让，她还是不依不饶地靠上来，贴着他的耳边说："还有半个小时，他们的飞机就要落地了。方民，我们是重温旧梦呢，还是先说说廖亦辉和席子娟？"

方民愠怒地推开她，想也没想，起身拉开了窗帘，回过头来说："你呀，真是不可救药，有家室的人还这么胡闹。"

徐筝一听，身子弹簧似地绷直了。"胡闹？你说我胡闹！这些年里是你冷落了我抛弃了我，胡闹的人是你。我问你，当年你像甩掉一件衣衫那样离我而去，我做错了什么？现在机会难得，我只希望重新回到你的身边。这难道是胡闹？"

一番话，说得方民哑口无言。

方民镇定了一下，以攻为守："你不是嫁人了吗？"他还记得前不久给徐筝打电话的那个夜里。

徐筝不假思索地回答："是的，我是嫁过人了，可又离婚了。我们俩你未婚我未再嫁，旧情复燃，有何不可！"

方民疑惑地问："既然离婚了，那前天半夜里，我给你这儿打电话，那个接电话的男人是谁？"

"半夜里接电话的男人？"她一怔，陷入了沉思。

"那个男人还告诫我，不要打扰别人的夫妻生活。"他提示了一句。

徐筝这才明白过来，扭动身子，拍手大笑道："那天晚上，那个男人，你说的是他呀。怎么样，吃醋了吧？好吧，我们言归正传。告诉你吧，那个人就是廖亦辉！你难道没有听出他的声音？"

方民愣住了。他怎么也不会想到，那天半夜，接电话的人竟然就是廖亦辉。

廖亦辉和徐筝共处一室？

他愤愤地说："你在骗我！"

徐筝赤脚站在地毯上，双手抱在胸前说："你不要忘了，这里是我姨妈公司的宿舍。有客人来住宿，我就要让出来。廖亦辉曾经是我们公司的大股东，社会上传闻说他坠海身亡。他是一个并不存在的影子人，回北京只能四处躲藏。何况……"她一下子刹住了，好像害怕被人听见，回头看了看紧闭的房门。

"何况什么？你说呀！"

"你啊，看上去好像还很在乎我这个老女人。看在这一点上，我对你实话实说吧。"徐筝坐到了床沿上，与方民面对面，一双手按在他的膝盖上，手心的热量热乎乎地透进来，几乎能把一个鸡蛋焐熟。"这件事只能让你一个人知道，为了子娟，为了廖亦辉，也为了我，你一定要保证严守这个秘密。"

方民无法想象，在这三个人之间究竟有着何等重大的秘密，以至于非结成同盟不可？这么一想，一股寒气直冲背脊，不知不觉心里打了退堂鼓，还是到此为止吧。他想对徐筝说"如果真的让你为难的话，那就不要了"，但席子娟匆匆离开时蓦然间僵直的背影，刺痛了他的心，此时还在滴血。他想他必须知道真相。

"说吧，我不会伤害所爱的人。"

"其实，那个人现在不叫廖亦辉。"徐筝用力抓住了他的膝盖，指甲深深地掐进肌肤。"廖亦辉早已盖上了'死亡'的印章……"

徐筝用幽灵般缥缈的语气，讲述着一件惊天大事。她知道不应该透露这个秘密，但还是违背了自己的初衷。其实她也是不久前才获知廖亦辉还活着。那天，刘佳湘将她拉到无人处，吩咐她去接一下廖亦辉，她惊呆了。姨妈板着脸说："不要问东问西，我只能告诉你，他没有死，这是我们玩的障眼法，为了大家都能更好地活下去。"在车站，接到了这个男人。除了体形上可辨，廖亦辉几乎换了一个人。言语木讷，动作迟钝，偶尔眼睛里还会闪过一丝灵机，又马上收敛住。显然他已经适应了新的角色。就在徐筝的住处，廖亦辉向刘佳湘提出，想回家看一看老爷子。刘佳湘断然拒绝说："不行！你想要催老爷子去死？他现在的身体状况，哪怕有一丝风吹草动，都可能会要了他的性命。这次要你回来，就是以防万一，以免他去世后自家人闹得不可收拾。有些事必须由你出面去处理。"廖亦辉默然。他似乎接受了刘佳湘的说法。随后，刘佳湘吩咐徐筝说："这几天你另找个地方住吧。你可以去了，我有些事要和亦辉商量。"第二天早上，她去给廖亦辉送早餐，在床脚边看到了姨妈掉落的发夹。震惊之余，她隐隐觉得，先前在姨妈身上无法解释的疑团，正在一点点向她呈现出其背后的真相。这让她非常害怕，可又无可奈何。

　　现在，面临方民的步步紧逼，徐筝心生慌乱。他的出现是谁也没有预料到的。一旦不明真相的方民将见到廖亦辉的消息传出去，局面将难以控制。她意识到，眼下必须也要让他承认这个事实：那个看上去像廖亦辉的人其实并不是廖亦辉。而要做到这一点，唯一的办法就是告诉他真相，晓之以利害得失。作为一种利益交换，她并不怕他出卖他们，她手中有席子娟这张牌，或者干脆说有个最合适的人质。

听完徐筝的讲述，方民错愕地睁大了眼睛，最初的反应是以为听错了。徐筝说话一向真真假假，没个正经。可这样的事能跟他开玩笑吗？他的脑海里掠过一连串的猜测，却理不出一个头绪来。总之，他不在乎廖亦辉是死是活，也不在乎徐筝有没有难处，唯一担心的是席子娟，只想知道她在这中间扮演了什么角色。

"子娟，她知道真相吗？"他锐声地问。

徐筝赤着脚在地毯上来回踱步，声音低沉地说："不，子娟也是今天才知道的。这些年来，她只知道廖亦辉破产了，坠海自杀了，一去不返。当年，她正是不堪忍受廖亦辉破产和死亡的打击，才远走他乡，嫁给了那个台大的博士……"

"你是说……"方民若有所悟，"这么说来，你当时就知晓这一切。"

"错了，我当时并不知晓实情，也是最近才听说的。"徐筝说，"有些事他们不想让旁人知道，我也无从了解真相。何况，你并没有向我打听呀。说穿了，我当时只是想让你知道子娟的下落，让你断了对她的想念。"

方民听着，好像被人从身后重重地击打了一下。他终于明白了，徐筝自始至终都是那些人中间的一员，只有他才是局外人。廖亦辉重现于世，再次从他身边夺走席子娟，登机离开了。这两人从阴阳两隔到再续姻缘，根本就是有人操控的一个阴谋。席子娟好不容易从噩梦中走出来，却又要走回头路，情何以堪？可她为什么还要听从他们的指挥，随之而去？尤其是在子娟向他陈述了内心的秘密，并发生了关系以后，她还突然离去，到底是出于自愿还是被逼无奈？这一切他亟需知道。

"徐筝！"他手指着她，瞪大眼睛，高声说，"你还有什么没有告诉我的？你今天一定要跟我说个明白，不要再把我当傻子了。"

徐筝并没有回应他。她抬起手腕看表，脸上露出焦急的神色。

"你是不是心里还有鬼？你说呀！"

徐筝置之不理，答非所问："不对呀，已经五个多小时了，他们怎么还不来电话？"

"谁？"

"廖亦辉和席子娟，他们此时应该到三亚了。说好的，一到三亚就给我电话。"

徐筝自顾自拨了一通电话，打给三亚机场。机场回复：北京到三亚的航班一小时前就落地了。她听了顿时脸色变白，随即分别拨打了廖亦辉和席子娟的手机，听到的回答都是："对不起，你拨打的电话已关机。"她握着手机的手在发抖，不停地在地毯上来回走动。

"怎么了，他们出事了？"方民问。

"不行，我得出去一下。"她一边急急地穿外衣，一边对他说，"你在这儿等着，不要离开，等我回来。"

房门"砰"的一声关上了，灯光下隐约可见震落的尘埃。为了破解谜团，方民决定留下来。眼看离真实的席子娟越来越近了，这样的机会不能放弃。同时，他还有一种侥幸心理：如果席子娟来电话，他可以直接问一问她。

2

天色一点点放亮，窗外的街景清晰可见了。

方民坐在房间里唯一的那把椅子上。徐筝出去后，他就这么对窗而坐，关了灯，身陷黑暗里。其间，他打过几次盹，每回都在身体一斜时突然惊醒。惊醒后的第一件事，便是下意识地去看桌上的电话机。电话铃声一直没有响。无奈，他只有坐在这里等待。

　　从他坐的位置，可以看到窗外的景色。窗下的泥地上兀自生长着一株枣树，这是以前所没有的。再望过去，便是一幢六楼房子的背面，两处间隔仅三四十米。一个窗口里，一个三十来岁的男人正倚在后窗框栏上，一大清早在拼命地抽着烟。逐渐明亮起来的日光使他身后的屋内变得一片昏暗。方民联想到昨晚的情景。看来徐筝将窗帘拉上是对的，房间里开了灯，里面的人一举一动在外面看得清清楚楚。

　　为了消磨时间，他决定找点事情做做。他起身拉上窗帘，隔开了对面那个男人的视线。昏暗中，他打开写字台上的台灯。台面玻璃下压着两张照片，一张是徐筝姨妈公司的外景和产品陈列，显然是公司的宣传广告；另一张是大学毕业时系里同学的合影，人排得很密，黑鸦鸦的一片。方民知道自己和席子娟所在的位置，低头去找。那个地方正好被键盘压住了，他随手将键盘和鼠标移动了一下。

　　就在这时，电脑的显示屏亮了。原来电脑一直开着，之前只是处于休眠状态。显示屏上正打开着照片：徐筝身着泳装站在沙滩上，双手抱在脑后，作仰望状，背景是浪花奔涌的大海。他又敲了一下键盘，画面转换为徐筝在半山别墅的院子里，半蹲在地上，搂着一条大狼狗的脖子，人脸贴着狗脸，冲着镜头开心地媚笑……他欲罢不能，敲着键盘，一张张照片翻看下去，几乎都是徐筝个人的照片……

十几张照片翻过后，开始出现徐筝的家人。有徐筝和她的父母、她的姨妈等合影，背景大多为典型的江南民居，粉墙黛瓦。有一张全家福，两个姐妹站在中间，中学生模样的徐筝和她的父亲分别站在两旁。显然，这是刘佳湘早年回乡时拍摄的。

继续翻下去，出现了一个绿荫遍地的院落，绿色琉璃屋顶，典型的北方住宅……

这一张是翻拍的旧照片，有几处泛黄的水渍。照片上，藤萝架下是刘佳湘和一个有点年纪的男人。男人坐在藤椅上，青春可人的刘佳湘立在藤椅后面，两手围住男人的脖子，下巴支在他的头顶上。男人一只手搭住围着他脖子的那双手，另一只手向后弯着，反过来搂住她的腰肢。这种亲近的姿态，除了父母、夫妻或情人，不可能是其他关系的。

年轻时的刘佳湘，再次令方民怦然心动。再细细一看，他不觉吃了一惊：照片中这个上了年纪的男人，他好像很久以前曾经见过。很快，他想起来了，那个人像极了廖亦辉的父亲廖伯苇。再翻到下一张，还是这两个人。这一次，场景从屋外转到了屋内，两人依偎着，坐在宽大的沙发上，刘佳湘的头撒娇似地靠在老男人的肩头，背后的墙上挂着"难得糊涂"的条幅。看到条幅，方民确定老男人就是廖伯苇。大学期间，由于和廖亦辉同为春晖文学社的成员，还为廖亦辉、席子娟所演的话剧写过剧本，方民曾几次受邀去廖家。在廖家的客厅里就见到过这张写有"难得糊涂"的条幅。

他印象最为深刻的，是最后一次在廖家的经历。

那一次，廖亦辉邀请部分大学同学到他家，庆贺他的二十二岁生日，方民也在被邀人员之列。廖家树阴满地的院落和宽敞明亮的客厅非常气派，使他这个从农村出来的大学生看得一惊一乍，十分感慨，尽管嘴上不说，内心却极为羡慕。廖伯苇出来跟他们打招呼，之后他就坐车出门了。廖伯苇的脸上虽然带着笑，却透出一种寒意和威严，让同学们难以接近。等他离去后，生日聚会的气氛才热闹起来。七八个同学吃着从馆子里叫来的川菜，喝着啤酒，从中午一直吃到晚上。

大伙儿意犹未尽之时，廖亦辉母亲下班回家了。她来到儿子的同学们中间。这个早年的舞蹈演员，现在的文化部官员，五十多年纪了，身材还那么小巧玲珑，脸上带着向观众谢幕的职业微笑。她一一问候每一位同学，笑容可掬。问到方民时，还没等他回答，看着看着，她突然两眼发呆，两手捧着脑袋，脸上露出痛苦的表情。很快，她面色苍白如纸，身子摇晃着站立不稳……就在她即将倒地的瞬间，站在身后的廖亦辉扶住了她。现场一片混乱。救护车很快到来，廖亦辉护送母亲去了医院，同学们则忐忑不安地回了学校。

当天深夜，廖亦辉的母亲因突发脑溢血，抢救无效离开了人世。对此，方民内心总有点愧疚，好像是他们这些人给廖家带来了不幸。他向廖亦辉表示歉意。廖亦辉则不以为然，说他母亲的头痛病原先就有的，都是被他的父亲在外面寻花问柳给气出来的。

半年后，廖亦辉父亲廖伯苇又一次"结婚"，新娘好像是他的部下。这次婚姻并没有对外声张，好像也没有正式办过手续。这也是廖亦辉告诉方民的。

电脑里的照片中"难得糊涂"的条幅，无疑将廖伯苇、刘佳湘联系在了一起。如此说来，刘佳湘就是廖亦辉的继母了。

方民有一种强烈的预感：在这一连串事件背后，徐筝、刘佳湘，还有廖亦辉，扮演了重要的角色。由此推断，席子娟可能只是一个不知情的被牵连者。她的生活也许正是由于这几个人的介入，而被搅乱了。这么一想，他不由得格外为席子娟担心。

　　如果说，刚才他无意中窥见了徐筝的隐私，内心还有点自责；那么现在，他顾不上这一切了。他开始在徐筝的电脑里一一搜索，想从中找到与席子娟有关的线索。可是，电脑里除了那些照片和公司里的资料，没有任何涉及席子娟的内容。

　　面对着电脑，他力图勾勒席子娟与这些人之间的关联。然而，越是往深处探究，她的身影越显得模糊。他急切地期盼着徐筝回来，从她口中了解真相……正胡思乱想着，门外响起脚步声，由轻而重，很快到了门口。方民站起身来，警觉地拉开窗帘。

　　几乎在房门打开的同时，徐筝一个踉跄跌进屋里。方民忙扶住她。徐筝的脸色灰里透青，慌慌张张，犹如被人追赶着。她靠在他的身上喘着粗气。他扶她在椅子上坐下。

　　"情况怎么样？"方民担心地问。

　　"你先让我喝口水。"

　　方民在房间里转了一圈，没看到水壶和热水瓶，徐筝指指桌子底下的瓶装矿泉水。她接过矿泉水，"咕嘟咕嘟"猛喝了几大口。

　　"有没有子娟他们的消息？"方民等她放下水瓶，迫切地问。

　　"没有，我真是急死了！"徐筝摇头说，"两个人的手机还是关得死死的。我好不容易，托三亚那边的朋友想想办法，等了好久，回音总算来了，说是飞机准点到达，但这一家人并没有去我们替他们安排的地方……"

"肯定他们自己另有安排了。"方民猜测说。

"这怎么可以!"徐筝愤愤地说,"廖亦辉和家人团聚的首要条件,便是要一切听从我们的安排,这是事先就讲定的。否则,他的安全我们无法保证。"

"我们? 他们?"方民听得一头雾水,联想到电脑里的那些照片,不由加重了口气问:"徐筝,你说的这些话,我怎么越听越糊涂?"

徐筝一怔,显然意识到说得太多了,连忙掩饰说:"你糊涂什么? 我什么也没有说呀。"

见她往回退缩,方民伸手按了一下键盘,指着电脑桌面上的照片,生气地说:"你还想瞒我? 你自己看吧。哼,原来你姨妈就是廖亦辉的后妈! 你老实说,廖亦辉是怎么死而复生的? 子娟到底被你们弄到哪里去了?"

徐筝愣住了,对他偷看了电脑里的资料很光火,但也无可奈何。她明白隐瞒下去是徒劳的,只得叹了口气说:"方民,有些事真的不该让你知道。我这是为了你好……"

"听你刚才的口气,他们两个人的事,都有你和刘佳湘的份。最起码,你是她的同谋。"方民突然感到,眼前的这个女人不但陌生而且可怕,席子娟,甚至连他自己,已经被她牢牢掌握在手里了。他上前双手按住徐筝的肩头推搡着,一面怒气冲冲地说:"这些事,你以前不告诉我还情有可原,事到如今,不能再瞒我了,不管你出于什么考虑,我请你把与子娟有关的一切都告诉我。不然的话,我决不放过你!"

徐筝扫了他一眼,强作妩媚地一笑。"既然这样,我们打开窗子说亮话吧，不过有个条件，你能不能温柔点？"说着，把他按在椅子上，然后自己坐到了床沿上。两人面对面，膝盖顶着膝盖，她开始讲述。

"多年以前，子娟嫁给了廖亦辉，媒体上曾广泛报道过这个豪华婚礼，你已经知道了。"徐筝伸过手来抚摸着他的膝盖，一边继续说下去："廖亦辉迎娶了子娟后，带着她远走海南……子娟和他青梅竹马，这是子娟早就告诉过我的。我姨妈住进廖家做了有实无名的填房后，也证实了这一点。照理这对恋人早就应该结婚的，谁料到大学毕业后，子娟却突然嫁给了比她大十五六岁的欧阳，而不是廖亦辉，这桩事我至今也是一头雾水。结婚后她很少和我联系……后来听说欧阳突发心肌梗死走了……"

方民的眼前跳出席子娟家那个阴气逼人的房间，有些走神。徐筝摇了摇他的膝盖，问："你在听吗？"在得到肯定回答后，她继续说："欧阳研究员死后，子娟和廖亦辉走到了一起。我从姨妈那里得到他们举办婚礼的消息。当时也挺纳闷，作为寡妇再婚，子娟并不愿意让太多的人知道，怎么还要这么张扬？后来听说，是廖家坚持要举办一个盛大的婚礼，或者说，是我的姨妈一定要表现一下作为继母的诚意……"

说到刘佳湘，方民不觉想起当年初次见面时，她看他时那种意味深长的眼神。看来，她似乎早已把他也算计进去了！

"后来呢？后来发生的一切，一定也是姨妈安排的！"方民逼视着她问。

徐筝连连摇头。"那时候，姨妈和廖亦辉桥归桥路归路，两不相干。老爷子廖伯苇从副部长位子上退下来的前夕，廖亦辉注册了一个贸易公司，实际上是通过老子的关系，拿到一些计划供应商品的批文，钢材、塑料、汽车，甚至银行的贷款。市面上什么紧俏他拿什么，然后再转手倒卖出去。他做这样的无本买卖，短短两三年时间里，就积累了很多资产。在娶了子娟以后，他们便去了海南。那时候，海南还是一块有待开发的原始地产……"

"我记得你姨妈开的公司，也有房地产业务。"方民打断她的话。

"是的，但她和廖亦辉的公司井水不犯河水。她一开始做的就是房产，当时廖伯苇在部里和港商合作盖商务大楼，姨妈注册了一家公司，作为中方的代理商。这时候，老爷子就要退居二线了，不顾避嫌，让她掘到了第一桶金……"说到这里，徐筝好像触动心事，叹了口气。"这也是我姨妈应该得到的。她一个黄花姑娘跟了廖伯苇，一直到廖亦辉的母亲去世后，年近四十才修成正果，但对外的正式名分还是廖伯苇的秘书，老头子亏欠她太多……"

"你姨妈早就跟了廖亦辉的父亲？"方民十分诧异。

"是啊，她还是他办公室科员的时候，他就要了她。"徐筝的神情变得神秘而又轻佻，一面手掌在方民大腿上一点点上移，他连忙阻止她说："我实在没那个心思。"

徐筝解嘲似地一笑说："你啊，呆子！怪不得子娟在你眼皮底下，你也拿不住她。我刚才只不过想试探一下你，看来，你担心子娟的处境是真的。很好啊。"

方民板着脸说："费劲绕这么个大弯子干什么？你快告诉我：子娟到底怎么了？你们把他们弄到哪里去了？"

徐筝面露焦虑地说："你问我，我问谁去？我也很想知道，子娟和廖亦辉去了哪里？这一次，姨妈为了让廖亦辉现身，作了精心的安排。前些日子，老爷子廖伯苇再次住进了医院，医生明确告诉她，他的情况很不好，只是拖拖日子罢了。他的生命完全靠机械和药物维持着，知觉一点也没有了，只要家属说把机器关了，这个人生命就算结束了。就因为如此，有些后事需要早作安排……情急之下，姨妈只能把廖亦辉请出来，由他这个唯一的儿子出面来处理廖家的财产。这件事上，谁也无法代替。连老爷子的续弦刘佳湘也不行，她没有正式的名分，老爷子也没有留下相关的遗嘱……"

"廖伯苇七十还不到……"方民不相信地说。

"听姨妈说，廖伯苇从岗位上完全退下来以后，整个人一下子就垮下来，老是一个人坐在书房里自言自语，不知在说些什么，而且面露恐惧，好像有人在向他追讨索要……很快，高血压、糖尿病、痛风、早搏接踵而至，老毛病、新毛病缠上了他。有一天，他跟姨妈在床上，他突然一下动不了了。忙送进医院抢救，诊断结果是大面积脑梗死。随着病情的迁延，他成了一个植物人……"

说到这里，徐筝看了一下手表。"反正一时半会也没有子娟和廖亦辉的下落，走吧，我陪你去看看廖老爷子。你不是不相信吗？看了你就明白了。医院不远，就在这幢大楼背面的那条马路上。顺带着我们先填一下肚子，我早就饿了。"

3

吃过早点，他们向医院走去。

进入医院大门，方民心里在猜测，这些年过去了，躺在病床上等待别人处理后事的廖伯苇会是什么模样。高干病区宽敞而安静，除了穿白大褂的医护人员在穿梭走动，几乎看不到外来人员。徐筝像是这儿的常客，朝门卫点点头，未经登记，带着方民就径直走了进去。病区走廊的两边是便于医护人员观察病房的大玻璃窗。隔着那些没被窗帘遮挡的玻璃，里面一览无遗。病房大多数是单人间，有不少病人的身上插满了管子。

"躺在这里不吃不喝毫无意识的人，靠着机械和药物支撑，时间最长的有八九年了。"徐筝小声地贴近方民的耳边说。

"他们没有知觉，也无所谓痛苦，只是让家属和活着的人倍受煎熬了。"方民感慨道。

"这你又不懂了。"徐筝瞪了他一眼，"大多数病人的家属，一般只是来探望一下，基本上将病人全部托付给了医院……"

正说着，徐筝猛地拉了方民一下，把他拖进边上的通道里。

"真不巧，姨妈在那里。"她压低声音说。

方民伸出头，向走廊那头探望。重症监护室的窗外，立着一个黑衣女子，目光透过厚厚的玻璃注视着里面的情景。查病房的医生站在她旁边，手中的病历翻开着，在向她讲着什么。她似听非听，一声不响。

比起方民第一次见到时，刘佳湘略微矮了一点胖了一点，穿得还是那样一丝不苟。看着她伫立的侧影，他突然对她产生了些微的同情和怜悯。

"算了，我们还是回去吧。"方民说。

"别急，她马上就会离开的，姨妈每次来探望，停留的时间一般不会超过十分钟。"徐筝拉住他。

重症病房非常安静，医生与刘佳湘的说话声隐隐能听见。

"我们只是提供建议，最后决定要由家属来做。"医生说。

"再等等吧，拖了这么些年了，再多几天，他也不会怪我们的。"说完，刘佳湘转身走向走廊的另一头。快步疾行，没有回头。

直到她的身影在楼梯口消失，徐筝和方民才走了过去。透过监视窗，看到眼前的廖伯苇，有心理准备的方民还是大吃了一惊。

病房里仅有一张病床，上面覆盖着白色的被单，被单下显出廖伯苇扁平的身形。肩、胸、骨盆，这几个支点撑着被单，要不是被单的一端露出脸，几乎无法想象那下面躺着一个人。那张脸瘦得只剩下骨架了，萎黄如蜡，鼻孔和嘴巴里插满了管子，纵横交错，像鱼网一样将整个脸罩在里面。老爷子塌陷的脸皮包在骷髅上，上下眼皮粘在了一起，眼眶深深地陷落，只有微微鼓起的两个小球体，才让人相信眼珠子还在里面，只是不再转动了。如果不是事先知道了身份，谁也不敢相信这具躯体就是廖伯苇。连着人体的呼吸机，在有规律地抽动，造成了胸腔的上下起伏；床头边的生命体征监测仪显示屏上，连绵不断地滑过几条波动的曲线，说明在这张病床上还躺着一个活人。

戴着口罩的女护士走过来，手里端着放了药剂和棉纱的盆子。她朝徐筝点了点头，然后推开病房的门走进去。看得出来，她和徐筝已经很熟悉了。徐筝朝方民对了一下眼神，两人跟在女护士后面进了病房。

女护士要为病人作日常的导尿管清洁。她动作利落，自下而上揭起被单，从病人的腿部一直卷到腰部。

廖伯苇没有穿裤子，两条大腿呈现在方民的眼前，真正的皮包骨头，看不到一点肉和脂肪。高高突起的耻骨，长长的管子仿佛是从那个鲜红的裂缝里吐出来的。女护士对面前这一切视若无睹。她熟练地按照教科书规定进行操作。

方民掉转目光，发现徐筝正厌恶地侧脸朝他。她的视线跟他相遇了，那眼神似乎在说：你看到了，我没有说错吧？他避开她的注视，也不再看女护士的操作，而是走到了廖伯苇的床头。他仿佛有一点好奇，想看看老爷子对护士的操作有何反应。显然，在老爷子的脸部看不到丝毫表情，连他的心跳和呼吸，显示屏上所呈现的曲线也是一切照旧……

方民不忍再看下去。为了表示告别和安抚，他伸出手掌在老爷子的额头上轻轻地按了一下。额头又凉又硬，还带着一点滑腻，好像手放在一块冻肉上。猝然间，这种异样的感觉很恐怖，他被灼痛似地缩回了手。病床的另一头，徐筝双手捂住了鼻子，病房里弥散的气味很难闻。他们随即朝门外走去。

女护士头也不回地说："走了？"

"走了，"徐筝说，"你忙吧，我们不打扰你。"

"刚才，刘佳湘来过了。"女护士说，"但没有进来看他，和医生说了几句。"

"噢，"徐筝回答，"我只是陪一个熟人来看看，没有别的意思。"

女护士不再说话，手一抖，导尿管滑了出来，焦黄的液体洒在雪白的床单上。

两个人走出病房，反身关上了监护室的门。

"我问你，为什么要在这种时候，让廖亦辉去海南？并且，还

146

要带上子娟和孩子。你们到底打的什么算盘?"出了医院大门,他问道。

徐筝解释说:"为避免老爷子身后的财产纠纷,没有名分的姨妈和'死人'廖亦辉作了协议商定,其中有一条就是要将廖家在海南的房产和资产变现,落袋为安。这些资产早年已经转到了廖亦辉的名下,老爷子也出过放弃权利的证明,后来出了海南买岛这档子事,就一直没人去打理。眼下廖亦辉是'死人',到了那里,也办不成事。从法律上来说,这些资产都要以廖亦辉儿子翔翔这一继承人的名义去处理。请出席子娟和翔翔,这也是没有办法的办法。"

谜底终于揭晓了。方民气得一把抓住徐筝的肩头,猛烈地摇动:"你知道吗? 这样做对子娟很不公平,她早已不再是廖家的儿媳,没有义务为廖家和你们这些人去冲锋陷阵。"

徐筝没有料到他会突然爆发。她环顾四周,幸好没人注意。在旁人眼里,他们更像是一对在马路上吵架的夫妻。

"现在连他们人都联系不上,再说别的都没有用。"她的声音发紧,喉咙像被卡住了一样。

"这些年来,她受的罪已经够多了,再也经不起你们折腾了!"他继续用力地摇着她,"你们这样做,会毁了子娟,毁了这一家人。"

徐筝瞥了他一眼,扳开方民的手指说:"有些事,一时半会说不清楚。我只能说,这也是子娟的意思。好了,我们还是回家再说吧。"

"说吧,"回到住处,方民不等她坐定就催促说,"你可以说了。"

徐筝不紧不慢地说:"我老实告诉你吧,并不是刘佳湘和我逼子娟这么做的。"

"难道是她自己要去海南的?"

"是的,你说对了,是她自己要去的。"

"子娟自己要去的?"方民感到不可思议。"她为什么要这样做?"

"我也不知道。"徐筝避开他咄咄逼人的目光,"那天,我打电话告诉了她,廖亦辉还在人间。她非常紧张和惊讶,怎么也不肯相信,说我在骗她……不瞒你说,在这之前我也吓得差点昏过去,真是大白天见鬼了!直到姨妈说出了真相,我才缓过神来。当时我还责怪姨妈,为什么要瞒着我?她说担心我忍不住,会把真相透露给子娟……"

"既然这样,时隔多年,为什么又要去打扰她呢?就让她一直蒙在鼓里,不是更好吗?"方民感到费解。

"姨妈也是经过反复考虑,才不得不出此下策。席子娟曾在廖伯苇的海南老家住过,有不少人还认识她,也知道廖亦辉有个儿子。由子娟领着廖亦辉儿子去办理房产和资产变现,别人无话可说。这样一来,廖亦辉装作是翔翔的后爹,躲在背后指挥,别人就不会起疑心了。"

"缺德!亏你们想得出来!那么子娟是什么态度?"

"最初的惊讶过后,她的声音变得心事重重,好像有难缠的事情压在心头。当听我说完详细情况并确认廖亦辉的想法,她反而长舒了一口气,表示同意。我原来以为,她对姨妈的建议还要作一番考虑,说服她可能有点难度……"徐筝忧心忡忡地又说:"问题是,他们一下飞机就消失了,一点线索也没有。要是一直没有他们的消息，误了大事不说，连这一家人的安全都让人不放心啊！"

"不行，我要去海南。子娟是我的，我不能就这样撒手不管了。"方民站起来要朝门外走。

徐筝一把拉住他说："你到哪里去找子娟？这件事，姨妈是最着急的人，她已经安排人在寻找他们了。你给我老老实实待着。一有消息，你我第一时间就知道，到那时你再去也不迟。"

第十章 情书（18、23）

情书 18

……

排演话剧《北方的河》的过程，几乎就是你和廖亦辉的对手戏。你上午拿到我的初稿，就去找廖亦辉。你们在课间挤出时间，分头背台词。到了晚上，别人在晚自修，你们来到学生会办公室，一起设计动作和对台词。

我通常也会在场。我要根据现场表演的需要，临时增删台词、补充情节，待理出大概的头绪以后，便赶回去接着往下写。

这时候，从学生会办公室楼下经过的人，可以听到从灯火通明的窗口传出一男一女朗朗上口的对话声。可站停了多听一会，就觉得翻来覆去那几句话，没什么意思，弄不明白他们居然会乐此不疲。

这天夜里，我和你们敲定了当天的台词，急着往图书馆赶。还有三天，参加汇演的节目就要送审了，我们还有最后一场的最后一幕没完成。在这一幕里，男女主角将相互表白各自的爱慕之情，然后拥抱在一起，作接吻状。设计这段对白时我卡住了，因为我的那番出自肺腑的话，却要通过别人的口来向你表白，让我实在难以接受。为此，我写着剧本，心里却为这件事很不舒服。

走在半路上，我才想起忘了拿刊载有原作的那本杂志。本来不看原作最后一幕也可以完成，正是由于卡住了，我想还是再看看原作，找一找新的创作灵感。于是，我急匆匆回到排练场地。

学生会办公室的门关着，我拧了一下锁柄，门是从里面锁上的。我刚要敲门，听到了里面传出廖亦辉和你低沉的对话声。

"我喜欢你，从我们认识的那天起，我就被你俘虏了。"

"我也是的，自从有了你以后，我觉得自己像换了一个人……"

听上去像对台词呢，可一想不对啊，剧本里并没有这些话。我的心蓦地往下一沉，忙缩回了手。为了弄清怎么回事，我要看个明白，一抬头，看到了门上开着的气窗。我两手把住门框的上横档，用力引体向上，头伸向气窗口。手被横档上的木刺扎了一下，气窗上落下的灰尘迷了眼。我顾不上这些，脑袋搁在气窗口，瞪大了眼睛往里看。

室内，廖亦辉伸展双臂，搂着你的腰。你两手高举，吊着廖亦辉的脖子。两个人脸对脸，目光火辣辣地交换着。灯光下，你的脸粉红一片，廖亦辉脖子上的青筋像蚯蚓似地暴起。你们靠在窗户边墙角处，从窗外任何一个角度都看不到。可你们的一举一动却让我看得一清二楚。

"你坏！"你的嘴唇在廖亦辉的脸上啄了一下，"我们一直像过去那样不好吗？可你一到学校里就围着我转。你以为我看不出来？只是不点穿你罢了。"

"这能怪我吗？你对我一直在欲擒故纵，我只是将计就计而已。"廖亦辉回应地在你的脸上唖了一口，"我们彼此彼此。"

你们两个人的嘴唇贴在了一起，开始只是抿着嘴轻轻摩擦，随后双方张开了嘴巴，拼命要将舌头伸进对方的嘴里去，舌头和舌头，牙齿对牙齿，忙得两个脑袋左晃右晃……

　　吊在气窗前的我，在生活中还是头一次看到这样一幕，第一感觉就是愤怒，忍不住想大喝一声。但我马上清醒过来，这对谁也没有好处。我倒想看看，你们最后会怎么样？归根结底，我想看到一个真实的你。我在门框上吊着的两只手，酸痛得不行，明显撑不下去了。于是，我调整了一下姿势，分开两脚，用脚尖抵住门框的两边，将身子再往上推一推，然后一条手臂搁在横档上。这样我可以舒舒服服地看你们的表演了。

　　这时候，房间里的你们也换了一种姿势，纠缠在一起的头分开了。廖亦辉搂着你，手正在掀开你的上衣下摆，一点点地往上游走。透过薄薄的衣衫，清晰地看出那双手在你的后背绕了一周后，很快来到了你的胸前……随着那双手的游动，你开始扭动身体，你的头深埋在了廖亦辉的胸口，一副羞怯难当的样子。过了一会，你转过身，背贴着廖亦辉，陶醉地闭上眼睛……随着他的手掌每一次揉搓，你的身体一阵阵发颤，口中发出轻微的呻吟。

　　我惊讶而茫然地面对着这些举动。这一过程是那样的漫长和痛苦。我似乎正在亲历你们的爱欲，我顶在门板上，浑身热血沸腾。我对自己说："算了算了，该结束了，走吧，我偷看你们亲热，算怎么回事？"心里这么说，我的身体却不听指挥，还是要在气窗前坚持到底。

　　你的衣钮被廖亦辉一个个解开，碍手碍脚的内衣也被掀开了……我被眼前的景色刺激得差点叫出声来。但我还是坚持着，或者说我已经对自己麻木了。

就在这时，你猛地醒过来，推开了在你身上忙碌的廖亦辉，命令自己似地说："不，不能再这样下去了，不能……"

廖亦辉不出声地看着你，看出你内心的挣扎。他不动声色，再一次把你搂在怀里。

你的眼眶里流出眼泪，说："你总是这样缠着我，可我问你的问题，你至今还没有回答我呢。你说，我是你的第几个？"

廖亦辉故作不解地问："什么第几个？"

你不依不饶地说："看你熟门熟路的样子，这么老练，一定不是第一次了。"

廖亦辉针锋相对地说："你不也一样吗？我看你，知道得比我还多……"

你涨红了脸，打断了他的话："我在问你呢。"

廖亦辉沉默片刻，说："你是我的第一个，以前的不能算。真的，你要相信我。"

你拨拉着廖亦辉的一头卷发，说："那好吧，就算你对我是真心的，可是你要告诉我，你的第一次是怎样的？"

廖亦辉看着你，为难地问："一定要说吗？"

你坚持着说："是的，一定要说。"

"那好吧，我告诉你……"廖亦辉又沉默了。在你目光的坚持下，他避开你的目光，梦游般地说："在我高二的时候，有一次我身体不适，中途退课回家。那几天，母亲因病住在医院里。家里静悄悄的，我从父亲的书房走过时，却听到了一些奇怪的声音。门虚掩着，从门缝里，我看到了父亲的身影。他站在书桌前，没有穿

153

裤子。我感到奇怪，贴近了门缝仔细探看。这时，我看到了那个女人，那个经常到我家来的父亲的部下。她三十岁左右，丰姿绰约。我一直以为她是一个舞蹈演员。她也没有穿裤子，半躺在桌子上。那奇怪的声音就是从那个女人的嘴里发出来的。我马上明白了是怎么回事。我还是第一次，也是唯一的一次，看到这样的场景。我的情欲被激发起来，跑回了自己的房间，用自己的手完成了第一次……"

子娟，我当时就听得呆住了。我更为困惑的是你的表情。在廖亦辉述说的过程中，你先是注意地听着，听到廖亦辉父亲和情人的情景时，你的脸色突然变得苍白扭曲，脸颊的肌肉在抽动。你低下头去，似乎羞于听到这种事情，身子在微微地抖动。

廖亦辉也发现了这个情况，问你："怎么啦？你哪儿不舒服？"

你蜷缩着身子，不说话。

廖亦辉轻轻地推了你一下："说话呀，你……"

你猛地站起身来，用手捂住嘴，显得十分恶心，含糊地说："我想吐，我不能再在这儿了，我要上厕所……"

看到你极度痛苦的样子，我明白，你们的事今天到此为止了。

你正在整理衣服，准备朝门外走。我这才想起，自己还在门框上吊着呢，被你们撞见那可不是玩的。我马上从气窗上跳下来。我的手和脚麻木得不能自控，脚刚落地，身体就"扑通"一声跌倒，屁股在水泥地面上重重地砸了一下。我听到里面在扭动门锁，慌得连忙跌跌撞撞地冲向一边，闪身进了旁边房间的门廊，躲在黑暗中。

办公室的门打开了。你从里面出来，摇摇晃晃，一路小跑向楼梯口奔去。廖亦辉跟在你的身后叫着："小心，小心，别摔着了。"你举手制止他："你回去，不要跟着我，让我一个人静一静。"你脸色惨白，在灯光下异常恐怖。廖亦辉只得停住脚步，看着你走下楼梯。随后一脸不解的样子，摇了摇头，走回办公室。

我站在黑暗中索索发抖，目睹了这一切，内心既难受又愤懑，还夹杂着嫉妒。整个人像掉进深深的泥潭，难以自拔。我记住了廖亦辉所讲的"第一次"和你听后的那种反常表现。

子娟，我落笔以前一直在犹豫，是否应该向你坦白这件事。我真的很想知道，你为什么会如此敏感，产生如此强烈的反应？我百思不得其解。如果，廖亦辉当时不讲他的那段经历，你们两个人那晚的结局会怎样呢？当时的情景表明，你们已经进入状态，两人都欲罢不能了。想不到，居然会有这样的结局。

这样的结局，让我既高兴又困惑。这一幕在这些日子里一次次重现。也许，这将是了解你的又一把钥匙。

子娟，你能不能回答我，这是为什么？

子娟，我还想说的是：尽管如此详尽地描述你的隐私，冒犯了你的尊严，但我忍无可忍不得不说。我就是要让你明白，我不能容忍你和廖亦辉发生这种关系！

你听明白了吗？

情书 23

……

听到你生病住院的消息，我的第一反应就是要去看你。你一直不愿让我探询你的隐私，也从来不屑于回答相关的问题，或者干脆就没有把我放在眼里，但我还是放心不下你。

我兜兜转转才打听到你所在的医院。下午最后一节课结束，我直奔医院。路上换乘了两趟车，大约花了近一个小时，才到了目的地。我不明白，为什么你要舍近求远，跑这么远的路来看病？我在医院的外科病房查到了你的名字，然后上街买了一捧白色的康乃馨。我本来想买一些营养品的，最后还是决定买花。这束鲜花用去了我半个月的伙食费。鲜花能带来精神上的安慰，它比营养品更可贵。要是送营养品，我担心你说我俗气，到时候弄得场面很尴尬。

我站在你那号的病房门口，在几张床位间张望搜寻。犹豫不决之间，看到有人在向我招手。我定神望去，正是你。你身着病员服，靠在高高垫起的枕头上。我朝你走过去。说实在的，这时我的两腿发虚，有一种迈不开步子的感觉。

"嗨，你怎么找到这儿来的？"你先开口说。

我没有回答，手捧着那束鲜花，到处找插花的瓶子。

"多么纯洁的鲜花，太美了，真是难为你，想得这么周到。"你感叹地说，指了指窗台："就放在那里吧。"

顺着你手指的地方望去，我发现，那里已经有一束艳红的玫瑰。我的心"咯噔"了一下。

"你从哪儿打听到我在这个医院？"你疑惑不解地问。"我对谁也没有讲过这个地方。"

"这也许是天意吧。一个人真心诚意地想了解另一个人，那么老天也会可怜他的。"我的口气明显带有深深的怨意。

你笑了，说："你说得挺玄乎，文艺腔，又在编台词了。"

我打趣说:"是啊,没法表白,只有借助于舞台人物了。"我刚好拿小话剧《北方的河》发挥一下。

我们都笑了,彼此间互不设防的笑。这种气氛只有我们两个人时才有。我们以单纯的朋友关系来相处,而不掺杂男女间的欲望——不是没有欲望,而是欲望先已有了界定。这样的相处使我们都觉得安全可靠,也更加亲密。

我带点责怪的口气说:"其实你不该瞒着大家,你应该让同学们来看你。你知道吗?你这一失踪,别人在怎样猜测……"

你笑了笑,淡淡地说:"我可以想象别人的说辞,也只好由他们去说了,我连自己都顾不过来,哪有时间去考虑别人的想法……"

"你……是不是有为难的事?需要我去做吗?"我问。

"我个人的事,别人谁也帮不了我的。"你转过脸去,看着那束白色康乃馨。"你能来看我,对我已经是最大的帮助了。方民啊,你让我怎么说你才好。你对我的一片心,我全都明白。不过你这样认真,让我于心不忍。你还是远离我,让我安静一下吧。"

我没有问为什么。我望着你,现在可以好好地看一看你了。我是在探望一个病人。病人就是让人关心呵护的。你瘦了,脸色苍白冷峻中添了些许让人怜爱的柔弱,这样的美反而更加撩人心魄。我心里赞叹,在你的美丽面前,无论是廖亦辉,还是我自己,或者还有其他的人,都情难自禁。我唯一对你不满的一点是,你不大注意保护自己,显得单纯而冲动。

我惊异地看到,你的眼睛里流出了眼泪,泪水溢出眼眶,成一串珍珠似地滚下来。

没等我询问,你已经止住了泪水。要不是那两道泪痕依稀可见，我还以为自己产生了幻觉呢。你的视线越过我，向病房门口看去。我转过脸来，顺着你的目光，看到了廖亦辉。

廖亦辉双手端着一只钢精锅子，怕被烫着似的，口中发出嘘嘘的啸声。他冲着我点点头，将锅子放在床头柜上，舀了一碗汤递到你手中。

"吃吧，火腿鲫鱼汤，补刀口的，趁热吃。"廖亦辉对你呵护备至。

你接过碗，对他说："谢谢了。"

廖亦辉站在床边，帮你掖了掖被子。随后他对你说："你们谈吧。我去看看晚上的饭菜来了没有……你先把汤喝了，凉了再吃不好。"

你皱皱眉头说："你有完没完，婆婆妈妈似的。"

廖亦辉没有回话，对我笑了笑，去病房外面等医院的晚饭送来。

看到这一幕，我十分惊异，不由生出一股无名火。

"你……"我极力克制着，愣了半晌才憋出一句话来，"究竟是怎么回事？"

你啜一口汤，不以为然地说："我得了急性阑尾炎。来这儿开刀，是他安排的。这儿的院长是他父亲的老关系。在这儿，我可以静静心心地养病……"

"可他的举动与跟你说的语气，我怎么觉得，你们好像还是一对恋人？"我忍不住地说，"你不是说过，他并不适合你？有这样的吗，不适合你还……"

"这个你可以放心，"你面对我质疑的目光，坦率地说，"我们

158

不是恋人，这个关系嘛，也许用姐弟或者兄妹来比喻比较恰当。这样解释你应该满意吧？”

“你不能这样玩世不恭！”我叫道。一些病友朝着我们这儿看。

“我做错什么啦？”你好像故意要气我，你说，“我很正常呀。”

“你这个人啊，我怎么说你好呢。”我顿了顿，压低声音说：“你明明是在戏弄我。你一直说，我才是你唯一信任的人，你把我当成了自家人，可是你又和廖亦辉称姐道弟。你说你这个人滥不滥？”

这个“滥”字惹恼了你。你生气地说：“太过分了。好了，你走吧……”

话没说完，你的脸色一下子变得蜡黄，额头上沁出颗颗汗珠。你的手伸进被子，放在腹部的刀口上。刀口的剧痛使你说不出话来。

我连忙问：“子娟，怎么啦？要不要叫医生？”

你别转了头，还在生我的气。

“我不该说这种话，我错了。请你原谅，”我歉疚地说，“何况，你还是动手术不久的病人。我真该死……”

你转过脸轻轻叹了一声，随后摇摇头说：“先不要叫医生，你帮我看看，伤口是不是渗血？如果出血再叫医生吧。”说着，你伸手掀开半边被子，将身上深浅条纹的病号裤往下拉，露出了覆盖在腹部上的纱布。

我在被子的另一边犹豫着。你伸手拉了我一下。我这才就势探过身子去，战战兢兢地朝伤口部位瞥了一眼。伤口上面盖着纱布，一根根橡皮膏横七竖八地粘着。我不敢往下看了，因为手术病人并没有穿裤衩……我心里怦怦跳着，回过头告诉你说："纱布还是干的，没有看见渗血。好像没事。"

你闭着眼睛，有气无力地说："没事就好。"

我帮你盖上被子。你叹了一口气，伸手握住我捏着被子的手，两行热泪无声地流下来。你的手是冰凉的，柔若无骨，握着却格外地用力。我感到了你分明有满腹的话要对我说，千言万语，却不知从何说起。少顷，你咕哝了一声。听不清，我忙凑近了，没料到你竟然啜泣着说："你没说错。"

"没说错什么？"

"我是滥，滥又怎么样？"你恨恨地说。

我听了大吃一惊。"你这样糟蹋自己，只有坏处没有好处。"

你不回答我的话，勉强一笑说，"谢谢你来看我。谢谢你送我的花，白色的，白得这么纯正，真好看。"

廖亦辉拿着医院的套餐走进病房。

我只得离开了。

子娟，你知道吗？这天夜晚，我第一次蒙在被子里恸哭。为我，也为你。

……

第十一章　方家岩

1

一直没有席子娟他们的消息。

这一夜，徐筝蜷缩在床上，衣服和鞋子都没有脱。她不时惊醒，又昏昏沉沉睡去。有几次她在梦中惊醒，猛地坐起来。"电话，快接电话，是廖亦辉的电话！"四周一片寂静，哪有电话的铃声？黑暗中，方民睁着眼睛坐在椅子上，一条胳膊搭在桌子上。他毫无睡意，反复想着这两天发生的事。从徐筝失魂落魄的举止，方民看出，廖亦辉重回社会对徐筝和刘佳湘的意义非同寻常，也许并不仅仅只是为了廖家的资产，很可能还有其他不可告人的目的。廖亦辉他们一行去三亚，突然脱离了控制，这对她们或许意味着灭顶之灾。不过，他关心的是席子娟。

"不行，我们不能在这里死等……"天刚放亮，徐筝弹簧似地从床上跳了起来，两手揉着浮肿的双眼，慌乱失措地说，"看来我们必须主动去寻找他们，而且要快。"

方民讥讽说："我昨天就说要去海南，你还一个劲地反对呢。今天一觉睡醒了？"

"像你说的贸然扑到那里去，一点线索也没有，去了还不是白搭？要去的话也要有所准备，摸清方向以后才能行动。"徐筝白了他一眼，扳着手指继续说："他们会在哪里落脚呢？廖亦辉'死'了，一下子活过来，还不把人吓傻？没人会接纳他。再说，他即使过去圈子里人脉很深，也不可能去找那些老关系，一旦消息传出去，债主们是会找上门来要债的。"

"你的意思是说，子娟？"方民说。

"是的，子娟。这家人只有去子娟熟悉的地方落脚。"徐筝说，"这次之所以冒着风险，让他们夫妻团圆，就是要子娟看在以前夫妻一场的情分上，帮廖亦辉一下。再说，你想啊，子娟的儿子是唯一的法定继承人。翔翔有份，不就是等于她有份。她能不卖力？"

方民不由得心生怨恨，责备说："你们让子娟和廖亦辉复合，只是为了利用她。你是不是想过，她要是知道了，心里会是多么痛苦。连自己的爱人和朋友都在背后算计她，世界上还有靠得住的人吗？"

徐筝反唇相讥："怎么能说没有呢，你就是一个例外，为了爱情等了子娟这么多年，可是，她并不在乎你……"

方民气得脸色发青，指着徐筝的鼻尖说："不许你嘲笑我。我相信子娟是喜欢我的，只是迫不得已，才不得不疏远了我。其中的原因，我一定会弄个水落石出的……"

徐筝害怕激怒了他。在这个时刻，她不敢冒这个险。她后退一步，放软口气说："好了，好了，都这时候了，我们何必在这里打嘴仗。依我看，我们马上去子娟的家，找一找她在海南有哪些我们不知道的关系，再设法与对方联系。不比在这里干等着强？"

方民还在犹豫不决。"让他们一家人团聚，去过新的生活，不

162

好吗？为什么非要找到他们！"

"我的方大情圣，你想得太简单了。"徐筝哀求似地说，"离开了我们的视线，他们会很危险的。到时候，不但廖亦辉可能性命不保，连子娟和孩子都难逃厄运。你要是还爱着子娟，马上跟我一起去子娟家寻找线索。"

"你也有子娟家的钥匙？"方民问。

徐筝从口袋里掏出一串钥匙，在手里晃了晃。"子娟临走前交给我的，关照我抽空经常去走走，为她的房间通通风。"

方民一听懵了，被席子娟和这些人之间的关系弄糊涂了。

"别磨蹭了，快走吧。"徐筝一旁在催。

席子娟家的小楼沐浴在阳光里，一如往常的平静。徐筝开门进屋，去楼上翻检。方民站在客厅里，仔细环顾周围的一切，放在贴身口袋里的那几页信纸让他感到越来越沉重。这是他与子娟共同的秘密，决不能让别人知通。过了好一会，徐筝慢吞吞地从楼梯上下来，一脸的沮丧。

"没有，找不到有用的线索。这几年来，她好像就生活在孩子堆里，卧室里除了孩子的用品，还是孩子的用品。"她嘴里嘟嘟囔囔，来到客厅。一桌饭菜虽然隔了两夜变得不新鲜了，但丰盛精美的样子还在，看得出女主人款客的拳拳之心殷殷之情。她连声啧嘴，冲着方民不无讥讽地说："还是你有吃福啊！可惜，人家却等不及了……夫妻之情到底不一样嘛。"

哪壶不开提哪壶，方民听在耳里痛在心里，却是有苦说不出。见徐筝正打量着地上那几个打好的包裹，似乎在考虑该先从哪个下手，他便说："这几个包裹，一看就知道是日常生活用品，别白费

163

劲了。"

徐筝说："那就去看一看死鬼的房间吧，说不定会有新的发现。"

方民跟着徐筝进了欧阳的房间，里面那些旧报纸尽管被拿走了，阴森发霉的气息还萦绕不散；尘封已久，凌乱不堪，看不出日常打理的痕迹。很难想象，这里还会有席子娟的贴身物品。徐筝打开书橱，找了几分钟，就变得有点不耐烦。正在方民以为她要偃旗息鼓了，徐筝的眼睛盯上了墙上那个背面朝外的镜框，鞋也没脱一步跨到床上，伸手翻过镜框，结婚照露了出来。她想摘下镜框，可个子不够高，摸不到挂在钉子上的绳头。

方民疑惑地说："别忙乎了，镜框里藏不了东西。"

"你不要管它，帮我取下来就是了。镜框夹层里，说不定藏着秘密呢。"

方民踩到床上，手一用力，将绳结和钉子一起扯了下来。徐筝接过镜框，放在床上。镜框背后薄薄的垫板掀去后，露出几张泛黄发酥的衬纸，其中一张有字。她拿起来细看，边说："我说嘛，我说嘛。"

方民说："发现宝贝了?"

"你看，有这么多人的姓名和联系方式。"徐筝欣喜地说，"这上面有廖伯苇的电话号码，啊，还有子娟父亲的名字……"她愣了片刻，恍然大悟似地叫起来："对呀，我怎么会没有想到。我们应该去子娟的娘家，那里一定能找到她的亲戚关系。"

在去席子娟娘家的路上，方民问："喂，你怎么知道镜框后面会藏有东西?"

徐筝说："我们家的镜框后面，我妈妈就放了一些不能丢失的

164

东西，找起来好找嘛，别人还不容易想到……"

方民说："这个镜框是欧阳挂上去的，那么这张通讯录也一定是他放进去的。"

徐筝脚步放慢下来，泄气地说："她的娘家还有没有人呢？大学毕业那年，她父亲去世了。我们去那里，很可能白跑一趟。"

方民想起许多年前，情不自禁尾随席子娟回家的情景。当时他很想进去看看，但没有子娟的邀请，他只能站在外面张望。看到徐筝还在犹豫，他坚持说："我们还没有去呢，怎么知道能不能找到人。去看看吧。"

2

席家老房子就在眼前。

一排坐落在学校旁边的平房，在周围拔地而起的新式建筑群的包围下，显得落寞而陈旧。周围零零星星有几株大树，树荫铺地，给这片老建筑注入了生气，还添了几分沧桑感。方民上前拍打着那扇颜色斑驳的大门。很久不见有人来应门。

他俩正准备打道回府，身后过来一个老太太，手里提着一篮子灰灰菜，菜根上还带着新鲜的湿泥。见了他们，老太太满脸的皱纹里全是警觉。

"大娘您好！我跟子娟是上大学时的好朋友。"徐筝抢上一步说，"您忘了吗？几年前我还来过这里，代替她来看过您。"

老太太朝她看了半晌，才记起来，拍拍脑袋说："噢，是的是的，那次你来代子娟送喜糖的。说她嫁给了一个台大博士，走

165

得匆匆来不了，让你代她来看看我。记得你那天忙得连门也没有进……"说着，扫了一眼方民说："二位有事吗？她家里没人。"

"咦？子娟没给您说过？她在外地不方便，托我们顺道到家拿些东西给她捎去。噢，不是贵重物品……"徐筝抢着说。

老太太稍稍迟疑了一下，打开门锁，将两人往院子里迎。

院子有三十来平米，砖砌的走道，两旁种上了蔬菜，空气中飘散着粪水的气味。

"大娘，席家这么信任您，您跟他们是什么关系？"徐筝边走边开始打探。

"我嘛，是她的远房亲戚。自从她爸去世以后，她就请我搬来这儿住了，算是替她看门的吧。从那以后，她再也没来过，我还想找她呢……"把客人让进厅堂，老太太又说："这么些年了，不光是子娟，他们家也没有一个人来问讯问讯，我这看门的倒成了房子的主人……刚才看到你们在敲门，我还以为是学校里派人来收房子呢，心里发慌。这些天，一直听邻居们在唠唠叨叨，说是学校里正在统计有多少无人住的空房子，我估摸着是不是要回收房子。你们今天来了正好，麻烦你们对子娟说一声，让她赶紧搬回来住一阵……"

徐筝差点没笑出声来。"大娘您别紧张，房子是席家的，不会随随便便收上去，您只管住着就是了。子娟那里我们会转告她的。"

厅堂两边各一间屋，都二十来平米大小，老太太住东屋，家具很普通，桌、椅有些年头了，那张长条的书桌经过长年累月的揩抹，已露出油亮的木纹底子。地板上也有多处裂缝，脚踩上去咯吱作响。房子里面比想象的要平常得多。方民猜想，如果席子娟父亲

166

当年住的是这间东屋，那么那间西屋便是席子娟的闺房了。

徐筝对老太太说："我们今天来，是受子娟之托，帮着找一些在家里保存的老资料。做学问嘛，需要这些资料的。"

"老资料？什么老资料？"老太太似懂非懂，似乎还心存疑虑，但看在她是子娟好友的分上，朝西边的房间指了指："你们去看吧，子娟的东西都在那里。"

徐筝急切地说："大娘，顺便问一下，子娟在海南有没有亲戚？"

"海南？她的老家在湖北，没听说有人在海南。"老太太摇摇头。

老太太推开西屋的门，说："你们进去看看，里面的东西一件都不会少。"

西屋内的陈设更加简单：一张床，一把椅子，一只五斗柜。窗子外面装着防盗的木栅栏。乍一看，像一间囚室。很难想象，这是高级知识分子家庭的女儿闺房。

老太太站在一边，看着客人失望的样子，略显不安。她突然想起什么，忙打开五斗柜，从里面取出一个纸包，讪讪地解释："纸片、照片，小东西什么的，日子久了容易沾灰尘，我呀自作主张，把它们都收拾好了，搁在柜子里，要拿也方便，对不？"

纸包放在床铺上。随着裹着的旧报纸被一层层揭开，方民明显感觉呼吸急促，心跳加速，几乎透不过气来。终于，包在里面的杂物出现于眼前。他俩一件件小心翼翼地翻检。

最上面是几个信封，收信人的名字叫席以群，显然就是席子娟的父亲。翻完信封，一张水渍斑驳的老照片呈现在两人的眼前：一对夫妇和一个约莫两三岁的女孩合影。影像有些模糊，但还依稀可辫。抱在男人手里的小女孩，梳着羊角辫，圆溜溜的大眼睛正注视着镜头……

照片上这对夫妇，方民非常眼熟。"是教授一家啊！"他差点儿叫出声来。

徐筝淡漠地将照片翻过去，下面是一本破旧的小学课本，三十年前的版本，封面上印有鲜红的"最高指示"，还写着"方家岩小学"几个字。方民拿起照片和小学课本，不知不觉双手在颤抖，记忆深处被搅动，蓦然回到了遥远的过去，漫天黄尘向他迎面扑来。这课本，与自己当年用过的一模一样。他把照片和课本紧紧地捂在胸前，激动得说不出话来。

此时此刻，他弄清楚席子娟是谁了。他终于明白，多年前大学新生报到的那一天，当听到他说出"方家岩"三个字的时候，为什么席子娟脸上马上闪现惊异的神色，眼神中不无慌乱与恐惧。难道就为了方家岩这段屈辱的历史，她对他一次又一次地选择了逃避？

徐筝对方家岩小学毫无感觉，继续翻检着东西，并没注意到方民的失态。她关心的，只是留在纸上的人名和地址。所有的东西都摊到了床铺上，里面没有任何与海南有关的痕迹，和她认为有价值的线索。她深感失望，连连摇头道："都是陈年宿古董的旧玩意！"

方民放下课本和照片，口中反复念叨："方家岩……教授……席子娟……"

"看看，你又被她迷住了。"徐筝不无醋意地说，"好了，不要再胡思乱想。走吧，找人要紧。"

从席家老房子出来，走在路上，两人一时沉默无语。

席家和方家岩的关系暴露以后，好像一道阳光射穿了重重迷雾，方民从一片混沌中跳脱出来。他觉得自己有些傻，完全没有必要跟着徐筝乱转。当务之急应该是从源头厘清自己和席子娟的关系。他同时在想，席子娟隐匿起来，避开尘世的喧嚣，不是比被刘佳湘差遣更好吗。他完全没有必要在里边掺和，而是应该赶紧寻本溯源，找出多年来与子娟离奇隔膜的根源。于是，他停住脚步，一脸正色地说："徐筝，我要回老家去一趟，两三天时间。要是有了他们的消息，你给我打电话就是了。"

徐筝不解地看着他："这儿的事正火烧眉毛，你却心血来潮要回老家？"

"实际上，你们这些事与我并无关联。我也有自己的生活。"他轻描淡写地说，并不想向她吐露实情。"回家探亲，我早就安排了的，在公司也请了假。我不可能整天陪着你找人。你也要谅解我。几年没回家了，抽空回去看看，人之常情嘛。"

"你不想知道子娟的下落了？"她觉得奇怪，突然间他好像变了个人似的。

"一定会有她的下落的，到时候你也会告诉我的。"他肯定地说。

"那你也该考虑考虑我的感受，"徐筝真情流露地说，"子娟回到了廖亦辉的身边，你没戏了吧。朋友还是老的好，何况我俩有过一段情缘。嗳，说正经的，你考虑一下我们两个的可能性。"

"你觉得，现在是谈论这件事的时机吗？"他冷冷地说。

方民心里很明白，徐筝喜欢他，但除了性和利用，她并不需要什么，而且她许多事还瞒着他。他宁肯独自一人遥望席子娟，也不想回到徐筝的身边。再说，与席子娟有关的一切眼看就要真相大白，他再也不能半途而废。方民没有再搭理她，扬手招停了一辆出租车，直奔火车售票处。

3

第二天下午，方民下了火车坐上中巴。中巴行驶在前往大山深处方家岩的公路上。三十年前，这条路还只是泥泞的羊肠小道，仅可供人和驴车马车通行。他想，当年四十岁左右的教授带着妻子和女儿，在这条道上用了整整一天，才到了方家岩，那一天，他们会是怎样的心情？

傍晚，中巴到了村口。母亲接到儿子从火车站打来的电话，已兴冲冲等在那里了。母子俩进了土墙围着的院子。父亲正在扫地，一见他们进来，扔掉手里的扫帚跑到儿子面前，盯着他的脸看，说了一声"来啦"，再说一声"来啦"。两位老人拉着儿子进屋。房间昏暗窄小，灶火烧燎的刺鼻气味扑面而来。方民下意识地闭了闭眼睛，以适应光线骤然的变化。母亲把洗脸水端到他面前。一番洗濯过后，盆里浅浅的清水变成浑浊的黄色。随后，母亲端上了腊肉荞麦面，一家人围着炕桌，看着他一个人吃。两大碗面很快就下了肚，方民吃得满脸是汗。第三碗面又端了上来，他把碗推到父亲面前。

他抹了抹嘴，迫不及待地问父亲一句：

"三十年前，那个城里下放的教授，还记得吗？"

父亲的反应明显有点迟钝，侧着脑袋想了想，才说："哪年的事？"

母亲倒是明白，说："你是说京城来的那一家子吧？夫妻俩还带着才六七岁大的女娃，凄凄惶惶的，苦惨惨地打发日子。那年，咱娃也不过六七岁。"

父亲还是有点糊涂："咋的，就想起问这事了？"

方民掩饰地说："随便问问，刚才下车时，看到原先小学校的土屋塌了半边，埋进半人高的蒿草丛里。那家人当年就住在小学校旁边的草棚里。草棚顶上长出的草一年年挂下来，快看不出门脸了。"

"哪还有人管这事，学校都归乡里了，学生娃去乡里上学。"母亲说。

"噢，对了。你问的是那个教授吗？他就是从京城来的。"父亲想起来了，目光转向后窗，越过低矮的院墙，看着那个草棚。父亲缓慢地回忆说："这还真是个事儿呢。他们一家从京城下放到这疙瘩山沟沟里，一个天一个地，真是难为了他们。不知道他们后来去了哪里？……今年春天，我去山背面的坟山给你爷爷奶奶烧香，瞧见了教授婆姨的坟头呢，顺带着还拔拔草，压了土。那女人的坟前原先立的那块木牌朽成了木渣渣，我重新树了一块，还照以前那样，写上'教授夫人'，让人以后好找。一个城里的女人独自躺在陌生的山沟沟里，没有一个亲人陪伴，怪凄惶凄凉的。"

"要是没有你爸立的那块木牌，"母亲在边上说，"教授回来找人，都寻不到地方了。"

"我们对不起他呀。"父亲未免有些感慨，接着说："村里人只知道嘲笑教授，将他和老婆同房时的话传了下来，将他和山羊的故事传了下来，却将人家的好处、难处，通通都忘了……"

方民听着父亲絮叨着，童年记忆中情景，一幕幕宛在眼前：教授上课时的低沉嗓音，教授女人在山沟里放羊的身影，教授女儿和村里同龄人无言的对视，教授给他的那两本书……他鼻子发酸，强忍着不让眼泪涌出眼眶。

"我一直想给教授传个话，"父亲还在灯光下唠唠叨叨，"让他放心，他的婆姨好着呢，她在这里睡着，没有人去惊动。每年春天，村里上坟的人都会顺便在她的坟上加土。可是，她的家人也该来看看呀！捎个话给他吧，唉唉……可教授带着闺女突然间走了，上哪儿去找他们？"

"是啊，要是知道了教授姓名，也许还能找一找他。"方民渐渐把话题引向此行的目的。他见过教授一家三口的合影，认出了上面的人。他还需要实地证实教授一家当年下放的真实原因。他要循着这条线索，一步步走近这一家人的过去，进而找到打开席子娟内心深处那扇紧闭的门的钥匙。

"奇怪，教授咋就没有姓名的呢？"父亲喝完了海碗里最后一口汤，舔舔嘴唇说，"没有听到谁提起过他的名字。那时候，有人向他们打听他和老婆孩子的名字，他们都摇头，一律不作回答。难道这里边也有文章？"

"一定有人知道教授的名字，不然他们怎么落户？"方民说。

"兴许吧，要不你去看一看老耕，当年他可是队里的支部书记，知道的事情多。"母亲在一旁插话。

父亲瞪了她一眼，眼珠子都要爆出来了。"理那个鬼！当年他想钻你的被窝，打发我去山那边干水利，什么德性！幸亏我那天晚上回来了，才没有让他得逞。"

母亲呛了他一句，"都七十好几了，还记着那事。他不是没有干成吗？再说我也不会让他成事的，你吃么子醋。"

第二天下午，方民去乡里找到了当年生产大队的党支部书记老耕。老耕也是七十多的人了，住在当乡干部的儿子家里。一个人整天盘着腿坐在炕上，一盅白酒放在面前，时不时地抿上一口；两只眼睛通红通红，盯着电视机似看非看，半天不动身子。他拉起方民的手，握紧了摇晃几下。老耕眼里，方民在乡里早已是个名人，上了北京的大学，还在大城市工作。寒暄后，方民问起三十年前那位下放教授的名字。

老耕眯缝起眼睛，想了很久，摇摇头，说："没听有人叫他的名字。这一家人稀里糊涂来的，也稀里糊涂走的，当时就没有留下文字记录。我只知道，这是上头送到队里劳动的，别的一概不清楚。那年头下放一个人，说一声就行了，哪有什么手续。"

方民心里凉了半截，却又不甘心地问："那上头安排他们来队里时，有人说过教授的事吧？"

老耕眼睛发呆，盯着不停抖动的电视荧屏，半天没说话。半响，方民正要起身告辞，老耕巴掌重重地一拍炕沿，说："慢！想起来了，好像是有这么一回事。送他们来的那个人说起，在教授的罪状里有那么一条：他在大学里讲课时向学生介绍自己，老是喜欢将自己和毛主席牵扯在一起。红卫兵造反单单挑出了这一点，一下子把他整惨了。"

"他是怎么牵扯的？"

"他喜欢说，他的姓很好记，就是毛主席三个字中的一个……"

方民不需要再问下去了。

回家以后，方民将老耕的回忆告诉了父亲，又告诉父亲，教授女儿叫席子娟。母亲挤到父子俩跟前，说："你这一说，我倒想起来了，教授女人管小女孩叫'橘子'。她说的就是娟子吧？让我们给听成橘子了。"

父亲叮嘱儿子说："方民，你回去以后打听一下……找到教授后，你就告诉他，他的婆姨在唤他呢！把她的坟迁回家吧，荒山野地，一个人待着多不好呀。"

方民听了心里发酸。"我会的，会的。"他答应着父亲，也在为自己鼓劲。

父亲说："怪哩，都过去三十年了，有时候半夜里醒来，还能听到那女人的哭声，凄凄惨惨的，怪吓人。"

母亲说："那叫冤魂不散，得想个办法请和尚来超度超度。"

父亲说："她不是这里的人，落在这里，不闹才怪呢。"

母亲说："是啊，要是能寻到她的亲人就好了。那个叫'橘子'的女孩，现在应该有咱家方民这么大了。"

方民慢慢理清了思路：在大学里第一次见面，他说出"方家岩"三个字的时候，席子娟就认出了他。她一直没有从童年的阴影里走出来，害怕有人旧事重提。她之所以待他跟别人不一样，肯定也是与此有关。她亲近他又远离他，原因也在于那一段历史。既然如此，他怎么能够对她不管不顾，任她在浊流中沉浮？方民下决心一定要找到席子娟。

方民站在院子里，思索着下一步的行动。这时，手机响了，他掏出手机接听。

"方民，出大事了。我需要你的帮助……"电话里是席子娟的声音。

174

"好的，我这就回来。"他接着问："子娟，这些天你在哪里？出了什么事？怎么一直联系不上你？"

"我刚刚回到北京，事情紧急，在电话里一下子讲不清楚，你来了再说吧。"席子娟的声音焦急而疲惫。

他说："在我到来之前，你先和徐筝联系一下，她们也在四处找你和廖亦辉……"

她当即打断他的话："不，不能让她们知道。我回来的消息，你千万不能告诉她们……"

"这……"他深感疑惑，"难道是她们连累你的？"

"电话里一言难尽，你快来吧，我现在只信任你一个人。"她似乎在哀求。

"好，你在家等着，注意安全。"他意识到她很可能面临危险，"我最快明天中午可以到京。我们保持联系……"

院门外，正好一头毛驴驮着货筐走过，仰着脖子，发出阵阵叫声。赶驴的货郎拉长了嗓门叫喊："换盐，换糖，换文具用品……"

"你在哪里？那是什么地方？"显然，席子娟听到了毛驴的叫声。

"我在老家，方家岩，父母家里。"方民如实回答。

"你在方家岩？哪个方家岩？"没等他回答，电话里传来一声长叹。"噢，我明白了。"

"橘子，"他不由自主地用了她的小名。"你放心，我会……"

还没有等他说完，手机里传来"嘟嘟嘟……"的声音，她挂了电话。

在回京城的列车上，方民连续拨打席子娟的手机。打不通，她又关机了。

175

第十二章　情书（25、26、29）

情书 25

……

子娟，国庆节，我知道你回家后，借了一辆自行车，悄悄地来到了你家门外。我无法抑止走近你的渴望。我想知道与你有关的一切。

前面就是你家所在的教师住宅区了。一幢幢平房掩映在树木里，家家窗户里灯光一片，人影晃动，透着温馨的家庭气息。我倚着自行车，眼光盯在你进出的那幢平房。那两间房子的窗户里灯光暗淡，悄无声息，与周围有说有笑的人家比起来，显得凄凉而神秘……时间过得飞快，我推车准备离开。这时，你家的门开了。我停住脚步，再次放好自行车，在花坛的边沿上坐了下来。我满脑子想着是不是进入这个院子，看一看你的家庭？

院门蓦然打开，你那熟悉的身影从里面出来。我不想让你看见，忙闪进暗地里。你快步从我身边的花坛走过，走向通往马路的小径。我非常诧异地看到，夜色朦胧中，你身子摇摇晃晃，头发凌乱，一副失魂落魄的样子。一边走，一边还不时地回头看，好像有人要追赶你。我大吃一惊，又感到很费解。等你走上大路以后，我骑上自行车赶上了你。

"哎，子娟，是你啊？"我双脚支撑着地面，停住自行车，装着路过这里的样子。

你回头看到了我，没有说话，抓住我自行车后面的行李架，一侧身坐了上去。自行车歪向一边，差点倒下。我扶正车把稳住车身，回头看了看你，想知道究竟。

"看什么看，骑上车走啊！"你情急之中在我的背上狠狠地推了一把。

我只得紧握车把，用力蹬着自行车。自行车轮子在马路上轧出歪歪扭扭的车辙。我能够听到你粗重的呼吸声。在寂静的夜晚，这种气息惊心动魄，不祥的感觉顿时袭来。

突然，你从后面紧紧地抱住我。你的两条胳膊用力揽在我的腰腹间，你的脸紧紧地贴在我的背上。我还是头一次如此甜蜜地感受你的拥抱，内心的幸福感难以言说，真想你就这么一直抱紧我，不要松手。你的这一举动，在不知情的人看来也许像是女孩在撒娇，但经过刚才的惊魂一刻，我明白这并不是你快乐的游戏，而是你极度痛苦而又无处诉说的表现。

子娟，一定发生了重要的事，使你这样痛不欲生。

我一阵紧张，车龙头不由自主地剧烈摇晃。等我发现情形不妙，想重新稳住车身，已经来不及了。自行车左摆右晃，最后向一边倾倒下去。我和你重重地摔到地上。

我挺身爬起，你还坐在地上发呆。

"对不起，是我不小心……"我伸手拉住你的手，关切地问，"你不要紧吧？起来走动走动……"

"摔坏了更好！"你借着我的手站起来，莫名其妙地说了一句。随后，你双手捂住脸，哭泣着，一瘸一拐地向远处跑去。

等我扶起自行车，扳正摔歪的车龙头，再骑车追过去，你已经跑得无影无踪。

这一切来得是那么突然和奇怪，让我百思不解。

……

情书 26

……

节日过后，在食堂里，我见到了正在吃饭的你。我拿着馒头端上一碗汤，坐到你的边上。那个晚上，你反常的表现令人担忧。我一直想找个机会，向你了解情况，同时安慰你几句。你表现冷漠，看了看我，连身子都没挪动一下。

"那天晚上，你没事吧？"我尽量用轻松的口吻，故作玩笑地说，"我真怕把你的脸摔得破相了，到时候嫁不出去，我赔不起。"

"哪天晚上？"你装出不解的样子问，"谁摔坏了？"

"你……国庆节晚上……"我愣住了。

"方民，"你用筷子戳了戳桌面，"我明确地告诉你，国庆节至今我还是头一次见到你，怎么可能呢？"

"子娟！"我压低了声音，尽量不让边上吃饭的人听到。"你一定有事瞒着我，你可以不告诉我，但确确实实，那天晚上我骑自行车带着你。我们确确实实在半路上摔倒了。"

你搁下筷子，脸上的表情复杂而沉重。你站起来，将自己吃的那碗醋熘猪排推到了我的面前，说："方民，你不要老是菜汤下馒头，这样对你的身体是不利的，这碗菜我还没有碰过，你吃了它吧。"说完，你丢下还没吃上几口的饭菜，离开了食堂。从后面看，你的步子还是不大自然。

看着你的背影，我的喉咙像被哽住了，想哭出声来。我不明白，你为什么要这样折磨自己？为什么一旦触及你的内心隐秘，你就要岔开话题，甚至不惜伤害别人对你的一片好意？

这些天，在你身边没见到廖亦辉的影子。我猜想，你的恶劣情绪很可能与他有关。

如果真是这样，请记住，我不会让他欺侮你的。

……

情书 29

子娟，你知道吗？为了你，我和廖亦辉打了一架。

昨天晚上，我在教室里宿舍里都没看到你，于是来到了校门口，心里想着要不要去你家，又担心时间太晚了。夜色正浓，灯火阑珊。此时，一辆小轿车在我身后停下。我回头看了一眼。车门推开后，从车里下来一个人。小轿车驶离以后，我看清楚了，从车上下来的那个人正是廖亦辉。那辆小轿车刺得我心里一阵阵的痛。

"廖亦辉……"我快步追上去。

廖亦辉停下脚步，回头看着，站在那里等我。

"这么晚了，你在校门口等人？"他问。

"不等人，随便走走。"我说完，又觉得这个回答不够正确，连

179

忙说："我正要找你，有事要问你。"

"什么事，很重要吗？"他大概感到了我身上有一股杀气，声音不由得沉了下去。

我不说话，他一时不知如何开口。我们慢慢朝前走着。

经过排练话剧，我们之间很熟悉了。我们并排走过路灯照亮的干道，进入小径。月色昏暗，灯影朦胧。黑暗中，只有两个人的脚步踩在落叶上的声响。

"席子娟，你知道的。"我开口了，声音怪怪的，有点失真，"我想问你，她到底怎么了？"

"席子娟？"廖亦辉反问我，"她怎么啦？我有好几天没有看到她了。"

"你不要装糊涂！"我突然冲动地叫起来，"她的事你肚里最清楚，全学校的人都在谈论你和她的关系，你会不知道？"

廖亦辉干笑了几声，有点心虚地说："这些桃色新闻你也相信？未免太可笑了吧。要知道，在那些喜欢谈论男女关系的人看来，如果一对男女在一起说话，那他们就一定是手牵手了，一定接过吻了，很快也一定要上床了……"

听到廖亦辉这么说，联想到他和你在学生会办公室里的那一幕，我顿时感觉有一股无名火直冲脑门。对这样无赖无耻的人，我忍无可忍。

"你到现在还想蒙混！"我一把抓住了廖亦辉的衣领，将他的脸转过来，大声喝问，"别人只不过是猜测，可你，我是亲眼都看见了。你敢说一句没有欺侮席子娟？"

廖亦辉没有正面回答，也许事情来得突然，一时反应不过来。

"我，我……"他不清楚我看到过什么，含混地说，"我和席子娟的关系，你是看到的呀，我们应该是兄妹关系吧？"

"兄妹关系"这几个字从他的嘴里吐出来，让我感到这个人真是无耻之极。我箭在弦上不得不发，举起拳头对准他的脸上狠狠地砸下去。拳头打在一块隆起的软骨上，一声闷响，随即滑向一边。他嘴里发出沉闷的嘟哝："你，你……"双手捂住了脸，人矮缩下去。我欲罢不能，挥手又是一拳。这一下打在他的太阳穴上。他身子摇晃着往后退了一步。我以为他要逃，跟上一步，准备再次出击。没想到，他身子一弓，人蹲在了地上。

我两手叉腰，立在他的边上，等他站起来，逼他讲出实话。如果他继续采取回避态度，那就再狠狠地教训他。别看他体育系、踢足球，体力很好，打架可是山里孩子从小就会的游戏。我们干惯了农活的手臂有着强劲的爆发力。我似乎闻到了一股血腥味，弥漫在校园的夜空里。这气味不仅没有使我害怕，反而让我好斗的情绪变得愈加亢奋。进大学校园两年多来，我还从来没有这么痛痛快快地发泄过。我第一次有了被释放的自由感，甚至觉得早就应该有这么一天了。我希望廖亦辉能站起来，跟我面对面地较量一番。

他没有站起来。我们两人一站一蹲，对峙持续了几分钟。有一两个从边上路过的人，不知发生了什么事，站停下来观看；还有的人听到动静，远远地朝我们走过来。我俯下身伸出手去，想拉起他，另找一个僻静的地方谈下去。

我的身体刚刚弯下一半，蹲在地上的他，突然间向我的小腹狠狠地顶撞过来，一下子将我的整个身子掀到了他的背上，再一抬身子，我被重重地摔到了地上。随后，他头也不回，拔腿就跑。我躺在地上，望着他一路狂奔而去。等我爬起来，他已经跑得无影无踪了。

我蜷曲着身子，久久无法直立。我觉得睾丸好像被撞成了一坨肉浆，小肠拧成了一团。我没有料到，廖亦辉居然会来这么一手，更没有想到他会像兔子一样逃跑。

他怎么可以逃跑呢？我想，不管你是胜者还是败者，最起码的是要敢于直面现实。

他居然跑了！子娟，你说这笔账我怎么和他去算？

子娟，也许你会觉得我太孩子气、太意气用事。我也知道，这种爆发和蛮力毫无由来，但我就是无法控制自己。个中原因，大概只有你才会明白。

……

第十三章　真相迷雾重重

1

一下火车，方民上了出租车，顺道回家换了自己的普桑二手车，一刻也不敢耽误，直奔席子娟的家。走过家属区的绿化带，那幢熟悉的小楼就在眼前，南面客厅的下拉式窗帘敞开着。那天他和徐筝来时看到它还是紧闭的。他不由加快了脚步，上前敲门，不敢确定席子娟是不是还在等他。

厚重的实木门无声地滑开。门厅里，席子娟站立着，黑白格子外套和黑色长裤，一副要出门的装扮。她已经在家等候了一天一夜。

她与他双眼对视着，眼神中透出一股倔强劲，似乎敲门进来的不是方民，而是命运的使者。她作好了抵抗和承受命运打击的准备。这一刻，方民仿佛看到了童年时那个戒备心十足而且好强的小女孩。没错，她就是教授的女儿，那个叫"橘子"的小女孩。

"橘子……"方民轻轻地叫出声来。

许多年来，席子娟一直非常担心被人发现这个秘密，秘密一旦解开了，内心反而有一种轻松感。她平静地说："你都知道了？这样也好。进来吧。"她的眼眶发青，脸色憔悴。从海南到北京，她东躲西藏，在焦虑和思索中度过多少个不眠之夜。和方民通过电话以后，她想通了，认命了：既然方家岩是她和他共同的秘密和命运，谁也回避不了，自己无需再百般掩饰，为了躲避他而心生烦恼。相反，她可以将一切向他和盘托出。

大门在他们身后关上。她轻轻贴近他，双手放在他肩膀上，关切地问："家里的老人都好吗？"

方民点点头，伸手将她垂在额前的一缕乱发挑起，向上理了理。

"我母亲在那里好吗？"她仰着脸问。这才是她真正想知道的。

"我去她的坟上看过了，还培了土，你放心吧。"他捧起她的脸说，"我父母还念叨说，等着你父亲去迁坟呢。"

席子娟听了这话，蓦地扑进方民的怀里，压抑不住地放声大哭。在这个男人面前，她头一次感到彻底的放松。从这一刻起，她对他没有了丝毫戒备。他搂紧她，感受着她身子的抽搐和悸动。他的手掌一遍遍地抚摸着她的后背，直到她渐渐归复平静。然后，他扶着她在椅子上坐下来。

"子娟，现在没有时间说过去的事。快说说你的情况。"他心急火燎地说，"你穿戴这么整齐，是不是马上要出门？"

席子娟摇了摇头，脱去外套。"我担心刘佳湘她们找上门来。在我们还没有商量好之前，我不想见到她们，所以做好了随时出走的准备。"此时，她不再绷紧全身神经，已然放开身心，准备和他同心协力面对眼前的难关。

"告诉我，究竟发生了什么事？"他张望着说，"廖亦辉和翔翔呢？"

席子娟连连摇头，无助说："廖亦辉被当年的债主们绑架了！"又说："翔翔跟我一起回来的。他这几天跟着我们四处奔波，又怕又累，回到家才安定一些。现在，他正在楼上睡觉。"

　　"绑架？怎么回事，你快说。"

　　席子娟面露焦虑，急切地说："这次廖亦辉重新露面，是由于廖家老爷子将不久于人世。廖亦辉、刘佳湘在遗产分配上发生了剧烈的争执。说起来，其实他们各自都有软肋：一个虽说嫁到廖家，可没正式办过婚姻登记手续，外面只承认她的秘书身份；一个为逃避被追债，对外宣称已经死亡，在社会上、户籍上早已不复存在。所以，他们只能进行暗箱操作。经过几番讨价还价，两人最终达成协议：廖家在京的房子由刘佳湘和翔翔共同继承，不可转让给第三方；廖亦辉则负责处理祖籍的资产，变现以后与刘佳湘平分。为了实施这个计划，他们找到了我……"

　　方民一边听着心里在想，廖亦辉重现的原因，徐筝对他说过，但只是她的一面之词，他需要在席子娟这儿得到证实。

　　"你别急，慢慢从头说来。"他说。

　　见桌上放着矿泉水，他拿了一瓶拧开盖子，递给她。她就着瓶子喝了一口，又将矿泉水瓶还给他，示意他也喝几口。他接过来，仰起脸咕嘟咕嘟猛灌一气。等他放下矿泉水瓶，她才开始讲述这些日子里的前前后后。

　　那一天，席子娟正满怀喜悦准备着饭菜，等待方民的到来。没想到徐筝前来敲门，告诉她廖亦辉还活在人世。席子娟听了，顿时惊讶万分。让她更为不满的是，这几年里徐筝、刘佳湘，居然将这么重大的事瞒着她。如果不是翔翔在边上，她真想当场狠狠地扇徐筝一个耳光。她让翔翔到楼上去玩，然后压低了声音，恨恨地责备了徐筝一通。

徐筝听任她发泄，待她稍稍平静下来，再解释说："我也是在姨妈吩咐去接廖亦辉时，才知道他还活着的，是姨妈将他藏匿在外省了，还给他办了新的身份证明。姨妈这样做，我猜想是为廖亦辉的人身安全着想。听任你丧夫再嫁，也是让人更加相信，廖亦辉的死是真实的……"

"既然这样，那你们就永远也不要告诉我这个真相，就当这个世界上没有了廖亦辉这个人。你来告诉我他还活着，什么意思？"她拍打着桌子，手指戳到徐筝的鼻尖说。

"廖亦辉需要你，他不能没有你，只有你才能让他重生。"徐筝加重了语气，"子娟，你不要再纠缠过去了，好不好？我们时间不多，你把身份证件给我，我先去机场给你们办票，你和翔翔收拾一下，随后马上去机场。廖亦辉在那里等你们，然后一起去海南。"

"今天就走？"席子娟愤愤地问，"为什么，你总得给我一个理由吧？"

"我也不清楚，"徐筝双手一摊，很无辜地说，"是廖亦辉要我通知你的。"

"他为什么自己不来？"

"他觉得无脸见你。他说，如果你能去见他，就说明心里还有他，他怎么给你赔罪都可以。"徐筝边说边走，到了门口还强调道："廖亦辉让我转告你，要是你不去见他，那他也不想再活在这个世界上了。"

这句话戳到了席子娟内心的柔软处。邀方民来吃饭是对他感情的回报,是不是要继续这种关系,她还在犹犹豫豫。现在,廖亦辉的重现刚好给了她下决心离开的理由……

飞机起飞后,廖亦辉说:"……刘佳湘并没有和老爷子办过正式夫妻的手续,退一步说,就是同居多年法律上承认是事实婚姻这一条,她也沾不上边,因为她对外名义上一直是他的秘书,只能说是工作关系。对这一点,她哑巴吃黄连——有苦说不出。老爷子什么事情都答应了她,就是婚姻这一条不肯让步。老爷子需要得到我母亲这边高层亲属的关照,确保即使在退休后也能得到特殊的照顾。就因为这一点,为了报复,她就让他生不如死地在医院里拖着,不断地从他身上榨油水……"

席子娟说:"要是这样,她也可以直接让我去办这件事,不一定让你出面的。"

"你已经不是廖家的人了,她怎么会将这么重大的事情托付给你呢?她是在用死魂灵作抵押,逼我和你一起去办这件事。她知道我跳不出她的手掌,而你也不会违逆老爷子。"

听到这里,席子娟明白了,廖亦辉连性命都捏在别人的手里,更遑论获取那份原本就是属于他的资产。即便刘佳湘对他明说了,他也只有照她说的去办。刘佳湘玩这一手,可真是煞费苦心,实在太黑心了。

凭什么要被刘佳湘牵着鼻子走!席子娟思前想后,飞机快降落时突然有了个主意,忙说:"亦辉,与其任人摆布到头来还是一无所得,不如我们还是先避一避再说,这些资产在你的名下,将来总有一天会理清的。你看呢?"为了翔翔,她决意下一步险棋,而不

187

是当别人的棋子。

沉思许久，廖亦辉答应了。一下飞机不久，他们就切断了各自的手机联络，带着孩子，找到了席子娟海南的朋友，租了间房子安顿下来。一家人就此消失在人们的视野里，静观事态发展。然而，谁又能想到，几天以后，不知是谁走漏风声的，有几个债主会集在一起，一路找上门来了。他们先是要廖亦辉还钱，被拒绝后，就把他作为人质带走了，叫席子娟回北京筹集三百万来赎人。

方民说："这是绑架！你应该马上报警呀！"

"不行，一旦报警，廖亦辉的身份就暴露了。这么一来，他过去所有的债权债务，还有诈死逃债的行为，就会被翻抖出来。那就不只是三百万能解决的事了。那些人也是掌握了这一点，才会做出这样的举动。"

方民马上联想到，这些日子里刘佳湘和徐筝不停地寻找他们，显然是想控制局面。席子娟和廖亦辉则一直在躲避，试图摆脱刘佳湘的掌控，过独立自主的生活。廖亦辉是全局的焦点人物。问题是，刘佳湘不会傻到没有想到廖亦辉会失控吧？

"绑架这件事，跟刘佳湘有没有关系？"方民感到有点蹊跷。

"应该没有吧。"席子娟不很确定地说，"她让廖亦辉去海南，是要拿到钱财，不会希望发生这样的情况。"

"那你准备怎么办？"方民问。

"救人要紧，必须先把廖亦辉赎出来，他是翔翔的爸爸。"她似乎早已作了周密考虑，"我昨天托人将老爷子送我和廖亦辉的结婚礼物，一幅齐白石的山水立轴，卖给荣宝斋，加上我手头一些存款，能凑一百多万。再把我娘家和这里的房子卖掉，也能凑一百五十万……"

"不行，卖了房子，你和孩子住到哪里去？"

"往后的日子怎么过，我也不知道，"席子娟目光迷茫，"救人要紧吧，其余的事走一步算一步，总是有办法的。"

"卖房也不是一天二天就能成交的，廖亦辉在那里却拖不起呀。这样吧，我用个人股权作抵押，估计可以借到四五十万……可还缺一百多万。"方民想了想接着说："我们还是去找徐筝，这点钱对刘佳湘的公司应该不成问题……"

她连连摇头，说："以我对刘佳湘的了解，她不会伸出援手的。再说，我也不想再被刘佳湘掌控，让她的阴谋得逞。"

"我看，不要在这件事上计较，只要你们不去变现资产，她的阴谋是不会得逞的。她不是还等着你们的回音吗？那么，让她先出钱把人救出来，再来谈别的事。"他继续劝说。

"这样可行吗？"

"只有这样做，才有可能救出廖亦辉。"他说。

他隐隐有一种预感，是不是有这样一种可能：绑架廖亦辉的行动，就是刘佳湘策划的？再往前推测一步，先前与廖亦辉有关的一切，也可能是她一手策划的。目的就是想控制他。如果真是这样的话，解铃还需系铃人，不找刘佳湘还真解决不了问题。当然这还只是一种猜想，他不想贸然说出来。

"要么，就先这么试试。"她说。

"你不方便的话，我来打电话给她们。"他掏出手机。

电话先打给徐筝的，铃声响了很长时间。方民以为她不会接了，正要挂断，徐筝的声音传了过来，震得他的耳膜生痛。

"方民，你去了哪里？这时候才想到给我电话……"

不等他开口，席子娟一把夺过手机，大声叫嚷着："徐筝，你们还不想放过我们！她刘佳湘到底要把我们怎么样？我们惹不起她，躲开还不行吗！她想一手遮天，就去做吧，不要再来找我们。"

"子娟，你回来了？"电话那头传来很惊讶的口吻，"廖亦辉呢？"

"廖亦辉没有回来，我们到了海南没几天，廖亦辉就被人绑架了。"席子娟说，"他们让我回来筹钱赎人。"

"有这样的事？"徐筝大为震惊，过了一会说："子娟，告诉你一个坏消息，廖家老爷子一小时前撒手西去了……"

"老爷子死了？"席子娟惊愕地问，听上去更像是一种终于结束了的感觉。

"是的，我也刚刚接到姨妈的通知，正在赶往医院的途中……你们先到廖家来吧，大家好好商量一下。还有许多后事，等着处理呢。"

"哪个廖家？"席子娟问。

"是廖家的那个四合院，你知道的。部长楼里的那套房子，姨妈做了别的用场。"

2

廖家四合院里，正在布置廖伯苇的灵堂。有人在挂黑幛子，有人在摆放供桌上的供品。一切显得井然有序，看上去这个家对此已早有准备了。廖伯苇的遗像挂在墙上。这还是他二十年前的照片，头发乌黑，两眼发着精光，腮帮子鼓鼓的。门口陆续有花圈和挽联送进来，管事的人在不断地调整花圈和挽联的摆放次序。

席子娟边走边看，仿佛又回到了当年在这个院子里寄住的时光。在主建筑北边的角落里，有一间看似堆放杂物的平房，那就是她小时候和父亲栖身的地方。父女俩隐姓埋名，在这里住了好几年，直到落实政策后才离开。那时候，她每天可以看到照片上的这个人，还有和她同龄的廖亦辉。

她在廖伯苇的遗像前站住，久久地凝视着。这个人曾经是席家的恩人，如果没有他的接纳，很难想象，身陷困境中的父女如何度过那段黑暗无助的岁月。这个人曾经也是她的希望，他的关爱犹如一种承诺，让她对未来充满玫瑰色的遐想。如果除此之外没有发生其他事情，那她真的对他感恩戴德……她眼眶湿润了，为了廖伯苇，也为了自己。

刘佳湘一身丧服，正从通向后面房间的过道出来，看到席子娟后，便收住脚步，在幽暗处远远打量着她。灵堂里弥漫着压抑的气氛，席子娟突然感到恶心，连忙用手捂住嘴。翔翔在她身边好奇地东张西望。方民按着他的肩，不让他随意走动。他见席子娟脸色惨白，忙问："不舒服？找个地方坐坐。"她一个劲地摇手。

刘佳湘走了过来。在她身上看不到未亡人的哀伤和悲切，反而有种解脱似的轻松。她没有招呼席子娟和方民，径直伸手揽住翔翔的头，招呼说："来，乖孩子，给爷爷磕头去。"翔翔还是头一回见到这位奶奶，吓得返身直往妈妈的怀里钻。刘佳湘并不感到尴尬，而是跟席子娟唠起家常："看你，老是不来走动，让孩子和爷爷生分得很，都不敢相认了。"

席子娟绷着脸也不寒暄，说："姨妈，我们得谈谈。"

　　刘佳湘挽起她的臂膀说："哟，你还是随徐筝叫我姨妈，听上去怪别扭的。算了，叫惯了，怎么叫都行。来，我们去小房间说话，有些事我要问你。"

　　方民和翔翔被撇在灵堂里，眼睁睁地看着她们离去，走进正厅侧面房间，门随即关上了。他放心不下席子娟，带着翔翔跟上去，脸贴着门缝，偷听里面的谈话。

　　这是廖伯苇和刘佳湘过去的卧室。隔着茶几，席子娟打量着刘佳湘。这个年近五十的女人，眼角处有了浅浅的皱纹，肌肤仍然紧致光润，还像三十多岁那样。她穿着黑色的丧服，头发高高盘起，露出白皙的脖子。十多年前，从廖亦辉的口中听到了廖伯苇和她的故事以后，她心里就跟这个女人结下了深仇大恨，每每想到那一幕，她就会感到恶心。和廖亦辉结婚后，她不许他提起这个女人，就当没有这么回事。虽然她也知道，其实没有必要这么做，要责怪的人应该是廖伯苇……

　　"说好了，一到海南就来电话的，怎么一直没有电话呀？你要是不回来，我还不知道上哪儿去找廖亦辉了。这里还等着儿子来为老子送行呢。"刘佳湘摆出了长辈的身份，用责备的口吻说，"虽说廖亦辉名义上死了，但总归还是儿子，老子死了他总是要到场的。"

　　"老爷子是昨晚没的吧，廖亦辉在那里并不知情。"席子娟不卑不亢地答道，"再说，即便知道也回不来，他被债主们当作人质带走了。"

　　"绑架！"刘佳湘夸张地瞪大眼珠说，"谁会去绑架一个死人？"

"三百万呢。他们说了，还了债，他们就放人。"

"那你和孩子怎么回来的?"刘佳湘压低声音，怕被人听到似的。

"放回来的，"席子娟说，"让我回来筹集赎金。"

"要是不给钱呢?"

"不给钱，他们就把人一直押着。"

刘佳湘嘿嘿一阵冷笑。"他们是这么说的? 也好，人让他们养着，你我都可以少操点心。"

"你想就此撇清?"席子娟高声说，"是你让我们去海南老家的，出了这件事，你不能撒手不管!"

"我不是不管，是管不了。"刘佳湘两手一摊，"你看看，老爷子一死，他的资产都冻结了，我到哪里去弄钱? 三百万现金，不是一个小数目。"

"当年这些债务，也有你的一份，你想全部赖在他一人身上? 你不是还有公司吗?"

"这话你可不能乱说的，你拿得出证据吗?"

"你，你居然连这一点都不认账，那廖亦辉真是冤枉大了。"席子娟气愤地说，"你们谈好的，那块地的收入五五分账。当年集资上亿，你不能赚钱有你份，赔了就没有你的事。天下哪有这样的道理!"

"谁告诉你的，我怎么不知道这些约定?"刘佳湘一口否认。"你要是这么说，我更不能管这件事了，免得到时候说不清楚。这样吧，我们还是分一分工，廖老爷子这边的丧事我来办，廖亦辉那边你去打点……"

房门猛地被推开，方民牵着翔翔走进来。他对刘佳湘说："三百万，对你来说，还不到卖掉一幢别墅的价格……"

刘佳湘并不搭理他，站起来，面朝席子娟说："你也看到了，我这里正忙着。没时间陪你们说话。要么这样，子娟你先想想办法，帮小廖解一解围。等我这里腾出手来，我们再一起来商量下一步怎么办吧。"

席子娟气得脸色惨白，憋了半天才说了一句："方民，我们走，离开这个地方，我不想再待在这里了。"说着，她摇晃着从沙发上站起来。

刘佳湘顺手搀了她一把。"你这几天担惊受怕，长途奔波也辛苦了，先回去休息一下也好。有事我让徐筝通知你。"

跟着进来的翔翔，从来没有见过母亲这般模样，吓得捂住了眼睛。

刘佳湘随即摸了摸翔翔的头。"孩子要么先放在这里，我让人替你看着。不要妨碍你去办正事。"

"谢谢了，不用客气。孩子是廖家的孙子呢，你可管不着。我们走！"席子娟扔下一句话，牵着孩子，掉头就往门外走了。

"有了小廖的消息，你早点告诉我。家里这么些事，还等着和他商量呢。"刘佳湘没听见似地，跟在后面拖长了声音说。

三人连走带跑，出了廖家四合院大门。方民目睹了刚才发生的一切，更证实了自己的猜测：如果真的是那个女人一手设计了廖亦辉先死后生，那么廖亦辉的前景不妙，下场很可能会很惨。现在真的想让廖亦辉避免生而复死，唯一的办法，就像席子娟所说的那样，赶快筹款，将廖亦辉赎出来。

3

回到家里，方民抱着翔翔上楼。等他一个人开始玩耍，他才下楼为一家人烧菜做饭。方民内心百感交集。他透过厨房敞开的门，不时瞥一眼客厅。席子娟在伏案忙碌，整理房契、产证等文件，长发披肩，略显丰腴的背影透露出少妇的风韵。随着对她了解的深入，他渐渐弄明白，虽然有那么多男人在她的生活中经过，但很难说她有过真正爱过的经历，就连廖亦辉也只是她迫不得已的选择。于是，他体谅了她以往对他的拒绝：她需要他，她的回避正是出于对他的爱，那是一种深入骨髓的对爱的渴望。只是害怕伤害到他，她才甘愿牺牲自己。

土豆块下锅，添水浇上咖喱，盖上锅，用小火炖煨。趁这个间隙，方民来到席子娟的身边，双手搭在她的肩上，俯身在她的头顶上轻轻地吻了一下。她抬头回望一眼，勉强笑了笑，又低头去翻检在桌上的文件资料。此刻，她面对的是几张粗糙发黄的油印小报——红卫兵战报，他深感疑惑，问："你没有全部移交社科院？"

她将小报推到他的面前，手指在几段文字上画了一个圈，说："你自己读吧，我已经能背出来了。"

他坐下来，一个个字读出声来：

> ……今天接到革命群众送来的一封匿名检举信，席以群教授将自己姓名和伟大领袖相提并论，实属罪大恶极，必须予以严惩。兵团战士在团长欧阳的率领下，立即对他采取了革命行

动，砸了他的老窝。一对狗男女被红卫兵小将揪到附中隔离审问。

在强大的革命攻势下，坏分子席以群低头认罪，他的臭老婆却气焰嚣张，一问三不知，还指责红卫兵小将野蛮无知。是可忍，孰不可忍！欧阳团长亲自对她采取了革命行动，拿剪刀剪去了她的头发，并用墨汁在她的左右脸颊上分别画上大叉。随后，红卫兵把墨汁从她的脖子处倾倒下去，淋满了她的全身，活生生地勾勒出这个黑五类的本质。

这对坏分子夫妇，胸前挂上牌子，被押上校车，在王府井大街上游斗。红卫兵小将把铁锅和勺子塞到这对坏分子的手里，命令他们一边敲打一边喊口号。一路上围观的人里三层外三层，革命口号此起彼伏，有力地打击了他们的反革命气焰。整整一天，在革命小将和革命群众的批斗下，原先还百般狡辩的坏女人终于低头服罪，再也说不出一句话来……

"席以群教授？"方民一下子明白了，"这上面记载的，是你父母亲的遭遇！"

席子娟几乎是哭着喊出声来："白纸黑字啊，那个残害我母亲的人就是欧阳。我居然会嫁给这样的人！"

方民大吃一惊，还没开口细问，突然闻到一股子刺鼻的焦煳味，随即传来翔翔的叫喊声："妈妈，什么气味，难闻死了！"方民这才想起，煤气灶上还炖着咖喱土豆，赶紧跑进厨房，手忙脚乱关了煤气。咖喱土豆烧成了乌黑的锅炭。他顾不上清理锅中之物，重又回到席子娟的身边。

"他是研究当代史的，平时我没在意他收藏的那些资料。"席子娟的身体在微微颤抖，"后来有一次，我看到他在装订一些油印的小报，无意地凑过去瞄了一眼，他慌忙用手遮掩，找借口把我支开。我起了疑心，就趁他不在家的时候，翻检了那些小报。没想到，在里边居然看到了这几段文字……"

方民俯下身子，搂紧她。

"我当时是又恨又怕，"她回应似地偎靠在他的怀里，流着眼泪，"可恨的是，当年残害我母亲的人竟然是他！可怕的是，这个人一定知道我的父母是谁，却还要娶我，难道就不怕我妈化成厉鬼来找他？他这里面包藏着怎样的居心，我真的不明白……"

为什么会这样？方民百思不得其解，但欧阳死了，这个问题也成了谜。方民对苦命的席子娟充满了同情与怜悯。

席子娟像换了个人似的，敞开心扉："方民，我不用再对你隐瞒过去了，老实说吧，自从看过这几张小报以后，我就巴不得要欧阳去死。无数个夜晚，我醒着的时候，看到睡在身边的这个人，就想让他立刻去死，可我下不了毒手——我不是这种人。所以，我只能永远犹豫徘徊在痛苦之中。这样的日子简直生不如死……"说话间，她几度哽咽，双手捂住脸。

方民轻轻地按着她的背说："别说了，子娟。一切都过去了。"

"不，你听我把话说完，"席子娟抬起头，望着方民歉疚地说，"这些年来，我对你很不公平，欠了你许多。我真的很对不起你。我想，我以后再也不会向你隐瞒真相，不管会有什么后果，我必须这样做。那天给你留下的信里，我提到了欧阳之死，但有个细节没有说。当欧阳心脏病发作的时候，我不但没有施救，反而把急救药品藏了起来。这是上天给我的机会，我再也不会放弃了。欧阳临终前吐出一个词'原谅'，就再也说不下去了。我想他要说的可能是'原谅我的过去吧'，难道我会原谅他吗？不，不管他死了，还是活着，都不会……"

"欧阳死了，你可以安心了。我们不再提他，好吗？"

"安心？我哪能安心得了？"席子娟目光呆滞，动作缓慢地将那几张小报放进了牛皮纸信封。

方民回到厨房，清理焦煳味冲鼻的灶台，打算重新烧菜。

席子娟跟了进来。"方民，不要忙了，我们吃点面条，填填肚子就可以，抓紧时间，还要到房产中介去挂牌卖房。"

下午他们带上翔翔，来到附近的房产中介公司挂牌售房。席子娟名下一共有两套房子，她和欧阳的住房与父亲留给她的老房子。至于价格，她的要求只要能凑足一百五十万，都可以谈，当然必须全部现金结算。两处房子虽然陈旧了一些，但地段、面积、房型都很不错，中介一看有很大的利润空间，积极性很高。填挂牌单子时，席子娟在联系人电话一栏写上了方民的手机号。

"为什么留我的电话号？"走出中介公司后，方民不解地问。

"让买家跟你联系看房事宜，我不想去那里。"

"那里是你的娘家，你不去看一看？"

"不了，"席子娟眼中掠过一丝凄凉，"我不想去。"

暮色沉沉，翔翔叫嚷着要吃西餐，他们去麦当劳吃了汉堡、薯条和浓汤。在回家的途中，翔翔趴在方民的肩头，早早地睡着了。

方民把翔翔放到床上，盖好毯子，从楼上下来，考虑是不是要留下。席子娟伸出手来说："坐下吧，过去的事你既然知道了一些，不如干脆就说说透。"

他们紧挨着坐到桌前。她伸过手来，放在他的掌心中，被他握着。那双手还是那样的柔若无骨，但更加阴凉潮湿。沉默许久，她似乎不知该怎么开口。他等待着，突然感到她的手用力握紧了。接着，耳畔飘来了梦呓般轻声的话语：

"许多许多年以前，那个时候，还没有我。我的母亲是大学外语系的教师，年轻貌美，能歌善舞，在学校里是出了名的美人，在她身边围着众多的追求者。那些男人，有的当面向她表露爱慕之情，有的写信吐露情愫，有的时不时地约她看电影，有的借工作之便接近她……这种被追求的滋味，我后来也体会到了，所不同的是，我的策略是迅速作出决断，选定一个人，让其他的人不再抱有幻想。而我的母亲却显得犹豫不决。当然在她那个时代，一个女人常常是从一而终的，她不能不在婚姻大事上慎之又慎。"

她的手渐渐放松，从他的掌心里抽出来，身子仰靠在椅背上。

"最终，她选择了从苏联留学归来的席以群。父亲高大威武的长相、风流倜傥的风度和对外国文学独到有趣的见解，深深地吸引了我的母亲。当他向她表示爱意后，她马上作出了热烈的回应。"

说到这里，席子娟停顿了片刻，斟酌着是不是还要讲下去，是不是离题太远了。她瞟一眼方民，从他全神贯注的眼神中找到了答案，于是继续说下去。

"他们结婚了，在收获幸福的同时，也得罪了一些追求过我母亲的男人。其中有一个男人，在得知他们结婚的消息后，暗地里大肆散布谣言，说我的父亲在留学时因同情早年被镇压的托派分子，差点被遣送回国。后来，文革开始了，那个对我的父母亲记恨在心

199

的男人，又给四处寻觅批斗对象的红卫兵写了匿名信。红卫兵在得到消息后，马上到我家抄家。那时候，我才三岁，被放在寄宿制幼儿园。他们被揪斗的情景，谁也没有告诉过我，我还是在许多年后，看到这几张红卫兵战报时才得知当年的惨象。从那时起，我知道了谁是侮辱和摧残我母亲的人，明白了我母亲弃我而去的原因。但是，父亲和母亲在世时，一直无从知道在背后造谣诬陷他们的那个人是谁。至今我也不清楚，是谁在四处散布谣言，又是哪个人给红卫兵写了匿名信。"

"你问欧阳呀，他起码看到过那封匿名信。"方民忍不住插了一句。

"你说的没错。我曾经想询问欧阳，可迟迟下不了决心。因为我如果问他，必然会先涉及他的暴行，很可能我们就会大打出手。我一直在犹豫，时间在犹豫中流逝。还没等我想好如何质问他，他的心脏病犯了。这是上天的惩罚。他到死可能也不明白，是什么原因最终让他不得好死……"

说到这里，她脸上露出了一丝惨淡的笑容。方民也感到了复仇的快意。

声讨过欧阳以后，两人谈起了方家岩和大学生涯，一些往事真是令人哭笑不得，却让他们敞开了心扉。他一次次地看到她久违的笑容，内心感到欣慰。时间过得飞快。翔翔睡醒后下楼找母亲要水喝。这时他们才发现，已是凌晨一点了。

"你也休息吧，又要委屈你在沙发上过夜了。"陪着翔翔上楼时，她说。

上楼前，席子娟顺手关了客厅的灯。灯光从二楼投射下来，她一步步向上，臀部左右摇摆，扭动出婀娜的曲线。望着她的背影，他居然没有了以往那种生理上的冲动，内心充盈着温馨和怜悯之情，甚至想放声大哭。灯光暗下去了，一切沉入黑暗。他躺到沙发上，侧身向着沙发靠背，闭上眼睛，很快睡着了。

4

骤然响起的手机铃声把方民惊醒。他从沙发上一跃而起，睁开眼睛使劲打量。客厅里阳光明媚，墙上挂钟指向九点十分。桌上已经摆上稀饭和糖糕。屋里静静的，好像就他一个人。听到了手机铃声，席子娟从厨房里出来。她腰间系着做饭时用的围裙。他看着她，拿起手机，打开免提。

电话是一个买家打来的，说是看到了房屋中介那里的挂牌，想约个时间去实地看看。对方看中的是席家老房子。方民没想到挂牌第二天就有反馈。

"现在是九点多，下午一点看房行不行？"方民一边问买家，一边用眼神征询席子娟的意见，她连连点头。

"好，就这么说定了，到时候见。"方民挂断电话，看看桌上的早饭，问："翔翔呢？"

"徐筝一大早就过来了，打听事情的进展。临走，她要把翔翔领过去，说是让我们专心一意地办大事。我看出来，这才是她来的真正目的。肯定是刘佳湘让她这么做的。但我不说穿，我们有许多事要做，带着孩子的确不方便，就让她带去看管吧。"

"其实，翔翔还是很乖的，自己玩，一点也不碍手碍脚。"

201

"问题是我此时不能分心。"席子娟说着拿出了房契，"你吃过饭早点去老房子看看，在那里等买房的人。"

吃着糖糕喝着稀饭，方民有点犹豫了。这么快就有人要看房，说明挂出去的牌价明显低于市场价。在这件事上，他们是不是做得过于仓促了？他把这个想法告诉了席子娟，劝她再仔细想想。他再次建议，是不是先不卖房，而是报警？

"不能报警，廖家的事情太多了，一个死人复活，就够他们查十天半月的，我们等不起。"她很坚决地否定了这个做法。"再说，欠债还债，即使警察把他救了出来，这债也是要还给人家的。"

"可是，这不是你的债务呀。廖亦辉充其量只能算是你的前夫，你这么做，完全没有这个必要嘛。"

"你不清楚廖家和我们家的关系。这不是旁人能够想象的。"她脸色顿显凝重，摘下围裙，双手将头发合拢到脑后，用橡皮筋扎成一把。"当年，我和父亲离开方家岩，路上走了半个月，才回到北京。偌大的京城这时却没有我们可以栖身的地方。我们不能回家，也不能让别人知道。走投无路之际，是廖伯苇收留了我们父女。廖伯苇是父亲的老同学，他冒着'包庇反革命分子'的风险，将我们藏匿在他家里。也就是从那时起，我们两家就不分你我了。廖亦辉有难，我即使不看夫妻的情分，也要看在父辈的友情上……"

"原来是这样……"方民明白了，当年廖亦辉和席子娟为何会走得这么近。

"你也看到了，"席子娟继续说，"现在廖家几乎是刘佳湘一个人的天下。廖亦辉不能回来，永远成为一个黑人。这太悲惨了。于情于理，我都不能袖手旁观。"

"既然是这样，我就不劝你了。"方民说，"可刘佳湘凭什么一手遮天！她不是也没有合法身份吗？就这么一个破秘书，她想独吞廖家，办不到！依我看，我们得分几步走：首先，把廖亦辉赎出来。其次用廖家的财产来给廖亦辉还债，能还多少是多少。债务摆平以后，就可以启动廖亦辉回归程序——死而复生。这桩事上无论有错有罪，该怎么样就怎么样。反正，总比他当一个幽灵活在世上强。第三，廖亦辉身份回归后，作为廖家法律上第一程序继承人站在那里，还有她刘佳湘什么事吗？让她滚蛋吧！打官司可以，咱们法庭上见……"

席子娟大惊失色，双手捂住耳朵，制止他再讲下去。"没有你想的这么简单，这里面的水太深了。我不想再有人出意外了。"

见她吓成这样，他只得放缓语气，话锋一转说："是是是，我这就去你家的老房子，叫对方早点来看房子，你等我的消息吧。"

方民刚要出门，隐约听到席子娟低声说："方民，我也要去……"

他愣了一下，还以为听错了。昨天房子挂牌以后，他就劝她去娘家老房子看看，她当时一口回绝了。"你也一起去？"他想确认一下。

"你说呢，我要不要去？"她还在犹豫。

"去，应该去，"他不让她退缩，"现在就去，我们走吧。"

"好，我换件衣服，我们就走。"她似乎在为自己打气鼓劲。

近中午时分，方民和席子娟从普桑轿车里下来，走向老宅子。院子的门紧闭着，缝隙坼裂的门板上，写着几个歪歪扭扭的粉笔字："有事致电，7465992"。显然，上回方民和徐筝碰到的那个看

203

家的亲戚临时离开了。他正准备拨打这个电话，席子娟拿出钥匙开了门，快步跨进去，转身拉了跟在后面的方民一把。没等他站稳，她紧紧关上大门，随即顶上了门栓。

她站在院子里，久久地打量着四周，胸脯起伏，微微喘气，看上去很激动。正在这时，手机铃声响起，买家再次来电确认看房的时间。方民刚要回答，席子娟朝他做了一个拒绝的手势。

"告诉他下午没空，改到傍晚再说吧。"她说。

挂了电话，方民疑惑地看着她。"不是说好一点钟的吗，你改主意了？"

"不，我只是想给自己留点时间，多看看这个地方。"她说着推开房门，朝里面走去，接着说："许多年来，我一直在逃避这幢房子，害怕所有不堪回首的往事重现。可就在进门以后，不知什么缘故，好像不再害怕了。有你陪在身边，我想好好再看一眼老宅，有些事，该了断的就此了断吧。"

"有这么严重吗？"

"这，我也说不清楚……"

她努力想表达什么，却又含糊混乱。在东屋门口，她欲进又退，好像有巨大的压力在阻止着她。看着屋里的一切，她脸色渐渐变得阴沉，表情恐怖，气息不匀。突然，她拉住他的手，快步穿过厅堂，来到西屋。进屋以后，她快速转身，关上房门。这时，他才发现，在门板背后的上、中、下部位都装了金属插销。她熟练而快捷地插上所有的插销，又用力拉了拉，确信门关严实了后，才长长地舒了口气。随即，她一屁股坐到了床上。方民对她如此惊慌感到很费解，一时不知该说些什么。

与房间里的幽暗相比，窗户外面一片明亮。院子的土场上，几茎细草在风中摇晃，三四只麻雀跳跃着，不停地在地上啄着，不时还侧过小脑袋看看窗内。

席子娟呆呆地望着窗外，突然双手捂住脸，啜泣起来，身子抽搐着，仿佛有人在用鞭子抽打她。许多年前的那个晚上，她从这个院子向外逃奔的景象，又一次在方民的眼前浮现。看她痛苦不堪的样子，他更加确信：这里肯定发生过可怕的一幕，给她留下挥之不去的心理阴影，而且至今难以摆脱。他上前按着她的肩头抚慰她。

少顷，她抬头看着他，恳切地说："方民，你见证过我们一家的过去。在这个世界上，我只有你一个人可以托付了。我们一家人和你能走到一起，也算是前世的安排。我认了，你也不会否认吧？既然这样，我只有对你说了。这件事我在心里埋藏了许多年，如果再不说出来，会活活把人憋死的。何况，你也有权知道我的过去。不然的话，对你是不公平的。"

看着她难以启齿的样子，他忙打断说："子娟，你感到很为难的话，就不要说了。我别的都不在乎，只在乎你这个人，只要我们平平安安在一起，我就心满意足了。"

"不，我要说的，为了我自己。"她的脸上露出坚毅的神色，"你如果觉得难以忍受，可以离开，我不会责怪你的，但请你不要打断我，我也只当你不在眼前。"

她站起来，离开床边，走到窗前，眼睛盯着窗外地上的那些麻雀，用平静的语调梦呓般地开始讲述。

"你已经知道了我父母在红卫兵手里所遭受的苦难，不过噩梦般的日子还只是刚刚开了一个头。在接下来的日子里，我们一家人被赶出北京，下放到僻远荒凉的外省农村，参加所谓的劳动改造。当地人将我们看成是流放的罪犯，让我们一家人住羊圈牛棚，干最重的农活，克扣我们的口粮。还时不时地开批斗会，侮辱我们的人格。由于无法忍受那种歧视和迫害，父亲只得求助一些朋友，不停地转换下放的地点。最后，在父亲的一位老朋友的关照下，我们来到了方家岩。由于事先作了安排，我们过了一段相对平静的日子。那时候，我还小，并不了解父母内心的痛苦和过日子的艰辛。只是不停地变换环境，使得我无法与同龄人交朋友和沟通，以致陌生和孤独一直伴随着我。"

席子娟停顿了片刻，回过头来看方民。如果方民看她的目光稍有闪烁和厌倦，她马上就会终止这个话题。他目不转睛地看着她，那眼光就像无声的请求，催促着她讲下去，不要中断和犹豫。

"异常艰苦的生活和内心极度的痛苦，终于使我母亲精神崩溃了。她再也无法忍受这一切，撒手而去。小时候，我一直在心里埋怨，她为什么撒下我，独自一人离去？要知道那时我只有七岁，她怎么忍心离开我。直到成年以后，我才逐渐体会到，在非人的重压下生存，实在是为难她了。换了其他大多数人，也很难继续活下去。光是回想起被剃了光头，浑身淋满墨汁，在大街上示众的场景，就让人无地自容。更何况，她将造成一家人眼下的苦难，全归咎于自己，认为是她连累了父亲，她是红颜祸水。她没有了继续活下去的勇气。她经常一个人发呆，自言自语：'都是我，都是我的不好……'她天真地认为，只要她在人世间消失，父亲和我就可以脱离苦难，回到大学校园。于是，她选择了砒霜。她抛下我们而去，却把更大苦难留给了我们……"

方家岩坟山中隆起的那个土包，在方民的眼前鲜活起来。如果不是村民们每年扫墓时拔草和培土，子娟母亲的坟早已湮没在荒草乱石之中，找不到一丝痕迹了。他奇怪，为什么这些年了，教授和席子娟始终没有去过方家岩，再去那个女人的坟上看上一眼？他心中的疑窦从目光中透出，很快被席子娟看出来了。

　　"你不要这样看着我。长大以后，我不再怨恨母亲，我只是恨那个年代，恨那些不让她活下去的人。"她说。

　　这时候，不知被什么惊动，窗外地上的那些麻雀箭一样飞起，霎时间消失得无影无踪。院子变得空落落的，无声无息。她闭上眼睛，不敢再面对外面的阳光，悄悄地挪了挪身子，躲进窗户边上背光的一片昏暗。

　　"我知道，你想问我，为什么父亲和我自从离开方家岩，就再也没有去看过我的母亲？"她在黑暗里睁开眼睛，"我不是不想去看我母亲，我要告诉你的是，随着后来事态的发展，父亲没有能力再去看她，他连自己也顾不了。父亲死后，我曾经想过，将他的骨灰送到方家岩去，葬在母亲的旁边，让他们相伴永远。但由于和欧阳的婚姻，我觉得无脸再见母亲……"

　　方民不由感到一阵恐怖与茫然。

　　"三十七年前，母亲生下了我。"席子娟喃喃自语的声音还在房间里回响，断断续续，仿佛鬼魅的气息。"三十七年后的今天，我将洗涤自己的灵魂，重新做一个人……我曾经对你说过，母亲死了，我只有父亲。那年我七岁，父亲抱着我离开了方家岩。我们回到了这个城市。我们无家可归，只能寄宿在廖伯苇家后院的杂物间里。直到父亲获得平反，我们才回到自己家里。那时，这里的住处还被别人占着，也是廖伯苇想办法才把他们迁走的……"

她再次沉默了。许久，房间里才继续回响起席子娟梦呓般的声音。

"在廖家后院的杂物间里，父亲整天坐在床上发呆，嘴里念叨着母亲的名字。自从我母亲自杀以后，在方家岩，他就出现过这样的症状。开始是偶尔的间歇性的，在无人的夜晚，他独自对着月亮发出含糊不清地声音。后来，在白天他也梦游似地说话。到了廖家以后，大多数时间他都待在那个小屋子里，他梦游的时间比清醒的时间更多。许多的夜晚，我在睡梦中醒来，发现父亲坐在我的旁边，轻轻地拍打着我，嘴里一遍遍地叫唤着母亲的名字。我说我冷，父亲用被子裹紧了我……我发现，只有在和我对话的时候，父亲的眼神才不再呆滞，变得灵动起来……我静静地听着。他的话语时而清晰时而模糊，大量的是与我母亲的对话，一遍遍地重复着说过的话。说话的频率逐渐加快，声音一点点高上去，像是独狼的嚎叫。我感到既陌生又害怕，惊恐地摇着他的手，连连叫他不要再说了，别人会听到的。他并不理会我，就这么一直说下去，直到气力耗尽……"

听到这里，方民摇摇她的肩膀说："你不要再说了，我听明白了。"

"你听我说下去，有些话我必须说出来，"她推开他，走到窗前望着高远的天空。"后来，情况变得越来越糟，当我们回到自己的家时，父亲不仅仅是混乱地重复说话，靠说话已经无法宣泄他内心巨大的压力。他开始无缘无故地摔东西，撕咬那些似乎冒犯了他的东西。发病的时候，他力量大得惊人，会把凳子的四条腿生生地掰开；能举起存满了米的大缸，再用力摔到地上，飞溅的瓷片划伤了他的手臂，也丝毫没有觉察。我上前去劝阻，他就会对我拳打脚踢，好像我不是他的女儿。我既害怕又不愿离开他，只得在他变得狂暴的时候暂时躲避，等他平静下来，再试图去接近他……"

经他这么一说，方民回想起当年在方家岩，教授自从妻子自杀后那些怪异举止的传闻，心情越发沉重。

"我上高中时，在别人的提示下才明白，父亲这种举动实际是精神分裂症，就骗他去医院看病。医生给他开了治疗的药，吩咐他一定要坚持吃药。可是，他坚持认为自己没有病，死也不肯吃药。我没有办法，只好把那种叫做氯丙嗪的药碾成粉末，冲在果汁里，骗他喝下去。大剂量的药物使他整日昏昏欲睡，看人时的眼光直愣愣的，时不时地会眼皮打颤。他老是对我说，头痛、头胀……"

席子娟转过脸来，捂住额头，演示着父亲的表情，接着说："后来他知道了，我在骗他吃药，就开始抗拒我给他喝的任何饮料，口干了就自己去喝自来水。一旦停了药，他的行为变本加厉地乖戾，无端猜忌有人要通过我的手加害他，说我要置他于死地。他开始无缘无故打我，随手拿到的东西都成了他打人的工具。在白天，我还能躲开他的。到了晚上，我睡着了就无法保护自己了。没有办法，我只得在门上装了几道插销，每天晚上上床以前，把这些插销全部插上。即使这样，在他盛怒的时候，他还是会用力踹门……后来我发现父亲一个人独处的时候，情绪相对平静，于是我尽量回避和他正面接触。"

这时，方民脑海里浮现许多年前席子娟在学校诗刊上发的那首诗《家》："旋风在黑暗中打转／星光像玻璃碎片四溅／树枝的手掌从天而降／霜雪染红了早春的田野……"

当年认为晦涩的诗句，他此刻完全读懂了：这是她的灵魂发出的呻吟，痛苦、无助、挣扎。

"我拼命地读书，期望着早日考上大学，离开这个家……后来，我考上大学，住到了学校的宿舍里。父亲的病间歇性发作，除了不得已，我基本上不回家，即使回家也不在家里过夜……我害怕他发病，也怕不小心激怒他。为了我今后的日子考虑，我开始在学校里和社会上，寻找可以托付终身的男人……"她扑向方民，面对面。"方民，你到底听明白了吗？"

方民轻轻抱住她。"子娟，不要再说了，不愉快的事我们不说，好不好？"

"怎么，你害怕了？"她露出嘲讽的神情，"我只是刚刚说了一个开头，你就不敢听下去了，真是没用的人。"

"有些事就让它过去吧。教授早已不在了，何必再翻出这些事来说？这只能伤害你自己。"

"过去了？不，没有过去。"她不依不饶地指着他，"你不是说，我妈还在那个山沟沟里，等我去看她吗？"

她的目光、口气，让他感到陌生和害怕。

方民大声说："你还有正事要办，要不这样，等我们把眼前的事情办完了，腾出空来，再说这件事。你看好吗？"

席子娟长长地叹了一口气，冷笑说："看来，你真的是害怕了。"

第十四章　情书（30、31、33）

情书 30

……

毕业前夕，你父亲去世了。我是在事后才知道的。

你一定伤心欲绝吧。我四处找你，想给你一点安慰，但就是找不到你。好不容易，才打听到你和外国留学生亨利唐一起去了桂林。

为什么会是这样的？我百思不得其解。

快要举行毕业典礼了，班里还是不见你的身影。辅导员在一个月前就通知了，毕业典礼上不但要颁发毕业和学位证书，全班同学还要合影留念，希望大家不要缺席。

我心里惦记着你。你出走已经二十来天了，如果赶不上毕业典礼，全班同学的合影中少了你，这将是一个无法弥补的缺憾。我抱着试试看的心情，到留学生宿舍去打听亨利唐……没想到，我在宿舍门口通报以后，不一会，一个人高马大的异国男青年从里面走了出来。他上身套着印有"别烦我"字样的圆领 T 恤衫，下面穿一条彩条裤，脚上拖着木拖鞋。

"你好。"他说，"我就是亨利唐，找我有事吗？"

我还是第一次见到亨利唐，英气勃勃而又天真开朗，那张白得发灰布满雀斑的脸上，还留着野外活动留下的痕迹。可以想象，你跟这样的男孩在一起玩，一定很开心。

　　"你好，我是席子娟的同学，方民。"我自我介绍说。

　　"啊，席子娟……"亨利唐夸张地提高了声调，"她现在好吗？"

　　"怎么，你们不是一起去桂林旅游的？"我暗暗一惊。

　　"我们是去桂林旅游啦，"亨利唐的神色渐渐变得黯然沮丧，用还不流利的汉语，很认真地说，"回来的那天，临上飞机前，席子娟在候机厅遇上了熟人，一个五十多岁的男人，是什么部的公费旅游团的。那一拨人说要去西安。席子娟和那个熟人站在一边说了一阵，然后走过来跟我商量，让我一个人先回来，她和那些人一起去西安。就这样，我独自回来了……"

　　亨利唐欲言又止，内中好像另有隐情，我马上问："你们是不是发生了矛盾？吵架了？"

　　"矛盾？没有矛盾的。"亨利唐耸耸肩膀。很明显，他最初追求你时的那种狂热已经过去，现在表现得更多的是一种迷茫。"在旅游途中，我们走在一起，许多不认识的人会回头看我们，席子娟挽着我的胳膊一个劲地大笑。我对她说，在我们国家，两个不同肤色的男女在一起，这是很正常的事，别人不会关心的。席子娟说，那么我们到美国去，在那里就没有这么多的人看我们了。我以为她在讲笑话呢。我说我就是喜欢中国，才来中国学中文的，如果可能的话，我还会留在中国工作。何况，中国还有我的爱人席子娟，我怎么舍得离开呢？席子娟听了我的话，好像不高兴了，一路上没有说话，回到宾馆才恢复了说笑……我真的不知道，是不是哪些地方说错了?"

我看着亨利唐，一时无话可说。我在想那个五十多岁的男人跟你是什么关系，竟能让你丢下一同出去的男友。

"在你们中国人看来，我是不是很傻?"亨利唐天真地问我。

我摇摇头，拍拍亨利唐肩膀，说:"不，你看上去一点不傻……你看上去很可爱。"我有礼貌地对亨利唐笑了笑，挥手离去。

在亨利唐的叙述中，我猜到了一种可能，那就是你在考虑毕业后的去向，急于寻找你的归宿。我真的很害怕:是不是由于你父亲亡故的原因，使你魂不守舍、无所适从?

你怎么没有想到我呢? 我不会让你失望的。

以前，你一直没有回我的信。但我知道，这些信你都读过了，你对我的态度可以证明这一点。这一次，你一定要给我一个回音。我真的很不放心你现在的状态。

……

情书 31

……

毕业典礼那天，中文系教学大楼前的草坪上，搭起了几排木架子，供毕业班的同学拍毕业合影。到了这时候，还是不见你的人影。别系的班级都拍完了合影，摄影师站在镜头前，一个劲地催促下一个。辅导员决定不等你了，奔前跑后指挥着，让全班同学赶快站到各自的位置上。好不容易，人都站好了。摄影师在镜头里左看右看，确定没有问题，刚举手要喊"预备"，可就在这时，站在最后一排的我，身子不由自主地晃动起来。没等我回过神来，伴随着一阵噼里啪啦的声响，我和同一排的同学多米诺骨牌似地一个个倒下去了。

原来，由于踩踏的次数过多，加上站在上面的人重量严重超负荷，最后一排的木架子终于不堪重负，顷刻间倒塌了……幸好，除了几个同学的脚扭了一下，这次倒塌事件没有造成重大的伤害。掉下去的人从地上爬起来，加固了木架子，重新站上去。我的脚脖子崴了，隐隐作痛，只能将手搭在前排同学的肩上，忍痛坚持站直。

远处驶来一辆黑色的奥迪轿车，吸引了全班同学的目光。轿车停在草坪边上。你从车里钻出来，在众目睽睽下，朝照相的人群奔来。轿车掉头开走了。你穿着黑色的外衣，气喘吁吁地站进前排女生中，还没有等你的喘气平息，摄影师按下了快门……

你因为奔跑而涨得通红的脸，和那副忧伤无助的神态，永远地留在了照片上，成了日后同学们回忆时的一个谈资。

在我看来，也许天意如此，木架子的倒塌延缓了拍照时间，就是在等你到来。

照相完毕，我从架子上下来，突然觉得左脚一阵钻心的疼，根本无法站立。我坐到地上，拉开袜子，才发现脚踝处肿了起来……

情书 33

......

毕业了，同学们陆陆续续离开学校，奔向各自的工作岗位。我虽然去报社报到过，但由于脚伤，行走不便，一时无法搬家，暂时还留在学生宿舍里。我一个个送别了同处四年的室友。夜晚临睡前，看着只剩下我一个人的宿舍，有一种莫名的伤感，大学四年中的情形一幕幕在眼前浮现……

回头来看，这四年中我们有些事做得很幼稚，有的根本就没有必要去做，然而当时却是那样认真地去计较、去实施了。这只能说是一个过程，一个成长道路上必不可少的过程。少了这个过程，也许人生就会显得枯燥乏味，回忆也会苍白暗淡了许多。

子娟，最使我难以忘怀的还是你。你给我留下了太多的悬念。如果说，大学生活可以重来，其他的事我都愿意放弃，只有你我放不下。你变幻莫测的行止、凄楚迷茫的笑容和所给予我宝贵的信任，以及在我面前发生的某种失态，这一切都使我难以割舍。我总觉得，这是上苍派给我的一个使命，让我担负起对一个女孩的责任。可惜我没有将它完成。

在养伤的这几天里，我每天瘸着腿，一拐一拐的，上女宿舍找你。那个宿舍里的人几乎都搬走了。只有你那床薄薄的铺盖卷，还像你到桂林去度假时那样，无声无息地搁在床上，在证明你和这个学校还有着某种联系。我去教务处打听，得知你的档案已经被人调走了，具体落实在哪个单位不大清楚。管女生宿舍的老师看见我瘸着脚还每天来找你，有些不忍心，劝我不要再来了，等你一来她会告诉你的。我谢了这位善意的老师，说我其实没有事，只是闲着无聊来会会同学。

我嘴上说没事，心里却因打听不到你的消息而变得焦灼不安。留校的时间慢慢过去，我对你的牵挂却与日俱增。我问自己：毕业合影那天，开着奥迪车送你过来的那个人是谁？是不是就是亨利唐说的那个男人？你为何在毕业前夕频频地更换男朋友？你为何惶惶不可终日，急于脱离原有的生活环境？我无从理解你的所作所为。我不忍心用"随随便便"四个字来形容你，我想，即便说是"随便"，恐怕也难以简单地概括和解释你的举动和随性吧。

我知道你一定有迫不得已的苦衷。我相信，你不是别人想象中的那种女孩。

可是，子娟，这一切都是因何而起？我很想知道答案。

……

第十五章　旧居苏醒

1

暮色渐浓，席家老房子里的灯都打开了，以便让买家看个明白。买家里里外外转悠，不停地挑着毛病：院子的围墙上沿有几处豁口，厅里地砖破损了，天花板露出了檩条，厨房连电器插座都没有一个……对买家的唠叨，席子娟一声不吭。方民对买家说："卖的就是老房子，一装修问题都能解决的。"

看完房子，他们回到厅堂，门外的院子一片昏暗，远处深灰色的云层像重叠的山峦。

席子娟直截了当地问："您要不要这套房子？"

买家说："想要的，跟你商量一下，一时半会手头没有那么多现金，先付一半行不行？"

席子娟瞪大了眼睛。"说好了是全部现金。没有的话，你来看房不是白耽误我们的时间吗？"

买家说："对，是现金。你说得没错，也就三天时间，就可以全部给你。"

"还要三天啊。"她长叹一口气，"我恨不得今天就拿到钱。"

买家无奈地扭头，似向方民求助。这时席子娟的手机铃声响了，她瞥了一眼显示的号码，忙不迭地放到耳边接听。短短十几秒时间里，她脸色变白，眼神呆滞，随后对着手机大声狂呼："你们又在骗我了，还想跟我玩失踪的把戏！这一回，你们再说一千遍，我也不会相信了……"

她身体摇摇晃晃，软绵绵地往下沉，一屁股坐到地上。手机从她的手里滑脱，摔落在地。方民忙上前扶住她。她指着手机，说不出话来。他替她捡起手机，递过去。席子娟不接，只是摇着头咕哝："骗人，又是骗局，怎么可能呢？"

方民捏着手机，贴近她的耳边。

"喂，喂……"手机里的声音很响，边上的人都能听清楚。"你还在听吗？"

方民贴近手机说："你说就是嘛，听着呢。"

对方是个男人的声音："我刚才都告诉你了，这个手机的主人死了。我当时正在山道上走，看到他迎面奔来，一边低头按着手机号码。他刚要把手机贴到耳朵边，身子突然侧向一边，眨眼之间，整个人向悬崖外飞落下去；握在手里的手机向反方向飞过来，掉在山道上。我急忙走近悬崖边，发现那里有一个被草丛覆盖的豁口，他就是从这里掉下去的。我拾起手机，赶紧找人，到了布满巨石的山脚下才找到他。他合仆在地，脑壳裂了一个大口子，流出白色的脑浆，呼吸和心跳都没有了。这时，我才想起手里还捏着他的手机，打开一看，居然还有信号呢，就拨通了他刚才正在按的那个号码……"

没等对方说完，席子娟抓过手机用力一按，电话被掐断了。

她对着暮色天空凄厉地说："廖亦辉是想给我打电话，一时

218

疏忽了脚下的路。他一定是等不及了，想办法逃了出来，谁知道……"她扔掉手机，双手捂脸，长长地大声干嚎着。买家在一旁不知所措，忙看了看方民。

"这房子暂时不能卖了，真是对不起了，您请回吧。"方民做出送客的手势说，"有消息我们再通知您。"

买家走后，房间里一片死寂，只有席子娟不时发出低沉的抽泣声。方民扶她进了西屋，坐到床上。

"这一回，他真的是死了？"席子娟两眼呆直，木木地说，"真的是坠崖身亡？"

方民把手机还给她。

她绝望地对着手机说："你这个人，怎么就不能再等一等？不就是钱吗？我们还给他们就行了。你呀，为什么要逃跑……"

席子娟的神情似痴似呆似癫，方民看在眼里，内心阵阵悲凉。他觉得，尽管自己与子娟的人生轨迹曾有过多次相交，这么多年过去了，他对她还是一往情深，然而，不知为何他们还像在起始点时那样的隔膜，犹如生活在两个不同世界，无法相融。她身心的秘密之门正渐渐地向他打开，可实际上还远远不够，没能真正洞穿幽闭之处。两人的身体可以合而为一，两个大脑却无法兼容。他沮丧地坐在她的身边，望着窗外越来越昏暗的天色，陷入茫然之中。

突然，席子娟醒来似地扭头向他，怨恨地说："我知道，这里是不祥之地，只要一踏进这个房子，总会有对我不利的事情发生……"

"那我们回去吧！出了这么大的事情，你需要先冷静一下。"方民说。

"我早已接受了廖亦辉坠海的事实——他死了，只不过先后顺序有了变化。"她冷冷一笑，"我只是想不通，为什么在我的身上会有这么多悲惨的事情发生？我一定是前世里欠了许多许多人的债，今生都来向我索要。你呢，就像是一个执行监督人。也好，我统统都告诉你，你想怎么样，就对我直说好了。"

她的情绪明显失控了，方民想把她拉回到现实中来，便提醒说："你不要瞎想瞎说。一个陌生人的电话就把你急成了这样？以前是坠海，这回又坠崖，也太蹊跷了吧。再说，即便廖亦辉是真的坠崖，当务之急，也要先处理好他的后事才对……"

"后事？"席子娟冷冷地说，"真是荒谬！他的后事，几年前就处理完了。我们再去为一个早已坠海的人报案，别人会以为我们疯了。我可不想去做那种傻事。"

"最起码也要告诉徐筝和刘佳湘一下吧？"

"别、别！在这个节骨眼上，千万不能让她们知道这件事。我估计那个女人巴不得廖亦辉死呢，这样一来，就少了一个和她争夺遗产的人。"她逐渐冷静下来，开始正视现实。

"那么，你准备怎么办？"他问。

"没有怎么办了。廖亦辉活着，我要办很多事。他一死，这些事都不用办了。办得再多也没有意义。"

席子娟瞪大眼睛四处张望，倏然起身拉严了窗帘，又把房门的插销一个个插上。她的动作连贯而迅疾，犹如下意识的反应。然而，做完这一串动作，她却面露恐惧之色，连忙又把房门打开，拉着方民朝外走。

"我们快走。再在这里待下去，说不定还会出事。"

直到坐进方民的车里，席子娟才放松下来，深深吸了一口气，徐徐吐出来。驾驶座前仪表盘上的灯光，映得她的脸色越发凝重和忧伤。

"你没事吧?"方民开亮车里的照明灯，关切地问。

她没有正面回答，只是嗫嚅地说："他们的死都和我有关，是的，我的罪孽太深太重……"

"你千万不要有这种想法。"方民以为廖亦辉的死勾起了她过往的回忆，伸手摇摇她的肩头，劝慰说，"这是命运对你的不公，你受到的伤害并不比他们的轻，你要爱护自己。"

她躲开他的手，说："你不要碰我，那样会伤着你的……把灯关了吧，我害怕亮光。"车厢再次陷入昏暗之中。片刻，她说："你还记得吧，大学期间的一个国庆节晚上，我从家里哭着逃出来，在马路上被你撞见。你一定不知道后来发生的事情。这件事也是我一直不敢面对你的缘由之一……"

方民想，她身上又一扇紧闭的门正在松动。他坐着，大气不敢喘，也不敢开动汽车，唯恐惊动了她的思绪。

席子娟叹口气，说："父亲的病在加重，有好几次，我回家探望，父亲躺在地上昏睡，房间里一片狼藉，他自残得身上布满一道道血痕。看到这些场景时，我只有面朝苍天，无助地抹着眼泪，真是'叫天天不应、喊地地不理'啊。无奈之下，我只得把他送进了精神病院。作为精神病患者的监护人，这是我的职责。我此前一直没有让他住院治疗，是因为每次去那里为他办住院手续，总能看到许多令人无法忍受的景象。我不忍心让他生活在那个环境里。病房与外界被两层铁栅栏隔开。从铁栅栏看进去，昏暗的走廊上，幽灵

221

似地游动着一个个身穿病号服的病人。这些人神情恍惚脚步踉跄。每个病室有着宽大的观察窗。紧靠栅栏门边的急诊室内，一个刚来的病人躺在病床上，手和脚被绳索牢牢固定在床栏上。他不停地在嚎叫，身体中段一起一伏地剧烈耸动，好像要把自己弹出去。一个护士走近他，神情冷漠地在他的手臂上打针。随着针筒一点点推进，那人逐渐平静下来，很快进入了沉睡状态。治疗室里，一个病人被绑在椅子上，正在接受电击治疗。他惊恐万状地对医生说：不要，不要，求求你们。医生毫不理会，拿起两片电极片固定在病人的两边太阳穴上，然后拨动仪器上的调节电压旋钮，按下了开关。病人发出一声短促的惨叫，整个人痉挛抽搐，慢慢瘫软下来……"

方民在她的背上轻轻地抚摸，就像在安抚备受委屈的恋人。

"我知道，这些治疗都是必须的，"她的口气有点犹豫，似乎并不相信自己的辩解。"我亲眼见过父亲不能自控的暴力举动，这类有暴力倾向的精神分裂症患者，力气之大常人根本无法想象。发作的时候，他们几乎能摧毁挡在面前的一切，一两个平常人根本不是对手。只有在自身的能量耗尽以后，病人才会瘫软下来，一连好几天躺着，不再动弹。所以我理解这些治疗手段，尽管有点恐怖，但对急性期的病人还是很管用的……"

"子娟，我们不说了好吧，都早已过去了。"方民说着踩下油门，汽车朝马路驶去。

她不理睬他，执意说下去。"住院病人相处的环境更加恶劣。有一次，我亲眼看见一个男病人，赤身裸体，从公共厕所里冲出来，手里捧着一坨大便，往自己的身上涂抹，还将手伸向从他身边走过的病人。整条走廊上臭气熏天。针对这种情形，值班的两个男

222

护士好像早有准备，分别扯着一条床单的两头，慢吞吞地走向他，拉网似地将病人裹进床单里，拉进浴室，打开长长的皮管水龙头，夹头夹脑地朝那人身上冲水……还有一次，透过病房的观察窗，我无意中看到了惊人的一幕：一个女病人正拿起地上的拖鞋，朝着另一张床上熟睡中的室友的头部用力一击，第一下是随意的；挨打的人醒来后试图反抗，她变得愈加疯狂，跨步骑到了室友的身上，举起拖鞋，一下比一下更用力地抽打。我看得惊叫起来。护士听到喊声要我离开，随后，几个护士协力合作，才把'肇事者'制服……每每看到这些，我又产生了接父亲回家的念头。我宁愿自己受点苦，也不想让他在病房里被别人欺侮……"

前面就是席子娟家的小楼了。

"停车，把车停下。"她突然说。

方民只得刹车，停靠在路灯照不到的地方。

"你必须让我说完。我怕回到家里，就再没勇气说下去了。"她的口气很坚决，也像在哀求他。"她双手捂住脸，许久才继续说："父亲住进了精神病院。同病房的室友患有抑郁症，整天目光呆滞地坐在床边，沉湎在自我世界里，外界任何动静都不能引起他的注意。医生曾告诉我，父亲狂躁的时候，会不停殴打室友，有几次还差点出了人命。我拼命地向医生赔礼，向那个被打的室友道歉，但他几乎听不懂我的话。医生只得给父亲换了病房，同室的也是一个狂躁型精神分裂症患者，不过通过药物治疗，病情得到了控制。经过诊断，医院决定给父亲作电击治疗……"

席子娟看了方民一眼，确信他在认真地听着，才继续说下去。

"电击治疗后，父亲清醒的时候多了。有一次我去探望，他对我说：'子娟，我受不了这样的治疗，你带我回家吧。我会听你的话的，无论你让我怎么做，我都听你的。我一定按时吃药、一定不再打人、一定安安静静地坐在院子里看电视……'他说话的语速很慢，很费劲，药物控制着他的行动。当然，他说的静静地坐在院子里看电视，只是他的想象，我从来没有要求他这么做。看到他难得的清醒，又是那样的可怜，我既高兴又心疼。我就去征求医生的意见。医生介绍说，新的疗法对他好像很有效，不过刚刚才一个疗程，需要三个疗程，才能巩固治疗的效果。所以，当父亲再次要求我接他出院时，我口头上答应了他，实际并没有去向院方要求，而是想等三个疗程结束……"

她的手机再次响起铃声，还是那个号码。她没有去接。铃声一直在响，方民拿过手机，替她接听。

对方在问："这里是三亚警方。你和死者是什么关系？"

席子娟伸手夺回手机，说："我家没有人在三亚。"

"那么，为什么死者的手机上，只有你这个手机号码？除此之外，在他身上没有任何可以证明身份的东西。"

席子娟愣了片刻，断然地说："你们弄错了吧？请不要再来打扰我。"说完，按下通话终止键。思索片刻，她又把手机的芯片取出来，用力扔到了窗外。

"你为什么要这样做？"方民诧然问。

她没有回答，陷入长时间的沉默。车窗外夜色凝重，车内仪表盘上有些亮光。他看不清她脸上的表情，只有一双眼睛在黑暗中隐隐闪烁着。

"回家吧，回家再说。"方民说。

2

房间里一片漆黑。

开门进屋，亮灯以后，席子娟做的第一件事，便是用座机打通了徐筝的电话，询问翔翔的情况。前夫的死亡让她摆脱了人世恩怨的纠缠，方民的存在则不停地在催促她回溯过去。她心存障碍又欲罢不能，唯一能够面对的现实就是孩子了。

徐筝在电话里说："翔翔在他奶奶房间里，玩得可高兴呢。"

"奶奶，哪个奶奶?"席子娟一时没有醒悟过来。

"就是刘佳湘呀，廖亦辉的后妈。"徐筝略带不满地说，"到现在你还记不住这层关系吗? 对了，她要我通知你，后天就是老爷子的葬礼，请你不要忘了。翔翔在这里不认生，能吃能睡，一点也不烦人。你放心吧。"

席子娟愣了一阵，不说一句话，把电话挂了。

方民说："廖亦辉遇难的事，还是告诉她们吧。"

"没有必要了。她们一定会知道这个消息。"席子娟若有所思地说，"廖亦辉出逃，那些绑架他的人一定要找他，很容易就能知道他的下落。仔细回想整个过程，我觉得，这次廖亦辉被绑架，刘佳湘一定脱不了干系。这一点她很可能连徐筝也瞒过了，但瞒不过我。也好，我们先清静一个晚上再说。我不担心翔翔。那个女人需要这个孩子，这样让她名正言顺，所以她会用心照顾他的。"

"你的意思，这一切都是刘佳湘操控的?"方民问。

"我今天在想，刘佳湘让廖亦辉复活，难道仅仅为了他在海南的那点资产？要知道，为此廖亦辉要承担多大的风险啊！"

听她这么一说，方民突然惊觉起来：对啊，像刘佳湘这样身家的商人，还会在乎廖家这点资产吗？这么说来，此时让廖亦辉露面，一定另有原因，难道她就是要置廖亦辉于死地？

想到这里，他不由得毛骨悚然，同时也感叹席子娟敏锐的直觉。

他走进厨房，从冰箱里取出凉菜和面条，打开煤气，将暖瓶里的热水倒进锅里煮开，放入面条。在他反客为主做饭的时候，席子娟一直坐在桌前，保持着相同的姿势。他寻思此刻的她，内心一定像眼前沸腾的水一样上下翻滚着。

果然，面条端上桌以后，她说："你先吃吧，我不饿。"

"不饿也要吃，你总不能不吃不喝，就这么坐一个晚上吧？"方民强横地说。她看了他一眼，居然顺从了，将面条稀里哗啦送进嘴里。吃完面，方民起身收拾碗筷。她拦住他说："放着吧，这些事不着急，你还是坐下听我说吧。刚才我说到哪里了？"

方民这才明白，她还沉浸在痛苦的回忆中难以自拔。压在她心头的石头是那样的沉重，再不卸掉，很可能将她压垮。灯光照在她的前额上，白净的额头上刻着浅浅的抬头纹。

"好像说到了父亲想离开精神病院。是的，我当时如果要求院方让父亲出院，后面的事也许就不会发生……不过，我也说不清楚，他出院后会怎么样，是灾难的继续还是温馨的开始？……但不管怎样，当时如果让父亲出院，我就不会有永远的内疚……后来，父亲在医院里越来越安静了。再也看不到他眼中暴怒的凶光。不知情的人看到他，一定不会相信他是一个狂暴的精神分裂症患者。在

226

大学最后学期的期末考试结束的当天，我去探望他。我告诉他，大学生涯终于要结束了。这一次，他对我谈了出院后的打算，他说他想离开这座城市，回到乡下去。我以为他说的是祖籍湖北。我说那里早就断了根，从我的祖爷爷那一辈起，我们家就生活在这个城市里，祖籍只是一个概念，那里没有我家的祖屋，连近邻远亲都不相认，去无可去了。他说，去你妈妈那里。我守着她，看看山、种种菜，养上几只山羊，自己挤奶喝。我这才明白，他说的乡下是你们的方家岩。我没有想到他会这么说，对这个提议我还得好好想想，但为了讨好他，就顺着他说，好的好的，等你身体康复，我们就去。听了我的话，他没有高兴，反而一脸忧愁。他说，我大概好不了了，这种病很难断根的。听他这么一说，我心中一喜，他承认自己有病，就说明他是清醒的。从那一天起，我开始计划他回家的事，准备等最后的疗程结束，就把他领回家去。"

她再次陷入了沉默，似乎在考虑该怎样表述。她搁在桌面上的那双手神经质地抖动着，无法自控。他用力捏住了她的手，手指冰冷而僵直。

"让我万万没有想到，"在他的鼓励下，她又开始说，"就在我那次探望后的第三天，一大早医院里来了电话，说父亲出事了，要我马上过去。到了医院，病床上的父亲，已经被白床单盖住了脸。我两腿一软，瘫坐到地上。在医生护士的搀扶下，我勉强站起来，靠近病床。床单掀起以后，我看到了父亲那张青紫瘀肿的脸，眼睛和鼻子的轮廓都模糊不清了。我当场昏了过去……"

她一阵哽咽，伤心不已。他深感震惊，无言以对，空气仿佛凝固了。她喃喃自语似地继续说下去。

"这是一起病人间斗殴的伤害事故。那天，我父亲做完理疗后，躺在床上昏睡。一般情况下，治疗以后他就进入了深度睡眠。当天晚上，同室的病人异常兴奋，上前叫父亲起来跟他说话。推了几次，都没见他有回应。那人一怒之下，不停地打他的耳光，要叫醒他。父亲还是没有醒来。他即使这时醒了，也没有力气摆脱危险，因为那个人正骑在他的身上。同室病人见父亲还是没有理睬他，狂怒不已，扯下被单死死地缠在他的脖子上，拼命地勒……直到耗尽了最后的力气，那个人才松开手，自己回到床上睡觉。到了早上，护士进来叫早，没能叫醒父亲，才发现他早已气绝身亡……"

方民觉得太不可思议，怀疑这可能是席子娟的幻觉。他捏紧她的手说："也许不是这样的。"

"是的，我一开始也不相信医生的描述，可是在精神病人的世界里，思维与常人天壤之别，任何情况都有可能发生。我也是亲眼目睹过父亲的病情，才接受了这个让人无法相信的事实。我在想，如果我早一点听父亲的话，接他回家，这样的事情一定不会发生。这才是我所真正纠结的。是我害死了父亲。你说呢，是不是这样？"

他深知她此刻内心是何等的遗憾与煎熬，忙安慰说："这纯粹是一个意外，与你无关。你不必这样自责。"

她狂暴地甩脱他的手，歇斯底里地叫道："你骗不了我！我知道你想法，你是不是在想，那个疯子代替我，做了我一直想做的事情？是不是在想，我将父亲送进医院，冥冥中就在等待这个结果？没错，我是有过这样的念头。所以说，我是有罪的。许多年来，我一直不敢这么对自己这么说，现在面对你，我终于把这句话说了出来……"

她突然语塞，脸色苍白，目光定定地盯着吊灯，随后虚脱似地趴到了桌子上。

方民扶席子娟靠到沙发上。她的身子在簌簌发抖。他脱下外衣披在她的身上，顺手拉过一把椅子，在她面前坐下。看着她，莫名的怨恨从他的心底升起，多年来憋在肚子里的话终于倾泻而出："子娟，我在想，这个世界太不公平，这么残酷的事情都摊到了你的头上。我同情你，但是我又恨你。你为了逃避内心的重负，可以跟别的任何一个男人交往，却单单要回避我。你愿意将欧阳和你父亲的秘密告诉我一个人，却在这十多年里，一直不愿回应我对你的爱。你这样做，对我是不公平的。"他拉起她的手，放在自己的额头，将头发推上去。还不到四十岁的他，发际已经退到了头顶。"为了你，我错过了大好的青春时光，至今还是孤身一人。对此我并不后悔。我惋惜的是，既然你视为我最亲密的人，却又要苛求自己刻意逃避我。难道就因为我是一个乡下孩子，配不上你这个城里人？"

席子娟不住地摇头，顿了顿，才语气急促地说："从表面上看，是你的纯情与专一照出了我的滥情和肮脏，让我感到羞愧和害怕。弄脏了你，我于心不忍。然而，一个更深层的原因，就是你来自山西方家岩。自从确认了这一点以后，我总觉得这是上苍的安排，你是我母亲派来看管我的。所以，当我第一次收到你的情书，看到你的名字以后，我就强迫自己不去看它。为了摆脱诱惑，我干脆将你的信顺手送给了徐筝。你接二连三地给我写信，我只是把信一次次交给徐筝，并且不许她给我转述。你蒙在鼓里，还是不顾一切地盯着我，甚至要我给你一个不能嫁给你的说法。你就像我母亲的影子，一直跟随在我的前后。特别是读到了你发表在《春晖》上的那

229

篇散文，重现了我家三口在方家岩的情形，我再也不敢直面你的眼睛。你想想吧，我怎么可能，将此后发生的事情告诉我的母亲？那样的话，她的在天之灵永远无法安宁。这就好像母亲在冥冥中看着我，向我索要所有的真相。我不想说出真相。我怎么能对母亲说那些事呢？你还是步步紧逼，不依不饶，将我逼到了悬崖边上。我只有逃避，逃避到你的视线之外……"

席子娟失声痛哭。她将湿漉漉的脸深深地压在他的胸前，不让声音传到外面。

方民无语以对，内心一阵阵绞痛。他没有想到，将席子娟最后击倒在地的，不是别人也不是岁月，而是他的那篇散文和那些公之于世的情书。面对呈现在眼前的一颗血淋淋的心，他无法自抑地流下了眼泪。他仰天长叹，紧紧地拥住她。

等她的抽泣渐渐平息，他抹去她脸上的泪水，给她倒了一杯水，看着她一口气喝完。他接过空杯子，劝慰地说："子娟，你今天太累了，先上楼回房间睡一会吧。有话放到以后再说。"

席子娟一听，惊恐地耸起身体，一把抓住方民的手，说："不，你不要走。没有以后了，不把话说完，我根本无法平静下来。我要把想说的话都说完，然后忘却一切。你给我这个机会，你听我说下去，没有几句话了……"

方民只得顺从地坐到沙发上。她站起来，坐到桌边椅子上，不再直视他。桌子上方的吊灯，照着很小一块区域。

"父亲去世的时候，正逢我们大学毕业。我急于离开那幢房子，摆脱父亲意外死亡的阴影。在寻找一份适合的工作的同时，我下定了决心，马上把自己嫁出去，一刻也不要停留。在这个城市里，廖伯苇一家是我唯一亲近的，我和父亲曾经在他家住了几年，我和廖亦辉可以说是青梅竹马，我们之间的感情，到底是兄妹之情还是男女之爱？很难分清。可是……"她停顿了一下，很肯定地说："正像我当年所承认的那样，我们并不合适。我们开始疏远，这些你都看到了。我有很长一段时间没有去廖家。父亲去世后，我去廖家报丧，毕竟廖伯苇是我父亲最好的朋友，我们曾经受惠于他。就是那天在他家里，我遇上了欧阳。我们并没有对话。他当时正在和廖伯苇说话，手里拿着几页资料，两个人靠得很近，廖伯苇的脸色一阵红一阵白的，尴尬慌乱。我没听清他们在说些什么。我上前招呼老爷子，欧阳看了我一眼，随即又盯了我好一阵。我看到了，他眼中有那么一点东西闪烁了一下。像大多数早熟的女孩一样，我能够明白那种眼神的含意。能被一个男人关注，让我自我感觉良好。但还是感觉怪怪的。说完事情，我就匆匆离开了廖家。"

她转过头来看了他一眼，继续说："我四处寻找工作，并物色可以依靠的男性。有一天，廖伯苇打电话来，叫我去他家。我有点奇怪，以前廖家有事，都是通过廖亦辉来转告我的。去了以后我才知道，原来他要给我提亲，那个男人就是欧阳，当时是社科院的副研究员。虽然年纪大了十五六岁，但这不是问题。对急于想有一个家的我来说，这简直是天赐良缘。我几乎未加思索就同意了。后来这桩婚姻逐渐走向末路，并以一个人的死亡而告终。但我不怪廖伯苇。我们无法在事先把一个人看透——当然，大部分情况是最终也看不透一个人。或许是作为对我的弥补，在欧阳死后，廖伯苇竭力撮合廖亦辉和我结合。我这时好像别无选择了。我们两人在绕了一个大圈后，又碰到了一起……"

231

随着这个话题的展开，席子娟渐渐归复了往常的柔媚与冷艳。她收住话头，观察一下方民的反应。他靠在沙发椅背上，双手抱在胸前。由于偏离灯光，他脸上的表情模糊不清。她眯了眯眼睛，头上的灯光有点刺眼。她起身，走到门边，伸手关掉这盏灯。厅里只剩下通往厨房的那盏通道灯幽幽地亮着。她坐回到沙发上，把他拉到身边。

"我有点冷，我们挤一挤好吗？这样暖和些。"

方民展开双臂，她的身子就势横了过来。她躺在他的怀里，两条腿搁在沙发扶手上。为了防止她滑到地上，他的手伸到她外面那条手臂的腋下，用力抱紧。他感觉她比外表看上去要丰满得多。这多少有点令他惊奇，但并没有引起肉体的冲动。他只是希望她躺得舒服一点。

她闭上了眼睛，呼吸平稳，好像在调理气息。他抱着她，期待着她短暂休息以后，继续说下去。他的期待落空了，她在他的怀里睡着了，发出轻微的鼾声，还不时蠕动一下身子，躺得更加舒服一点。他确信她睡着了，便不敢再有大的动作，生怕弄醒她。

方民就这么抱着她，坐在沙发上。与以往和她在一起时的虚幻感不同，此刻他真真切切地拥有了她，一个真实的她。

时间无声无息地过去。一动不动地坐久了，方民觉得血脉不畅，手和腿又酸又麻，特别是两条腿沉沉的像两截假肢。他下意识地挪动了一下身子。

席子娟醒了。

她一个翻身坐起来，屁股重重地压在他又僵又麻的大腿上。他痛得发出低声的哀叫。她闪到一边，随即站起来，目光陌生地打量

232

四周。

"就我们两个人？"

"是的，你睡了大约有一个小时了。"

"就在你的腿上？"

"是的，你都看到了。"

"我好像睡了很久很久，连梦也没有做。我忘了什么时候曾经睡过这样的好觉。"

席子娟彻底清醒了，羞涩地朝他笑了笑。她用手指理了理蓬乱的头发，拉了拉弄乱的衣服。做这些动作的同时，她快步地四处走动，打开了客厅里所有的灯，还嫌不够，又跑到楼上，把卧室的灯也打开了。灯火辉煌，她好像换了一个人似的。

他坐在沙发上，看着她的一举一动，不明白她想做什么。他的两只脚渐渐血脉通畅了，能感到一阵阵刺痛，像无数尖细的针在扎着。

她站立了片刻，回到沙发前，把手伸向他，低声而又不容置疑地说："我们结婚吧。"

方民怀疑听错了，吃了一惊。他担心她是不是由于承受不了廖亦辉的死，一时犯了迷糊。

"是的，我们结婚，就在今晚，就在此刻。"她加重了语气，"我不是一时冲动，这是我一直在想的问题，之所以迟迟无法决定，就是因为我不想让你承受我内心的隐痛。现在，廖亦辉也走了，我跟他之间一了百了。我不在乎你怎么看我，我只要你给一句话：愿不愿意娶我这样的女人？"

他拉住她的手，站了起来。虽然觉得她有点反常，他还是感到兴奋和幸福。他等她这一声回应，等了很久很久。一小时前，听着她的述说，他还认为，她对所谓的男人彻底失望了，这一辈子不可能再结婚。万万没想到，她居然会突然提出结婚，这么突然，这么直截了当。

他展开双臂，用力抱住她。不再是远远地爱慕和向往，不再是追逐和试探，而是真正地拥有。

他不停地亲吻她的额头、眼睛、鼻子和嘴唇，仿佛要把她整个人吸进去。她闭着眼睛，静静地享受这份爱。想到这么多年来，她独自一人承受着巨大的痛苦，居然无人能和她分担，他越发地替她难受。他用力抱紧她，好像这是给予她的补偿。

他停止亲吻，开始凝视她。她脸颊绯红，鲜血似乎要从薄薄的皮肤下喷涌而出，一双眼睛里全部是如水的深情。他知道，这一生圆满了。

她抚摸着他的脸，说："今晚是个喜日子，不能这么随便过了，这对你是不公平的。这样吧，你收拾一下桌子，我上楼去准备一下。"

方民进了厨房，找到了桌布、酒杯，还有一瓶红酒，法国的拉菲都夏美伦。冰箱里只有一包椒盐花生、一盒牛奶巧克力和几片吃剩的面包。她从海南回来，还没有正经在家里做过一顿饭。他在客厅的桌上铺上桌布，放上酒杯、面包和下酒菜。左看右看，好像还缺少一点喜庆的气氛。他又跑到门外，在绿化地带摘了几枝月季花，枝茎上的刺扎破了手指。他把月季花插进空花瓶，在瓶里灌了水，端到桌子上。

一切布置就绪，她还没有下楼。

方民等不及了，蹑手蹑脚地上楼。席子娟还在二楼的卫生间里，门敞开着，他走进去，看到她一条手臂高举着，正对着镜子，在用一把剃刀刮着腋下的体毛。镜子里显出了他的脸。两张脸渐渐靠在了一起。

　　"有这个必要吗?"他站在她的身后问。

　　"你娶的是新娘子，我不能亏待你。"她认真地说。

　　薄薄的剃刀锋利无比，蜷曲的体毛迎刃而落，飘舞着落到地上。白白净净的腋窝露出点点细微的毛孔，与光滑的手臂很相称，让他有一种忍不住想亲一亲的冲动。

　　果然，当他们喝了交杯酒、作了婚誓之后，躺到她重新铺就的床上，他真的亲了她的腋窝。他还是头一次亲吻那个部位。他用了一点力压下去。她突然蜷起身子，发出怕痒的笑声。这笑声也是他以前没有听到的……

235

第十六章 情书（36）

情书 36

......

子娟，这天傍晚，我正准备去食堂吃晚饭，刚出寝室的门，看见你从走廊口走来，察看一个个房间门牌。见了我，你马上小跑着来到我的面前。

"方民，我正在找你的房间。脚伤好点了吗？"

你一边问一边推着我回到房间里，顺手将房门关上。

"我，我……"由于没有思想准备，我一时有些语塞。"你今天才回来吗？"

"听说你来找过我几次。"你打量着空荡荡的寝室，"没什么事吧？"

"没，没什么事，我只是想告诉你，我找到工作了，给你留个报社的联系地址，以便联络。还有，想请你在我的同学录上留一句话。"说着，我拿出了班里统一制作的同学录，许多同学在上面留了言。

你草草地翻了一下，拿起我递给你的钢笔，在属于你的那一页上写下"请将我忘记吧——子娟"。

看着这一行字，我心里一沉。

你没有说话，静静地站在房间的中间，神情颇为伤感。夏日明亮的暮色从窗外透进来，你身着一袭卡腰的白底蓝点的长连衣裙，身子修长，漂亮的曲线咄咄逼人。房间里的气氛顿时紧张起来。此刻，说客套话只能使场面变得更为尴尬。

片刻，你郑重其事地说："方民，你不必多作解释，即使你不来找我，我也应该来向你告别的。毕竟我们做了四年的同学，毕竟我的许多事只有你一个人知道。我也看出来了，这些年来，你是真正关心我的一个男人，和那些只想和我上床的男人不同。我不是那种看不懂感情的女孩……"

我诧异地看着你，不明白你为何要说这番话。

"你……你不该对我说这些，"我打断了你的话，"我想我们相互看重对方，不用见外……我觉得，我们之间相处得很好，你没有对不起我的地方。我希望以后我们还保持联系，这样我就很满足了。"

"方民！"你突然提高了声音，"我的时间不多了，和我一起来的人还在楼下等着呢。"你拉着我来到窗前，指指楼下花坛间的空地。那里停着一辆黑色标致轿车，与前些日子那辆奥迪轿车显然不是一个人。你告诉我："这辆车的主人是一个副研究员，是他看上了我，央人来说媒的。我知道我和他不合适，但我急需要找一个能将我安顿下来的地方……别，你别再问原因，问了我也不会告诉你的。你曾经说过，我很滥，是的，我很滥，但我没有办法……"

你突然不说下去，离开了窗口。暮色渐浓，你的身影退到暗处。

我不解地说："子娟，我说那些话并没有责怪你的意思，我实在是担心你受到更大的伤害。"

你摇摇手，说："你不要再说了，我的时间真的不多了。我跟他说好等一个小时的，我们不要多说废话了，我想在大学生活结束的时候，对你我的关系作一个了结……"

我还是没听明白你的意思。

你走到房门那儿，落了锁钮，背向我，拉开了连衣裙后面的拉链，身子微微一抖动，裙子从你的上身滑落，在腰部稍作停留，随后一泻到地。落地的裙子像盛开的莲花，衬着你玉白色的身体。你转过身来，面对着我。

"来吧，方民，我不能亏待了你。"你一步一步走向呆若木鸡的我。"我知道你对我的想法，你对我好，我无以回报……"

我闭上眼睛，后退一步，说："子娟，你为什么要这样？我不希望我们之间仅限于这种关系，也不希望我们就此终结。你……"

你伸出手来，拉住我说："我无法向你解释，但我可以保证，我对你绝对是真诚的。你应该相信我。"

我轻轻推开你，低声而坚定地对你说："不，我不需要别人的恩赐。你这样做，对你对我都不够尊重。是的，你很美丽，我一直憧憬着能和你在一起，不过从来没有想过会出现这样的场面。这是我绝对不能接受的……"

你退到床沿边，坐了下来，两眼失神，呆呆地不再出声。

我看到，你的脸痛苦地扭曲着，那双迷茫的眼睛慢慢溢出了泪水。开始还是一滴一滴地滑下来，不一会就成串地流下来，尽情地流淌，而你丝毫没有掩饰的意思。我不由得大吃一惊。我无法想象你内心的痛苦。自从和你接触以来，我多次遇到过你这样的表情，这种痛苦由于无处诉说而显得格外的深重。我的心为之颤抖。

我走上前去，将地上的连衣裙捡起，小心地披在你的身上。我的手触到你肩部，明显地感受到你身子在簌簌抖动，不胜寒冷似的。我伸手搂住你，让你靠在我的胸前。

我们就这么在房间里站着，一动不动……

窗外传来了两声汽车喇叭声。声音将两个忘记时间的人惊醒。

"我要走了。"你冷冷地说，"请忘记我吧。你前程无量，自己多多保重！"

你打开门，快步走了出去。等我醒过神来，追出寝室，已经没了你的身影。我只得回到房间里，站到窗前，注视着楼下黑色标致车。

不一会，我看到你走出男生宿舍楼的门口，走向那辆轿车。你拉住车门的时候，回头向我所在的窗口望了一眼，眼神凄切而孤独。你向空中摆摆手，然后坐进车里，关上车门。标致车启动，缓缓驶去，消失在校园茂密的树丛里。

子娟，你凄切而孤独的最后一眼，在我的眼前定格。

我想，这也许是我给你的最后一封信。

……

第十七章　乌鸦为谁而啼

1

廖伯苇追悼会那天，席子娟和方民一大早来到廖家。

廖家四合院内，刘佳湘身着黑色丧服，迎上来，脸贴近席子娟耳边说："廖亦辉来不了了吧？"既是疑问，又像陈述。她知道了一切。

席子娟点点头，说："他坠崖身亡了，这回是真的。有人亲眼看见了，警方也来过电话……"

刘佳湘冷冷地说："这都是你们不听我安排的结果。我眼下只能先顾老爷子这一头，回头我们再来谈这件事。"

席子娟还想从她嘴里打听点情况，编造了一些情节，说："他从绑架人那里逃了出来，逃跑途中失足坠崖的。我联系过那个索要赎金的人，可电话就是没法打通。也许他们害怕了，不想缠上人命案子……"

刘佳湘不耐烦地说："我没有时间管这件事。廖亦辉是你的男人，你看着办就是了。"

席子娟不硬不软地说："我也办不了，他不是早就死了吗？"

刘佳湘点点自己的鼻尖说："我更办不了，你是他的前妻，我算什么。后娘？连后娘也是虚的。你看看吧，我这么忙前忙后，完全是看在老爷子平日里的情分上。要不然，我连这份闲事也懒得管呢。"

席子娟说："你放心，廖亦辉死了，没人会来跟你争夺遗产。"蓦地，她忍不住冷冷一笑说："你不要开心得太早。廖家还有孙子翔翔。现在，他就是唯一的法定继承人……"

"你怎么这样说话……"刘佳湘欲怒又止，淡淡一笑道："你看错人了，廖家这点资产还不够塞我牙缝的，不值得我争。我所要的东西你是想不到的。"说完甩手离开，忙她的事去了。

翔翔听到母亲的声音，从屋里跑出来，牵着她的手。

"妈妈，你看！"他一脸兴奋，手里举着刚刚拼装完成的变形金刚。他看上去有点乐不思蜀。

席子娟蹲下，抱起他，指着身边的方民："翔翔，叫人呀，要有礼貌。"

"方民舅舅！"

"叫错了。"席子娟贴着他的耳边说，"从今天起，你应该叫他方民爸爸。"

翔翔疑惑不解地看看方民，扭头问："妈妈，我怎么又多了一个爸爸？"

"什么叫又多了一个爸爸？"她轻轻拍一下他的脑袋。"他就是你爸爸。"

孩子再三地看母亲的脸，终于明白了似的，嘴里含糊不清地吐出："爸爸……"

人到齐了，一起去了殡仪馆。廖伯苇的追悼会规格很高，还有

241

专门的治丧小组。由于刘佳湘并没有正式的身份，也为了维护老爷子的公众形象，她没有站在亲属的行列里。廖伯苇的孙子翔翔一身黑色中装，由席子娟抱着，排在亲属行列的最前面。

一身黑衣的刘佳湘，作为廖伯苇曾经的秘书在里里外外张罗。她头发高高盘起，发间别着一朵白色绒花，微胖的身体被略微显小的衣服紧裹着，好像在向参加葬礼的人暗示着廖伯苇晚年的艳福，以此来削减对逝者的哀伤。来宾大多知道她的角色，即使不清楚的人在现场也有所耳闻。

丧事的所有决定均由刘佳湘一人拍板，徐筝在她的身边当下手。许多来宾在仪式前特地向刘佳湘作了慰问。这样一来，亲属们反而有些被冷落了。

哀乐响起，全场肃静，方民在人群后面站着。

念悼词的声音在大厅里沉闷地回响。

"廖伯苇同志因多器官功能衰竭，医治无效，于 1999 年 9 月 21 日逝世，享年 69 岁……"

方民心想，廖老爷子出生于 1930 年，在他 32 岁的时候，也就是 1962 年，生下了廖亦辉。那一年，席子娟和他也先后来到了世上……

廖伯苇的脸被化妆得红白相间，有点夸张。白色菊花铺盖在他的身上，一直铺到他的下巴。方民眼前浮现不久前在医院见到他的那一幕。所不同的是，那时的他，身上插满了管子，包括导尿管，像机器人；现在管子没有了，人变成一具失真的蜡像。

瞻仰遗容时，没有出现呼天抢地的场面，出席丧礼的人情绪平静，死亡早已在人们的预料之中。一拨拨人鱼贯地围着廖伯苇的遗体转圈，行礼如仪。年幼的翔翔睁大圆溜溜的眼睛，好奇地打量着成人们的举动。他知道躺在大厅中间接受众人鞠躬的那个人是他的爷爷。这是那个自称是他奶奶的人说的，后来妈妈也确认了。他只是不明白，这样的关系对他来说意味着什么？他也不明白，为什么那个奶奶老是在大家面前强调这一点，并一再地要他叫她奶奶？对他来说，这一切都不重要，只要妈妈在身边，他什么都无所谓。

瞻仰遗容的来宾一一来到亲属队列前，表示慰问。翔翔感到奇怪，这么多陌生人朝着他走过来，每个人沉着脸，朝他伸出手来。这是要干什么呀？他往妈妈怀里躲，席子娟代他一一握手。躺在玻璃罩下的廖伯苇（从原来的一米八几缩至不足一米五），在人流中时隐时现。席子娟感到了无处宣泄的悲哀。一切可能的和不可能的，都成了已往，不复存在。

席子娟抱着翔翔。很久没有长时间地抱他，她感觉他身子越来越沉，却又不愿意将他放下来。她硬撑着，伸出一只手去，代儿子去与别人握手。眼看着，她摇摇晃晃快要撑不住了，方民忙走过去，伸手接过翔翔。刘佳湘见了马上走上前，从他手里抱过孩子，又送回到席子娟的怀里。

"不可以的，这是规矩。"她说。

短短半个多小时，追悼会终于结束了。人流渐渐散去，席子娟与方民带着翔翔正欲离开，刘佳湘匆匆走了过来，蹲下来，抱起翔翔。"翔翔不能走，他是廖家的人。"随后，吩咐翔翔说："翔翔，叫奶奶！"

"奶奶！"翔翔喊道。经过这段时间的相处，他们之间已经很熟络了。

席子娟惊异地问刘佳湘："你想把他怎么样？"

"我们回家去，我有话对你说。"刘佳湘不由分说，抱着翔翔走向停在外面的大客车。

席子娟跟在后面说："我现在脑子很乱，有事我们能不能过两天再谈？也许那时更合适。你看行不行？"

"过两天再谈也好，"刘佳湘压低声音说，"不过，有一些老爷子留下的遗物，我看要先交给你，以免被别人瞧见了，造成不好影响。"

"什么东西？"席子娟觉得奇怪。

"和你家有关的，"刘佳湘诡秘地笑笑，"你看了，自然会明白的。"

回到廖家四合院，刘佳湘与跟过来的吊唁者一一招呼，俨然一副主人的架势。席子娟被晾在一边，只有徐筝和方民陪着她。方民和席子娟对徐筝扮演的角色有所戒备，也就不跟她多搭话。三个大学同窗沉默地坐在灵堂的长条凳上，翔翔蹲着在地上玩变形金刚。

刘佳湘的葫芦里到底卖的什么药？席子娟有些忐忑和恍惚，紧张地捏着方民的手。

送客完毕，刘佳湘终于走了过来。她先是唤过翔翔，吩咐徐筝好生看管，随后挽住席子娟的手臂，说："你跟我来。这几天我在整理老爷子的遗物，其中有涉及你父亲的，我想，还是交给你保存比较好。"

她们走向廖老爷子的书房。方民在后面跟着。

"方民，你不要跟着我们。这些东西只能给子娟一个人看。"刘佳湘拦住他。

"我们结婚了，没有什么要瞒着他的。"席子娟说。

"哦，我已经看出来了。"刘佳湘盯着她问："你确定让他陪着你，这是你说的？"

席子娟被她盯得心里发毛。

"要么……"她有点犹豫了。

"我说嘛，我们女人家的事，还是别让男人掺和吧。"刘佳湘说着，拉席子娟进了书房。

书房那扇厚重的实木门缓缓关上。方民猜不透她们在里面的举动，但有一点可以确信，席子娟不是刘佳湘的对手。他为她担心，又很无奈，只得怏怏地转身，回到徐筝和孩子的身旁。翔翔玩弄着手中的变形金刚，扭来扭去，变出各种车型，放在大理石地面上，作行驶状，嘴里不时发出欢乐的叫声。徐筝和方民面对面站着。

"这么说来，你们终于走到了一起。"徐筝不无醋意地说，"等了十几年，你如愿以偿了。"

"她主动嫁给我的。"方民按捺不住地说。

"恭喜你，成为她第四任丈夫。"她话中有话地说，"你的命硬，也许能帮她一把。"

"你不要这样说话。"他说，"我还得感谢你，没有你牵线搭桥，我和她不可能走到今天这一步。"

徐筝哈哈一笑。"你真会说话，是你的锲而不舍感动了上帝，在你的执着面前，我这个人几乎可以忽略不计。再说，我先她一步拥有过你，从传统观念上来说，是我对不起她。你不用谢我，你要是还记着我们以前好过的情分，那就亲我一下，让我把你记得更真切一点。"

方民摇了摇头。"没有这个必要，记在心里就行了。不过，我还是恨你怨你，要不是你从中作梗，早一点促成我和她的姻缘，她的人生就不会承受那么多的磨难。"

"你说得不对，她的事不关乎你我，这是她自己的命。她怪不了别人，只能埋怨这个世道的不公。就像我现在这样，至今还没有一个确定的家，还要替一个老女人打工跑腿。我也知道，这样下去不是一个好的归宿，可又有什么办法呢？谁让我命里没有男人的缘分，谁让我摊上了这么一个姨妈……"

"噢，对了，时至今日，你可以把那些情书还给我了。"

"好吧，难为你还记着。抽空给你。"

翔翔拿着金刚变的汽车作行驶状，一步步移向了客厅的外面，转进边上的一扇门里。方民急着跟上去，徐筝拉住了他。

"让他去吧。他这几天已熟悉了这里，只要不出大门，让他随便玩。他是廖伯苇嫡亲孙子，也算是这里的主人了。我们只是为他打工的。"

方民听明白了她的话，心想，这是你们的如意算盘，席子娟未必同意将翔翔留下。他突然有点可怜徐筝，何必一定要跟着姨妈，去趟这潭深不见底的浑水？以她的才能，自己出去打拼，不一定做得比现在差到哪里去。

"有一点我要告诉你，"徐筝解释说，"据我观察，所有生意上的计划都是廖亦辉主导的，包括他的死而复生，我姨妈充其量只能算是一个同谋。"

"他自己安排了死路？"方民不敢相信她的话。

"这是一个意外，或者说是命运的安排，谁也想不到的。这也

246

是没有办法的事……"

"你怎么知道，所有计划都是廖亦辉主导的？姨妈告诉你的吧，她的话你还信？"方民想起席子娟说的，廖亦辉为了逃避刘佳湘的控制，尽了最大的努力。难道这也是他做给席子娟看的？他反驳说："你如果说早些年生意上的事由他主导，还说得过去。可等他成了'死人'，他想主导也主导不了，只能是任人摆布。我看，这一切的幕后操纵者就是刘佳湘！"

"作为女人，我姨妈是有自己的小算盘。"徐筝继续为刘佳湘辩解，"她不明不白地把自己的一生交给了廖家，下半辈子要点回报也是正常的。我能理解她。我有时还觉得，她过于懦弱了。早就应该逼老爷子把结婚手续办了，那样就不会有今天这些麻烦事。我和她说过多少次，她总是不置可否，让我不要管大人的事。你看看，她还把我当小孩看。有时候，我气得真想一走了之。"

"你早就应该这么做了。"

"可是，到哪里也是打工呀？这么一想，我又不想挪地方了，就把姨妈当老板算了，她怎么吩咐我怎么干，省心省事，还不至于被别人欺侮。"

方民不知再怎么说下去，两人一时无话。

随着"砰"的一声响，书房的门打开又被拉上。席子娟空着两手，独自一人从里面快步走出来，两臂大幅度摆动，急于要将身后的一切甩掉似的。她脸色铁青，眼神冷峻，与进去时相比，像换了一个人。她从他俩身旁走过，抛下一句话"方民，我们走"。

方民追上去问："就这样走了？"

"走呀，你没有听见吗！"她恨恨地回了一句。

"那翔翔呢，翔翔不回家了？"

席子娟僵直着背影，停下来迟疑片刻，回头扫了客厅一眼，没见翔翔的身影，很不情愿地说："先让他在这里住一阵，等我们把事情办完了，再来带他回家。"

这时候，方民才看清，她的眼眶里含满泪水，快涌出来了。

2

回家途中，方民一边开车一边问："廖伯苇留下的东西呢？你们在书房里谈了些什么？她怎么跟你说的，让你一下子就改了主意？"

席子娟坐在副驾驶座上，没有回话，瞪眼看着前方，一脸茫然，失魂落魄似的。她哪都想到了，就是没有想到刘佳湘会有这么一招。整个世界崩溃了，争吵已然毫无意义。她即使想找人打架，发泄满腔的怒火，也找不到对手。所有打出去的拳脚，最终都落到了自己身上，自取其辱。她僵硬地坐着，感觉天地间暗淡无光。挡风玻璃外，汽车喇叭声、刹车声此起彼伏，她充耳不闻，一动不动就盯着前面，好像凝固了一样。

前方十字路口。

她突然挪动一下身子，伸手指着前边说："拐弯，左拐，听见没有！左拐。"

回家的路应该向右拐。方民放慢车速，不解地看看她。

"听我的，左拐，我们去民政局婚姻登记处。"

"去那里干吗？"

"办结婚登记。你忘记我们已经是夫妻了？"

"这个证不着急。我们之间还在乎这形式？"

"你不在乎，我在乎。这件事必须现在就去办，你听我的！"

他不想跟她顶嘴，顺从地一打方向盘，急速变道，驶入左拐的车道。左后方传来尖锐的刹车声，直刺耳膜。

"办结婚手续需要的证件呢？"他问。

"我随身带着呢。"她拍拍身边的挎包，"离婚证、身份证、户口本、单身证明，都在这里面。你的呢？"

"身份证在口袋里，户口本在家里，未婚证明还没开过。"

"走，先去你那里开证明，拿户口本。"

席子娟的口气没有商量的余地。随后，她不再说话。

刚才在廖伯苇的书房里，她和刘佳湘之间达成了怎样的协议？她为何这么迫切地要去办结婚证？方民急于想知道内情，但她僵直的身姿却告诉他：你什么也不要问，问了我也不会告诉你的，按我说的去办就是了。

在她的陪同下，方民拿了户口本以后，又去派出所开了未婚证明；车子开到民政局已是下午两点多了。结婚登记处的办事员似乎有什么事情，站起来又坐下去，一边查验证件填写证书，一边例行公事地问："认识几年了？"

"三十年。"席子娟回答。

办事员朝她看了一眼，问："什么时候确定恋爱关系的？"

"十多年前。"还是席子娟回答。

办事员的目光转向方民。

方民点点头。

办事员看了看墙上的电子钟，问了最后的问题。

"你愿意嫁给他吗？"

"我愿意！"席子娟说。

"你愿意娶她为妻吗？"

"我愿意。"方民说。

话音刚落，办事员手中的章子左右开弓，落到了两张证书上。

拿着印有大红"喜"字的证书，席子娟的脸上泛起羞涩的红晕。

回到车上，她脸上的红晕消退了，身子又呈现从廖家书房出来后的僵直。她保持着这样的姿势，直到下车。方民明白她的内心一定受到了很深的伤害。在车上，他不敢往深里问她。

进家门以后，他摇了摇她的肩头问："到底是怎么回事？现在你可以说了吧！"她避开他的目光，不停地摇头。不知道是不想说，还是太痛苦说不出。他抱紧她，拍着她的后背说："好吧，不说也罢。你对我笑一笑，好吧？笑一笑，我就不再追问下去。"

他托住她的脸，等待着她的笑容，但她仍然是失神的目光，还有不着边际的提问。

"方民，你对我说一句实话，"她轻轻地抹掉他的手，"你情书里有些关于我的细节，是不是自己的想象？"

他说："你为什么突然问这个？"

"信里的有些细节，我怎么也想不起来了。我曾经做过吗？也许我当时并没有上心。所以我想向你求证一下。"

方民想了片刻，神情凝重地说："应该是真实的，或许你无法接受某些细节，但我要说，一个人的内心感受永远比现实来得

250

真实。"

"是的，我也是这样想的。"席子娟说，"好了，我现在谁都不欠，只欠你的了。不知道今生还能不能还你。廖家和我了断了，廖家的财产想起来也恶心，懒得再去搭理他们。我只想做好自己的事情。有些事必须要做，等着我去做。"

她伸手抹了抹他的脸，手掌冰凉如水。"看你，紧张得像到了世界末日，放松一下。我还有事要和你商量。"

"好，我听你的。说吧。"他点点头。

她好像是深思熟虑以后作出了决定，说："方民，我们是夫妻了，我想跟你回方家岩一趟，一来看看公公婆婆，二来把父亲的骨灰和母亲葬在一些。这些事是我早就应该去做的，我一定要尽快去办好。"

"那么孩子呢？"

"既然刘佳湘抢着要带，翔翔就暂时让她带着。她指望着孩子为她保全名分呢。再说，我们带着孩子，回乡办事也不方便。"她的口气听上去言不由衷，随后脸色瞬间严肃起来，"不过，有一点你必须明白，从今天起，你就是翔翔的父亲了，法律上的父亲，谁也不能剥夺你当父亲的权利。当然，你也不能推卸父亲的责任。你必须向我承诺，不管日后发生了什么事，一定做个好父亲！"

方用力抱紧她，在她的耳边说："好，我听你的。我以我的生命，向你承诺：我会当一个好父亲，决不让他受到任何伤害。"

席子娟一头埋进他的怀里，耳朵贴着他的胸膛。他的心跳声骤然放大，强劲有力。

打点完回老家的行装，已是午夜。她铺好床，说："方民，你

251

先睡吧，我还要写封信。"

方民躺上床上，看着从客厅里透上来的灯光，周围宁静而温馨。他的心里踏实下来，奔波忙碌一天后的困倦涌上来，睡意潮水般漫过了全身。后来，他醒过一次，见厅里的灯光还亮着，想起来去看看，却又被睡意拉了回去。天亮的时候，他醒来，看到席子娟正在准备早点了。他躺在床上，体味着家的感觉，心满意足。

这天夜里，方民和席子娟登上了回山西的火车。第二天上午他们可以到段景，再转乘汽车，下午就能到方家岩了。他们随身携带的行李里，有教授的骨灰盒。

软卧车厢内，一个单独空间里就他们两个人。他们买了四张票，不想让尘世的喧嚣惊扰了教授。两个人隔着小桌，面对面坐着，时不时同时扭转头去，望着窗外。一弯半月清幽幽地照亮大地，山水犹如罩在青黛色的滤色镜中，缓慢地旋转，连绵不绝。车厢内灯光幽暗。

他们围绕着教授和夫人的往事，不停地说着。绝大多数时间，是方民在说，席子娟在听。她的表情好像身处事外，但不时抖动的嘴角反映出她内心的波澜。他一遍遍地设问，如果当年席教授自杀了而他的夫人活着，结果会怎么样？如果教授至今还活在人世，又会怎么样？如果席家没有遭灾，现在会怎么样？没有确切的答案。只有一点可以肯定，历史没有如果，发生过的事谁也无法改写。面对这些设问，席子娟表情漠然——似乎有了答案，只是不想说而已。

车窗外的景色一点点明亮起来。晨曦映照下，两个人眼圈都是青的，眼白都是红的。一个晚上，两人都没有好好合过眼，要说的话似乎在一夜之间都说了。

满目苍黄，那苍黄一直伸向远处的天际线。

席子娟目不转睛地望着窗外的景色，好像在不停地询问：是这条路吗？

童年的记忆太朦胧，太久远了，或者说当年她根本就没去看车窗外，只在父亲怀里昏睡。身边拥挤嘈杂的人群将她从睡梦中吵醒，她惊恐地大哭，然后在大人的安抚下又睡去。六七岁正是贪睡爱玩的年龄。

席子娟新换号码的手机响了，电话里传来徐筝的声音："子娟，海南警方找到了廖家，打电话来问，廖亦辉的尸体准备怎么处理？"

席子娟漠然地回了一句："我无所谓，你们看着办吧。"随后，关了手机的电源。

她朝方民看了看，凄凉地笑道："你听见了吧，警方与刘佳湘联系上了。"

警方怎么会找上廖家的？方民想，也许是刘佳湘承认此事与她有关联，主动联系了警方，也不在乎席子娟的深究。他一时理不清头绪，感到费解。

他问："是不是去见他最后一面？"

席子娟仰靠着卧铺的靠背上，喘息了一会，神情疲惫地说："一切都过去了，不想再和廖家的人有任何来往……"

"你没事吧？"方民关切地说，"要不我们中途下车，找个地方休息一下，养好精神再回老家。"

"没有这个必要，我还想快点到方家岩呢。早点让我爸和我妈团聚，早点了结我的心事。"她说得很肯定。

午后的阳光下，方民和席子娟从大巴上下来，踏上了方家岩的土地。远山苍茫，村民在田间和自家院子里劳作着，一些人无所事事，三两成群聚堆聊天，享受着山里人的悠闲。

方家岩的人认不出她了，很难将当年的小女孩橘子，与年近四十的席子娟关联起来。他们打量着方民和他身边的女人，一个劲地猜想：这个女人是谁，和方家是什么关系？多数人打赌，这个女人是方民的媳妇，回来见公婆。一群十来岁的孩子在两人的身边前后奔跑、叫嚷着，静静的村子一下子喧闹起来。方民仿佛回到了自己的童年，当年教授一家坐着驴车进村，他和小伙伴们也是如此追赶着，热闹得像一群挥之不去的牛虻。他看了看走在身边的席子娟，担心她不习惯这种喧闹。

席子娟环顾四周，这里的村子蒙上了一层尘土，她的鞋子就埋在浮土里。两只眼睛望出去，像蒙上了一层薄薄的翳。村里的房子大多有些年头了，沉入地里，低矮得仿佛一抬脚就能跳上房顶。这与她记忆里的方家岩相去甚远。当她来到方家门口，目光越过方家院子的围墙，看到不远处只剩下断壁残垣的草棚，内心突然感到锥刺般的疼痛。她一阵恍惚，母亲的身影在眼前掠过。

席子娟拿过方民帮她提了一路的行李袋，停下脚步。行李袋里有盛着她父亲的骨灰盒。

"到家了，进门吧。"

"先不要进去，听人说，骨灰进门对别人家是不吉利的。"

"嗨，自家人不讲究这个。"

"规矩还是要的。不然的话，别人会说闲话的。"她这么说着，越发坚定了自己的想法。"还是先去墓地吧。"

方民的母亲听到外面的动静，开门出来一探究竟，差点与席子娟撞个正着。父亲也紧跟出来。两人一脸的诧异，不明白为何儿子会和一个女子突然出现在门口。方民连忙向他们介绍席子娟，说明两人的关系。母亲听了双手捂住了脸，喜极而泣。父亲抹抹下巴，不敢相信地问："你就是橘子？"

　　席子娟回头看方民。"娟子"在方家岩人的口中变成了"橘子"，听上去有点陌生。

　　方民说："橘子，说的就是你。当年你母亲一直叫你'娟子'，被村里人听成了橘子，以前我也是这么认为的。"

　　她恍然醒悟地点点头，目光游离，又一次眺望那变成废墟的老棚子。方民与父母说着话，她似听非听，全不在意。直到方民轻轻摇摇她的手臂，她才缓过神来。

　　父亲说："橘子，这就是你的家。来吧，进来。"

　　母亲不停地唠叨说："前世的缘分啊，几十年前就订下的……"

　　一家人前拽后推，她想躲也躲不了，只好把行李袋搁在院子里碾盘上，随后被拥进了土屋。房间里一片昏暗，弥漫着土腥气和灶火味，她不由自主地呛咳了几下，在炕头坐下。她被一家人的热情所包围，显得很被动，一举一动听任两位老人摆布。她洗了脸，喝着水。在这个过程中，她不停地说着一句话："我想带着父亲，先去看看我母亲。"

　　"那好吧，咱们走。"方民的父亲说。

　　四人走出院子。父亲和方民各提了一把铁锨，母亲拎着家里的酒坛子，腋窝下夹着一叠黄草纸。席子娟捧着父亲的骨灰盒，跟在他们的后面。一路走去，不断有好奇的人跟上来，竟成了有几十个

255

人的长队。到了坟山，教授女人的坟前，方民几年前回乡时移栽的柏树枝叶摇曳，枝头上停着一只乌鸦。送葬人群走近，倏然，乌鸦箭一般地飞走了。

席子娟放下骨灰盒，一下子扑倒在母亲的坟头，十指死死地扒着泥土，声声叫唤着："妈妈，我是娟子呀。你一定还惦记着女儿吧？我早就应该来了，只是被许多事情绊住了手脚，走不开。你不怪我吧？你千万不要怪我。今天，爸爸也来了，我们一家三口在这里团聚。你这回该放心了。我们在一起了……"

方民和他母亲赶紧架起她的身子。让他们不解的是，她并没有哭。

"老嫂子，避一避身子，我起土了。"方民父亲冲着坟头大声说。

他右脚踩在锹背上，铁锹深深地陷入土中，方民也插下铁锹弯腰挖土。揭去草皮以后，下面是黄蜡蜡的沙土……

男人们挖墓穴的时候，席子娟静静地靠在方民母亲身上，两眼直愣愣的，仿佛思绪飘向远处。很快，被岁月染黑的薄皮棺材显露出来。木材已腐朽了，千疮百孔。

"不能再挖了，"方民父亲说，"就葬在这边上吧。"

席子娟捧起父亲的骨灰盒，小心翼翼地放在棺材旁边。

重新堆上的土，黄得格外刺眼。方民母亲围着坟头，洒了一圈酒。一沓沓黄草纸被点燃，风助火势，燃烧的纸片在风中起舞打转。人们纷纷上来，帮着为坟头封土。方民扶直墓前的木牌，用泥土加固。他回头去看席子娟，只见她仍然木然，两眼直直的。他摇了摇她的手臂，她黯然地回以点头。她清醒着呢。

仪式完成后，该回去了。席子娟却在新坟前的空地上坐了下

256

来，说："你们先回吧，让我一个人在这里坐坐。这么多年没有和母亲说话了。"

众人打道回府，一路上年轻人向老人们打听这家人遥远陌生的故事。说话声在风中飘散，隐隐约约断断续续，跟随人群渐渐远去。方民留了下来，陪在席子娟身旁。不过她并不领情，阴沉着脸，推了他一下，决然地说："你也走吧，我想一个人静一静，有些话我要和他们单独说。有些事他们不会愿意让旁人听到的。"

方民一听，觉得有道理。他转身才走了几步，席子娟叫道："你回来……"

他回到坟前，她说："有些事你必须对爸爸妈妈作一个保证。我要你当面说，让他们听到。"

他觉得奇怪："要我保证什么？"

她仰着头，严肃地说："亲亲我，让他们看到……"

他坐到她身边，双手围住她的腰，嘴唇压到她的唇上。他最先尝到的，竟是不知怎么会落在她嘴唇上的黄土，苦涩而干燥。她用力抱紧他，似乎想印证他的存在。唇舌在热烈地倾吐着内心缠绵的情愫，却又不说出口……

乌鸦在远处突兀地一声啼叫，一下子惊醒他们。

她从他的怀抱里抽出身子，盯着他上下打量，然后说："你可以向他们保证了。"

"你说吧，我听你的。"

"保证对我的爱是真诚无私的，保证你会照顾好我和翔翔，保证不会忘记他们所遭受的苦难……把你能想到的都说出来，他们会听到的。这样可以让他们安心。"

257

方民跪在坟前，将这些话大声地复述了一遍。最后，他还加了一句："如果不能做到这一切，我甘愿承受上天的任何惩罚。"

席子娟将他搀扶起来，毅然决然地说："你走吧。让我一个人留在这里。"

"你不要紧吧？"

"你不用害怕，有父母陪着，我不会有事的。"

方民转身离去。途中，他几次回望，只见她面对坟头，默默伫立，并没有回头。

家中，父亲正在屋后清理茅厕，他知道城里人不习惯露天茅厕的肮脏。他用捡羊粪的铲子，刮去茅厕边上积年的污垢，在粪坑里撒一层干土。屋里，母亲正半蹲在炕上缝制一床被褥，大红被面上印有吉祥喜庆的金凤凰飞舞。这条被面子压在箱底多年，今天终于见了天日。几年前母亲用一只山羊换了这床被褥，就盼着儿子娶媳妇这一天。方民在房前屋后瞎转，内心像塞了一团乱麻。坟山那头的子娟让他放心不下。

不知不觉，已是夕阳西下，席子娟还没回家。

"怎么耽搁了那么久？"方民边念叨着边往坟山方向走去。

暮色正从西边漫上来，天幕呈现出诡异的紫红色。坟头那里一片寂静，只见柏树，不见人影。他猜想，她可能从另外一条道上回家，两人走岔了没碰上。为确认自己的判断，他又朝前走了几步。

他看到了她。

席子娟静静地伏在坟头前，像在拥抱父母双亲，又像是倦极后的小憩。他未免心疼地叹道：她真的太累太累了！自从海南回来，事情一桩接着一桩，她几乎没有好好睡过一个晚上。每回他从半夜

258

醒来，总能看到她睁着眼睛，空洞洞地注视着无尽的夜色。只有在天亮时分，她才会睡上一会。刚才她一定与父母说了很多很多不想让别人知晓的心里话。这些年来，一切的一切，必须说的，她一定都说了。他这么想着，一边蹑手蹑脚地靠近她，唯恐将她惊醒。

这时候，方民看到了她身子下面的血。

鲜血在黄土上滚成了一颗颗珠子，满地都是。血泊在她的臂弯下漫延，铺展到她的身下，正在一点点凝固。他大吃一惊，扑上前去，把她翻过身来。他看到地上一把打开的剃刀，血是从她的手臂上流出来的。锋利的刀刃割开了她臂弯上的静脉。

他抱起她，发疯似地叫着："子娟！为什么？你为什么……"

方民猛烈地摇着她的身体，拼命呼唤她的名字。突然，他冷静下来，小心地放平她，低下头，耳朵贴着她的胸口，试图听她还有没有心跳。她的胸口余温尚存，时隐时现极其微弱的生命迹象，又像是他的一种幻觉。他的脸凑到她的微张的嘴边，想测试一下还有没有呼吸，嗅到的只有无边的空寂和游丝般气息。

他拨通了 120 急救中心，告知伤者的情况和所在的位置。随后，他撕开自己衬衣，撕成布条，紧紧地扎住她割开的手臂上端。

方民守护在席子娟的身边，焦灼而无奈地等待着救护车。

她双眼紧闭，神情安详，脸上并无惧色，竟如此决绝。

"子娟，你要坚持住！救护车马上就要来了，医生会救你的！村里通了公路，再也不会发生你母亲当年的悲剧了。"

他看到，从她左边的眼角处慢慢渗出一颗泪珠，接着又是一颗。

她还活着！

方民站起来，朝远处的公路张望，心里祈祷："快点来呀……"

阵风吹过，一个泛黄破旧的信封从旁边草丛里飘起，顺风一路翻滚，像上下翻飞的蝙蝠。他大步上前，一把将它抓在手里，急切地察看。信封上写着"革命小将收"，里面皱巴巴的信纸上写着：

革命小将们：

　　我要向你们检举揭发，席以群是一个混入教师队伍的反革命分子。他留学期间散布托派言论，还在教研活动中多次为苏修的文化招魂，说什么要多多宣传俄罗斯文学的精髓。更为恶毒的是，他在公众场合，以介绍自己姓名的名义，口气轻慢地说什么他的姓就是毛主席的"席"字，蓄意攻击伟大领袖，在师生中造成了极为恶劣的影响。是可忍，孰不可忍！

　　对这样的反革命分子，我们决不能心慈手软。你们是革命的红卫兵，向你们表示革命的敬意！

外国文学教研室一革命教师

方民想，这就是那封让教授一家陷入绝境的匿名检举信吧。但是，写信人是谁？信又是怎么到她手里的？为什么此时此刻才出现？种种疑问，他百思不得其解。

3

山里已不再是不通汽车的年代，可是教授夫人的悲剧还是在她女儿身上重演了。在救护车上，医生竭尽全力施救，席子娟的生命迹象越来越弱，在半途中完全消失了。她的遗体被送回了方家岩。

方民给席子娟换衣服时，从衬衣口袋摸到了一封信，是她写给他的信。他想起出发的前一天夜晚她在厅里写信，写了很长时间。他后悔不已，当时真该走过去，看一看她写了什么，悲剧或许就可以避免。他仰面朝天长叹了一声，信纸在手中瑟瑟抖动……

方民，我亲爱的丈夫：

这是我最后一次写信。

我一直想把与我有关的一切都告诉你。这个世界上，只有你最最在乎我。

可是，我没有这样做。有些事我实在说不出口。我原本想把那些说不出口的话烂在肚里，和你在一起，走我们以后的路吧。可是，在廖家那次和刘佳湘的谈话，让我感到人世间的可怕，彻底绝望了。我最终决定回到父母的怀里，远离这个世界。

那天我从刘佳湘那里，拿到了当年的那封检举信，读了之后，我既震惊又悲哀。检举人卑鄙无耻的所作所为，令我心寒齿冷。虽然信上面没有署名，但我立刻就看出来，这是廖伯苇的笔迹。我小时候经常看廖伯苇写字，熟悉他的字。我只是有一点不清楚，这封信怎么会落到刘佳湘手里？

还没等我开口问，刘佳湘就说，这封信是欧阳交给廖伯苇的。

你还记得，我跟你说过的，那天我去廖家报丧，第一次见到了欧阳。结婚以后，他告诉我，那天他是听了廖伯苇在社科院的报告后，慕名前去拜访。我现在推测，实际上，他在报告会上认出廖伯苇就是当年送检举信的那个人。他拿着当年收到的这封匿名信，前往廖家对证。证据摆在面前，廖伯苇还想否认。欧阳有备而来，不但指认当年送信人是廖伯苇，还拿出了匿名信与廖伯苇其他文书的笔迹鉴定文件。廖伯苇为了要回这封信，作为交换，向社科院打招呼让欧阳评上研究员，并把我介绍给欧阳。

欧阳来还信的时候，刘佳湘正好也在场。当然，她并不知道信里的内容。等欧阳走后，她收拾桌子，拿起信随口问了一句："这里面写了什么？"廖伯苇触电似地跳起来，吩咐她："去，赶快给我拿出去烧了。谁也不要看见。"她答应着，拿起信走到院子里。出于好奇，她并没有将信烧掉，而是藏进口袋里，用随身带着的卫生纸作替代品烧了。等她读信以后知道了真相，更不想烧毁了，这毕竟也是一个可以和廖家作交换的筹码。她需要有这么一两件秘密武器。

廖伯苇当年为什么要这样做？我问刘佳湘。他和我的父亲的关系好得像铁杆兄弟，同样他也曾经爱过我的母亲。

见我将信将疑，她告诉我，当年廖伯苇和几个男教师都在追求我的母亲，最后我母亲选择了我父亲。他俩结婚后，廖伯苇为了能亲近我母亲，和我父亲的关系更密切了。在廖伯苇的内心深处，也更渴望得到我母亲。文革来临后，他便想借助红卫兵之手，将我父亲除掉，伺机夺回我母亲……

真是难以相信，爱可以用这样恶的形式来表现。廖伯苇没有想到，他这一招不但伤害了我父亲，更是将我母亲最终逼上了死路……当他得知我母亲自杀身亡后，内心肯定是后悔不已。为了弥补，他收留了我们，处处关照我……如果不是这封信，我还一直以为他是我们家的救命恩人。

最后我要告诉你最难以启齿的一件事。我必须将它说出来。

当你知道那件事的时候，我已经不在人世了。

你知道，那年我七岁，父亲抱着我离开方家岩，回到了城市，但是我们无家可归……几经辗转，两年后，廖伯苇收留了我们，又害怕被别人发现，将我们父女俩安顿在他家后院的杂物间里。每天他亲自来给我们送一次饭……

藏身在杂物间里，父亲整天坐在那里发呆，有时无缘无故地骂我。这时候，廖伯苇就过来陪我们。廖伯苇给父亲服下了大量的安眠药，让他昏昏沉沉的。我感到害怕，他就陪着我。他看着我的时候，经常会说"真像你的妈妈啊"，神情痴迷而沉醉。我以为他只是在赞美我。有一天夜里，父亲一如往常地沉睡着，我在睡梦中醒来，发现廖伯苇坐在我的旁边，轻轻地抚摸着我的身体，嘴里轻轻地叫唤着我母亲的名字……这样的情景经常出现，我也慢慢习惯了，觉得这可能只是对我好的一种表达方式。

在这样的环境下，我一天天长大。在我十二岁的一个晚上，他又一次来到我的床边。我已经睡着了。梦中的我，依稀感觉有一只手，在我的刚刚隆起的胸部上搓揉，然后慢慢地往下边移动……我在朦胧中痛得尖叫着醒来，灯光下，看到了他茫然无措的眼神和床单上鲜红的血。他将惊恐不已的我搂在了怀里，轻轻地叫唤着母亲的名字……

几天以后，父亲又一次陷入昏睡，他再次爬到我的床上。这时候，我隐隐约约明白，这种事是一种罪恶，便不停地反抗，坚决不让他这么做。他发疯似地轻叫着我母亲的名字，将眼泪、鼻涕和口水一起涂到了我的身上。那个可怜的样子，使我放松了反抗。他又一次得逞了……

尽管我害怕廖伯苇对我所做的事，但那时候的我，还只是认为他是出于对我母亲的爱，情不自禁才做的，并不是要害我。同时，我也害怕被赶出廖家，父女俩无处栖身。

随着时间的推移。我居然相信了他的话，把他的举动看成了对我的爱意。我的内心开始对他有所期待……

离开廖家后，我一个人照顾着病中的父亲，一次又一次地接受了廖伯苇的"帮助"，在知道了他与刘佳湘关系后，我还心怀醋意。我将他们的关系怪罪于刘佳湘，是她从我的手中夺去了廖伯苇，因为我一直以为，廖伯苇是爱我的。后来，我甚至认为，他要廖亦辉娶我，就是对我的一种补偿。我也认为，嫁给廖亦辉是我与廖家维系关系的最好方式。

可是，我哪里会想到，这个人就是我们一家人苦难的起因。我居然还将他当成"恩人"，让他逃避了惩罚。

罪在我。

我无脸再在这个世界上活下去。

方民，在看完这封信以后，你应该明白，我以前所有的行为了吧？请将这封信连同那封匿名检举信，一起焚毁。

在我周围还有多少深藏不露的罪恶，我不知道。我也不想知道了。

原谅我，方民。

……

第十八章　尾声

1

席子娟被葬在她父母的身旁，与蓝天、翠柏、黄土、群山相伴。办理完席子娟的后事，方民回到京城，再一次站在小楼的客厅里。他已经和徐筝通过电话，告知了席子娟的死讯，并希望和她见面，商量一下如何安排翔翔。他不想与廖家的任何人发生关系，但翔翔必须要管，这是他答应席子娟的。

他在等徐筝。

从法律层面上，这幢房子现在属于他和翔翔。但他对眼前的一切有一种说不出的厌恶。在席子娟去世后的这些日子里，他一直被无可名状的厌恶感所笼罩，眼中看到的一切都是灰色的，连他自身也成了被厌恶的对象。他不止一遍地设想：如果没有他的介入，席子娟也许不会走向绝路，是他的不懈追求，让她无法逃遁；如果不是刘佳湘出于个人欲望和某种目的，将那封尘封的检举信交给她，她也许会把廖伯苇作为青春岁月不堪回首的记忆，永久地埋在心底；如果她的父亲没有意外死亡，并且清醒了，她也许会与父亲商量，从而减轻压在她心头的重负……再也没有如果了，连报仇和清算的对象也无处寻找，剩下的只有厌恶和憎恨。

钥匙插进锁孔里拧动的声响，咔咔咔，像老鼠在啮咬。

门开了，翔翔一头扑了进来。徐筝逆光站在门框里。翔翔看方民，刹住脚步。

"方叔叔，你不是和妈妈去结婚了吗？你们回来了。妈妈呢？"他小心地拉着方民的手，抬着头好奇地问。

徐筝摸着翔翔的头说："你妈还有许多事没有办完，一时回不来。方叔叔一个人回来的。"

翔翔还是充满期待地看着方民。

方民没有回答。他不想说谎。经历了席子娟的死亡，他对所有的谎言充满厌恶。他抱起翔翔，在小脸蛋上狠狠地亲了一下。孩子胖乎乎的嫩脸上有着一股淡淡的乳香，与子娟身上的气息一脉相承。他闭上眼睛体味着，几乎迷醉其中。

徐筝将翔翔从他的怀中分离开来，说："你不是吵着回家拿汽车模型吗？去吧，自己去楼上拿，好好地玩。我和你方叔叔有话要说。"

翔翔拍着小手又蹦又颠地跑上楼去。两人这才面对面相视着。

"究竟发生了什么？好端端的一个人，到了你的手里就自寻短见。"徐筝压低声音责问道。

"那要问你们家的那位姨妈了。"方民怨恨地说。

"不会吧？子娟结了四次婚，遭遇了两任丈夫的离世，难道会为了廖家的一点家产跟姨妈计较，从而想不开？"

"与家产无关，可还是跟你姨妈有关。"

"你快说呀，别弄得这么神神道道的。"

"这事与廖伯苇有关，最终击垮她的是廖伯苇的那封检举信，而将那封信交给她的人就是你姨妈。你姨妈明明知道真相是如此残酷，残酷到会置人于死地，但她出于某种个人的原因，还是这样做了。"

"检举信？方民，你越说我越糊涂了。我不想蒙在鼓里，今天你一定要跟我说明白。"

方民犹豫片刻，一边抬头看看楼梯，一边从口袋里掏出廖伯苇的匿名信。

"你自己看吧。"他把信交给徐筝，下意识地移动身子，防备万一翔翔从楼上下来。其实，翔翔还不认字呢。可要是翔翔问"这是什么"，他真的无法回答。

徐筝从信封里抽出信纸。

"我本来应该将这封信烧掉的，"方民神色凝重地说，"我害怕，一旦没了原件，时间一长，我可能会以为这件事只是一种幻觉。真相变成了传说，会让我心里更加不安的。留着它，我可以切切实实地感受到子娟的存在，感受到我和她之间所发生过的一切，体验到她短暂的生命所承受的重负，以及这一切的根源……"

徐筝没有在听他说，两眼盯着那张泛黄揉皱的信笺。

方民留了一手，没有将席子娟的遗书给徐筝看。他不想让别人知道亡妻的隐秘。这是他们两个人的秘密。她的苦难的羞辱的少年时期，一旦公开，伤害最大的还是当年这个美丽而懵懂的少女，长眠地下的她从此无法安宁。他小心翼翼地呵护着这个秘密，向上苍乞求不要再让这种罪恶发生。这个秘密和他苦苦无悔的追求，交织在一起，成为夫妻间永恒的记忆。

徐筝两眼离开了信笺，直愣愣地盯着地板，陷入沉思，半天才喃喃地说："怎么会是这样的？怎么会呢……"

"这个真相，在廖伯苇和欧阳死后，只有你姨妈一个人知道。可她非但没有从中认清廖伯苇的为人，反而将它作为对付子娟的工具，这未免太卑鄙太无耻太残忍了！"

徐筝还在小声嘀咕："这怎么可能？姨妈为什么要这样做……"

翔翔从小房间里出来，站在楼梯上，高声尖叫着："一个人玩，太没劲了，我要妈妈。"

徐筝和方民面面相觑。过了一会，徐筝说："我还是先把孩子带回去吧。也给我点时间，好好想一想。晚上，我们再找个地方说话。"她的话音在颤抖，犹如寒风中满地翻滚的枯叶。

徐筝朝翔翔伸出双手，抱起他。"来，我们回奶奶家。等妈妈回来了，才回自己的家。"

翔翔舞动双手，在徐筝的怀里挣扎着。"我要妈妈嘛，我哪里也不去。"

方民看着孩子，不知道以后该如何对他说出真相，说了他又能明白多少。

徐筝抱着翔翔走到了门口。孩子扭头看着方民，大叫："我要妈妈，你们把妈妈藏到哪里去了？"

2

方民和徐筝约好，晚上八点钟在西单的一个咖啡吧碰头。他早早到了，占了既隐秘又视野宽阔的座位，等待着。

酒吧一面的窗户正对着大街。大街上人头攒动，许多人举着彩色气球和充气玩具，摇晃身子，扭动出千姿百态，欢快的啸叫声此起彼伏。隔了厚厚的玻璃，那些高分贝的声响显得含混不清，好像飞机下降和爬升时气压变化对耳膜产生的音障。街对面墙上，电影银幕大小的液晶显示屏上，在广告刷屏的间隙中，跳出一串文字：1999 年 12 月 31 日 20 点，距离新世纪还有四个小时。

时光总在流逝，眼前的倒计时活动，大街上手舞足蹈的年青人，是在强调将来的世纪还是追悼过往的世纪？

方民再次将目光投向显示屏，时间已经到了 21 点 31 分。徐筝还没有来，一种不祥的预感油然而生。

他拨通了徐筝的手机。铃声响了很久，直到自然中断，没有人接听。几分钟后，他又打了一次。还是没人接听。当他第三次只听铃声不闻人声的时候，意识到徐筝不会来了。这中间发生了什么事，无从猜测，但他必须找到她，为了翔翔，为了子娟，也为了徐筝。

他离开咖啡吧，驱车前往徐筝的住所。

徐筝房间的窗户透着亮光。他快步上楼，到了房门口，脚步突然慢下来。紧闭的房门里，传出徐筝和刘佳湘对话的声音。

"姨妈，你放了翔翔吧。"徐筝几乎哀求地说。

"不行，这是我的孙子，我跟了廖伯苇这些年，没有留下一点骨血，他就是我的未来。"刘佳湘断然地说。

"没错。尽管不是亲生的，可他是你的孙子，谁也改变不了这个事实，但方民是他的继父，你也不能否定吧？为什么就不能让他享受一下父爱？你们两个人并不矛盾。"徐筝也提高了声音。

"我跟你说了多少遍，不能让孩子知道廖家的过去。他会恨我们的，一旦他知道了那些事情，我们将死无葬身之地。"

"不是我们，是你！"

"好了，我不跟你讨论这些事情。你告诉我，翔翔在哪里？我把孩子领回去，我们还是姨甥，还像以前那样相处，不好吗？"

刘佳湘的声音沙哑变态。方民眼前浮现出当年那个令他怦然心动的黑衣女子。这种好感是因美丽的外貌引起，还是由于她身上所透露的某种信息？他一直难以区分。自从得知她的身世，他的好感中又多了几分同情。当她为了一己私利出手狠毒的时候，他还曾为她辩解。此时，他还在幻想，面对席子娟的自杀，她或许会良心发现。

房间里，徐筝说："暂时还不行，这事要等我和方民商量以后，才能给你答复。"

"好啊，我和你说了这么半天，你给我的还是这么一个回答，真是令人失望。我白白疼你这么些年了。我不想再跟你啰嗦，我的决定就是命令，明天早上你必须把孩子送到廖家。不然的话，我会派人全城搜寻，直到把翔翔找到为止。"

话音未落，房门猛地被拉开，刘佳湘从里面走了出来。

门前昏暗的灯光下，刘佳湘和方民面对面。她白皙的脸上全然没有了平日里的矜持和文雅，浑身杀气腾腾，犹如凶神恶煞。方民从头顶凉到了脚底。

刘佳湘盯着方民看了片刻，一句话也没说，朝他径直冲过去。方民猝不及防，一个趔趄闪到一边。她冲他重重地"哼"了一声，咚咚咚走下楼去。

方民踏进房间。徐筝坐在床边，抬头看他一眼，扭过头去。

270

"为什么不接我的电话?"他问。

"你都看到了,我根本就脱不了身。"她没有回头。

"你和姨妈的对话,我听了一会,我觉得你做得对。"

徐筝回过头来,没头没脑地说:"我做得不对,从一开始我就错了!"

"你这话从何而来?"方民被她说糊涂了。

她一把拉住他的手。"方民,我今天才明白,是我的自私被姨妈利用了。结果害了你和子娟,还有廖亦辉。现在,我不能一错再错了。"

方民搂住她的肩膀,轻轻地拍着她的后背说:"我们都做过错事,关键是怎么去面对。说吧,把你知道的一切都说出来,我们一起来承担。"

徐筝看着他。"你真的不会怪我做过的事情?"

方民没有说话,在她的面前坐下。经历了席子娟的死,他不会再轻易说"原谅"这两个字了。窗玻璃上不时掠过路上驶过的车灯,他站起身,去拉上窗帘。房间里可以听到两人粗沉的呼吸声。

许久,徐筝梦呓般的声音在空气中飘浮:"……我总算清楚了,廖家与子娟有关的一切都是姨妈安排的。当年她答应给你广告,撮合你和我走到一起,实际上,是想让我死心塌地为她卖命。因为我和席子娟的关系,她需要我这个角色。而我却完全蒙在鼓里。廖亦辉在海南落难,金蝉脱壳潜回京城,姨妈在老爷子的授意下,帮他办了假身份,用新的名字重新活在这个世界上。对此,我并不知情,只是替子娟惋惜。子娟去了台湾。原本大家可以各走各的路,从此不再相干。没有想到的是,她又离婚了,在看到了你的情

271

书后，又和你联系上了。对此我隐隐有点醋意，但毕竟是我鸠占鹊巢，所以并不想搅了你们的好事。也许，你们这样一直走下去，也不失为一个好的结果。可是，问题还是来了……"

她停住话头，眼睛盯着墙上的暗影，两手绞在一起不停地扭动，似乎在掂量思索，如何将千头万绪清晰地表达出来，不至于引起他的误解。

方民看着她的侧脸。这张脸憔悴了许多，眼角牵出深深的皱纹。他突然觉得她有点可怜。她的目光转回到他的身上，继续讲述。

"这期间发生了几件事，一是蛰伏了几年的廖亦辉听说子娟离婚后回到了京城，想和她破镜重圆。二是，瘫痪在床的老爷子开始昏迷不醒，成了植物人，留在世上的日子屈指可数。姨妈跟我说，老爷子的后事必须由她主导，她委屈了这么多年，应该有所回报。我明白她的意思，也同情她的遭遇，希望她能得到她应有的一份。所以当廖亦辉重现的时候，我虽然着实吃了一惊，但还是听从了姨妈的安排。当然，我也有自己的私心，我知道你心里放不下子娟，子娟只有回到了廖亦辉身边，你才有可能回到我的身边。就这样，姨妈向廖亦辉提出，只要他同意去海南变现资产，他就可以与妻儿团圆。迫切要与妻儿团聚的廖亦辉，将此行的风险抛在了脑后。可是，让我万万没有想到的是，姨妈已经在海南设下了圈套，等着他去钻。他们在海南的一举一动都在她的掌控中。于是，当他们另投他处后不久，廖亦辉就被人绑架了。让子娟带着翔翔回来筹办赎金，也是姨妈的主意，因为她需要翔翔。廖亦辉能从绑架者那里逃脱，也是设计好的，就是要他在逃跑的过程中发生'意外'，从而

272

把他彻底消灭。"

"听刘佳湘的口气，她并不在乎廖家这点财产，那么为何开杀戒呢？"方民还是觉得这太不合常理了。

"姨妈告诉我，她有过几次嫁人的机会，但廖伯苇不同意。说如果她嫁人，就毁了她的公司，还要让她无脸见人。为此她一直耿耿于怀。那天我在廖亦辉刚睡过的床下发现了姨妈的发夹，后来曾问她是怎么回事。她并不回避，还自豪地说，廖亦辉还是高中生的时候，她就勾引上了他。她恨恨地说，老爷子玩我，我就玩他家的人！她是在报复老爷子。"

"照你这么说来，她对廖亦辉还是有感情的，为什么还要置他于死地？"方民更为不解。

"你问得有道理，我刚才也是这么问姨妈的。你知道她怎么回答我？她说，没有办法，我们两个里总有一个人要去死。不然的话，过去生意上的那些事无法摆平……听了她的话，我当场浑身的寒毛都竖了起来。心里在想，这是一个魔鬼，我要离开她。由此，我也更加坚定了自己的想法，不能把翔翔给他……"

"这个女人这么做，难道就不怕报应吗？"

"她认为廖家那些人比她更坏。"

"可是，子娟并没有害她呀，为什么也要除之而后快？"

"我想，在她看来，这样做只不过是玩一个小小的游戏而已。为了摧毁子娟对廖家的期待，从而完全控制翔翔，她拿出了老爷子当年检举她父亲的那封信。要知道，廖伯苇在子娟的心目中，一直是他们家的恩人。她在提到老爷子的时候，两眼就会发光，好像是个热恋中的少女……"

"好了，你不要再说了。"他痛苦地双手抱头，打断她。

"怎么了？我说得不对吗？"

"子娟已经死了，你就不要再指责她了。"

徐筝惊愕地看着他。"我并没有说她的坏话呀。"

方民抓住她的手问："你说，你下一步准备怎么办？"

"应该说，我们下一步怎么办？"徐筝眼睛里似乎闪着火花。

"我，"方民说，"我只想做一件事，把翔翔带大。"

"那……我们一起来承担这个责任。"

"你……"

"是的，我们。"

方民正欲说什么，窗外骤然响起震耳欲聋的鞭炮声。他拉开窗帘，朝外察看。到处都响着焰火和爆竹声，火光耀天，烟云浮动，简直像被点燃了炸药库。人们在用狂欢的方式迎接新世纪的到来。响声铺天盖地，脚下的地板在震动，窗户玻璃在抖动，空气在颤栗，其他任何声音都被盖住了。他不再说话，说了她也听不到。他们在静静地等待，等待四周重新安静下来。

图书在版编目 (CIP)数据

哭泣的情书 / 孙建成著.——上海：文汇出版社，2017.8
ISBN 978-7-5496-2154-5

Ⅰ.①哭… Ⅱ.①孙… Ⅲ.①长篇小说－中国－当代
Ⅳ.① I247.5

中国版本图书馆 CIP 数据核字 (2017) 第 128283 号

哭泣的情书

著　　者　孙建成
责任编辑　朱耀华
特约编辑　徐　策　甫跃辉
装帧设计　张志全

出版发行　文汇出版社
　　　　　上海市威海路755号
　　　　　（邮政编码200041）

照　　排　南京理工出版信息技术有限公司
印刷装订　启东市人民印刷有限公司
版　　次　2017年8月第1版
印　　次　2017年8月第1次印刷
开　　本　890×1240 1/32
字　　数　150千
印　　张　8.875

ISBN 978-7-5496-2154-5
定　　价　　35.00元